Stunning

Eloise Drimber

Contents

-1-

Er sitzt mit gesenktem Kopf auf seinem Platz. Leicht nach vorne gebeugt, den rechten Arm vor sich auf den Tisch gestützt. Mit der linken Hand lässt er einen Bleistift auf dem Tisch kreisen. Ab und zu schaut er auf sein Blatt, das aber vollkommen leer ist. Normalerweise würde er mitschreiben, aber alles was der Lehrer erzählt, weiß er schon und hat er schon einmal aufgeschrieben. Manchmal hebt er den Kopf, um unter seinem Brillenrand vor an die Tafel zu linsen. Es mag so aussehen, als würde er nicht zuhören, aber das Gegenteil war der Fall. Er hört aufmerksam zu und hätte alles wiedergeben können, was der Lehrer sagt.

"Wer kann mir die vier Nukleobasen der DNA nennen?", fragt der Lehrer und lässt seinen Blick durch die Klasse schweifen. Keiner der Schüler hebt die Hand. Er auch nicht. Aber er weiß die Antwort. Er weiß die Antwort, weil die Nukleobasen schon in der letzten Stunde behandelt wurden. Eigentlich mag er Biologie, es ist einfach und baut aufeinander auf, aber der Lehrer mag ihn nicht. Da kann er nichts machen. Im Kopf zählt er die vier Basen auf.

Adenin, Guanin, Thymin, Cytosin.

Eigentlich ganz einfach. Noch immer hat aber niemand die Frage des Lehrers beantwortet. Im Kopf hört sich alles immer einfach an. Bis man es ausspricht.

"Nehmen Sie doch Stotti.", keift ein Mädchen aus der letzten Reihe. Er spürt, wie der Blick des Lehrers an ihm hängen bleibt und senkt seinen demonstrativ auf das Blatt vor ihm. Tut so, als würde er überlegen. Obwohl er die Lösung natürlich weiß. Der Lehrer weiß das auch.

Der Lehrer weiß auch, dass er sich niemals freiwillig melden würde. Und wegen diesem dummen, dummen Mädchen war das ein Grund für den Lehrer, ihn mal wieder vor der ganzen Klasse vorzuführen.

"Ethan, wie wäre es denn mit dir? Kannst du mir die vier Nukleobasen nennen?" Er beißt die Zähne zusammen und kneift die Augen fest zu. Warum immer er? Er schreibt top Noten, die nur selten durch seine nicht vorhandene Mitarbeit im Unterricht zerstört werden. Man könnte sich fragen, warum der Lehrer ihn also auf dem Kieker hat, wenn er selbst die Antwort nicht schon wüsste. Es ist klar, warum er aufgerufen wird und er verspürt trotzdem einen unbändigen Hass auf den Lehrer. Aber er muss antworten. Er hebt den Kopf. Der Lehrer sieht schon demonstrativ gelangweilt auf seine Uhr.

"Ethan?", fragt er noch einmal. Die ersten in der Klasse kichern schon. Ethan hasst das. Im Kopf geht er die Antwort noch einmal durch. Es ist nicht so schwer, sagt er sich und könnte es sich fast glauben.

Adenin, Thymin, Guanin und Cytosin. Schwer ist es nicht. Also hebt er den Kopf. Blickt dem Lehrer selbstbewusst in die Augen. Öffnet den Mund, um ihm die Antwort überlegen entgegen zu schmettern und weiß im selben Moment, dass er kein Wort heraus bekommen wird.

"Ade...A...a...Aden...", versucht er es. Die Klasse kichert jetzt unverhohlen. Alle Blicke sind auf ihn gerichtet. Auch der Lehrer schmunzelt. Er triumphiert. Darauf hat er es abgesehen. Er hat gewusst, dass Ethan ihm nicht antworten kann. Das kann er nie.

"Wa...wa..wa..was, Ethan?", fragt der Lehrer fast höhnisch. Aus dem Kichern wird lautes Lachen. Sie lachen über ihn. Er ist es gewohnt.

"Sagst du mir die Antwort?"

"Aden-Adenin, Thym-Th-Thymin, Gu... Gu..G..g...g-" Wieder versagt seine Stimme. Wieder lachen die anderen Schüler. Das dumme Mädchen lacht ganz besonders laut. Sie liebt es, wenn Ethan gepeinigt wird. Am liebsten würde er aufstehen und gehen. Den Klassenraum verlassen. Damit er sich diese Qual nicht länger antun musste. Er versucht noch einmal, seinen Satz auszusprechen, aber diesmal bleiben alle Töne gänzlich in seinem Hals stecken.

"Na gut, dann nicht.", sagt der Lehrer und ignoriert, was Ethan schon gesagt hatte. "Ich finde es wirklich schade, dass du dich so wenig an meinem Unterricht beteiligst.", schiebt der Lehrer noch hinterher, um ihm noch einmal eins reinzudrücken. Dann lässt er Ethan in Ruhe.

"So ein stummer Dummkopf.", keift das Mädchen in der letzten Reihe leise, aber laut genug, dass er es hören kann. Er wendet den Kopf ab und sieht aus dem Fenster. Er versucht, die Tränen aus seinen Augen zu vertreiben. Seinen Kloß im Hals herunterzuschlucken. Er sieht auf den sonnenbeschienenen Schulhof. Es ist Freitag. Zum Glück. Nur noch fünf Stunden muss er es aushalten, bis er endlich erlöst wird. Bis er nach Hause kann. Bis er die nervigen und geschminkten und hämischen Gesichter, die ihn täglich begleiten, nicht mehr sehen muss.

Nur noch fünf Stunden, bis er für zwei Tage mal seine Ruhe hat. Seine Augen brennen noch, aber diesmal von dem hellen Fleck Sonne, auf den er gestarrt hat. Er wendet den Blick auf den Rücken seines Vordermanns. Er schaut auf ein weißes Hemd, das gleiche, das er selbst auch trägt. Es gehört zur Uniform der Schule. Nichts Besonderes. Der Typ im weißem Hemd sitzt immer vor ihm. Neben dem grau karierten Kleid. Sie sitzen immer vor ihm und sie sitzen immer in der ersten Reihe. Er würde gerne einmal nicht auf das weiße Hemd und das karierte Kleid schauen, aber er darf nicht. Er sitzt in der zweiten Reihe. Von vier. Er würde gerne mal in der vierten Reihe sitzen. Doch dort sitzen eher die geschminkten Visagen, die sich die Röcke absichtlich weit hochziehen, gleich neben tiefsitzenden dunkelblauen Uniform-Hosen und lässig hochgekrempelten Hemdsärmeln, die sich im Unterricht ihre Zigaretten drehen und mit den Handys Selfies machen. Er hat kein Problem damit, allein zu sitzen, er würde nur gerne mal hinten sitzen. Ganz hinten, wo er sich verstecken kann und ihn niemand sieht. Dort wo er sitzt, kann man ihn nämlich gut sehen. Jeder kann ihn von dort aus beobachten. Er sitzt in der zweiten Reihe, am Fenster, der Platz neben ihm ist leer. Niemand setzt sich neben ihn. Ist auch besser so. Er würde sowieso mit niemandem reden. Natürlich nicht, weil er einfach nur schüchtern ist.

Ethan stottert. Schon immer. Alle wissen das. Manche schauen ihn nur schief an, wenn er redet. Beziehungsweise, versucht zu reden. Andere lachen ihn aus. Wieder andere lieben es, ihn zu ärgern und vorzuführen. Wie der Lehrer und das Mädchen. Olivia.

Als er begonnen hat, auf diese Schule zu gehen, wurden die Lehrer darum gebeten, mit seiner "Krankheit" diskret umzugehen. Das zu tun, ist nicht einfach, wenn er ständig reden muss.

Einige Lehrer nehmen ihn einfach aus Prinzip nicht mehr dran, andere sind übervorsichtig und wollen ihm ja nicht zu nahe treten und einer hat es sich zu seiner Aufgabe gemacht, Ethan das Leben in der Schule zur Hölle zu machen. Dass der Lehrer ihn dran nimmt und ihm eine Frage stellt, obwohl er weiß, das Ethan dann nicht antworten kann, kommt nicht selten vor. Ungefähr jede Stunde einmal. Manchmal auch zweimal. Ethan erträgt es, er hat gelernt, es auszuhalten.

Ethan hasst sein Stottern. Es ist eine unfassbar lästige Krankheit. Ein Sprachfehler. Er geht natürlich zu einem Logopäden, mit dem er trainiert. Besser wird es aber nicht. Es gab mal eine Zeit, in der er gar nicht mehr gesprochen hat, weil er so verängstigt war, da ihn seine Mitschüler so gehänselt hatten. Doch das ist vorbei, er denkt nur noch ganz selten daran. Er versucht, mit dem Problem klarzukommen, denn er wünscht sich nichts lieber, als endlich ohne Stottern reden zu können.

Es klingelt. Erleichtert packt er seine Sachen zusammen und stopft sie achtlos in den Rucksack. Sein Blatt verknickt. Es ist aber egal, steht ja sowieso nichts drauf.

Die anderen Schüler lachen und reden miteinander, während sie den Raum verlassen. Es ist Pause. Ethan folgt ihnen hinaus auf den Schulhof. Die Sonne ist zwischen Wolken verschwunden. Vermutlich kommt es später noch zu regnen. Würde wenigstens zu seiner Stimmung passen. Er geht zu einer Bank, die im Schatten eines Baumes steht und setzt sich. Hier sitzt er immer in den Pausen.

Er weiß, dass er wie ein Außenseiter aussieht, wenn er alleine da sitzt; wie ein Streber. Wie einer, den niemand mag.

Doch Ethan setzt sich nicht umsonst alleine auf eine Bank. Er will seine Ruhe, damit er Musik hören und schreiben kann. Er kann sowieso mit niemandem reden.

Er schreibt auf seinem Handy ein bisschen weiter. Ethan schreibt nämlich ein Buch. Einen Krimi, in dem er im Prinzip all seine Mordgedanken gegenüber seinen Lehrern und Mitschülern verarbeitet. Es tut gut, das auf Papier auszulassen. Dann muss er sich keine Sorgen machen, dass er jemandem wirklich mal seinen Bleistift in die Halsschlagader rammt.

Es klingelt wieder. Die Augen verdrehend packt er sein Handy weg und macht sich auf den Weg in das nächste Klassenzimmer. In seinen Gedanken malt er sich aus, wen sein Buchmörder am besten als nächstes umbringt und wie.

"Jo, hast du immer noch nicht gelernt, wie man richtig spricht?", pöbelt ihn ein Junge von der Seite an und schubst ihn gegen die Wand. Ronny würde als nächstes sterben. Ach nein, das geht nicht, der ist ja schon tot. Der war sein erstes Opfer gewesen. Ethan wehrt sich nicht. Er sagt auch nichts.

"Hey, ich rede mit dir.", schnauzt Ronny. Er ist nicht viel größer als Ethan, dadurch aber nicht weniger furchteinflößend. Er trägt seine dunkelblaue Schuluniform so lässig, wie er kann. Das Hemd immer einen Knopf zu weit offen. So ein Vierte-Reihe-Typ, der in den Pause immer Rauchen geht. Er drückt Ethan mit dem Unterarm unterm Kinn an die Wand. Neben Ronnys Kopf taucht ein neues Gesicht auf. Es ist Olivia. Ronnys Freundin und sogar noch bösartiger als er. Alle Jungs standen mal auf Olivia, aber Ethan nicht. Sie ist hübsch und das weiß sie, aber Ethan gibt auch etwas auf den Charakter, der bei ihr leider nicht besonders vorzeigetauglich ist. Es könnte aber auch an den bösen Kommentaren liegen, mit denen sie nie müde wird, Ethan zu ärgern und zu verletzen.

"Ronny, lass den Armen doch.", flötet sie und piekst Ethan mit einer ihrer pink-lackierten Krallen ins Gesicht. Ethan weiß, dass sie das Gesagte nicht ernst meint. Es bedeutet eher: Quäl ihn noch ein bisschen mehr. Am besten, bis er heult.

Ethan wird nicht heulen. Schon gar nicht, um Ronny und Olivia die Genugtuung zu geben, ihn gedemütigt zu haben. Ronny und Olivia grinsen diabolisch. Sie könnten des Teufels Kinder sein.

"Stotti, du musst echt mal lernen, zu sprechen. Sonst kommst du doch nie durchs Leben. Vielleicht hilft dir das, deine Zunge ein bisschen zu lockern.", säuselt Olivia. Ronny hebt währenddessen seine rechte Hand und ballt sie zu einer Faust.

"Noch irgendwelche letzte Worte? Ach warte, du kannst ja gar nichts sagen!", Ronny kriegt sich über seinen eigenen Witz kaum mehr ein. Olivia kichert dümmlich.

Letzten. Es heißt letzten Worte, denkt Ethan, aber er verzichtet darauf, Ronny zu korrigieren. Er würde es nicht verstehen.

"Zeig es ihm, Ronny."

Dann stirbt Olivia als nächstes, beschließt Ethan. Schon sieht er die Faust heruntersausen und schließt die Augen.

"Was ist denn hier los?", fragt eine freundliche Stimme, aber mit bedrohlichem Unterton. Ethan schielt durch ein Auge durch. Zwischen Ronny und Olivia steht seine Englischlehrerin, Mrs. Wilde. Der Name ist witzig, denn er passt überhaupt nicht zu ihr. Mrs. Wilde ist eine spindeldürre Person mit roten Locken, die immer die Haltung einer Balletttänzerin hat. Mit ganz ruhigem Gemüt und einer Stimme, die zum Einschlafen einlädt. Also das komplette Gegenteil von wild. Trotzdem ist Ethan so froh wie nie, sie zu sehen.

"Nichts, Mrs. Wilde. Wir hatten gerade ein sehr nettes Gespräch mit Ethan.", sagt Olivia säuselnd. Ronny entspannt seine Faust, um Ethan freundschaftlich auf die Schulter zu klopfen. Am liebsten würde Ethan über seine Schulter streichen, um allen unsichtbaren Dreck, den Ronny hinterlassen hat, wegzumachen. Oder ihm gleich ins Gesicht spucken.

"Na dann, jetzt alle ab ins Klassenzimmer. Wir haben heute viel vor. Wir schreiben bald eine Klassenarbeit.", sagt Mrs. Wilde. Ronny und Olivia lassen von Ethan ab und gehen ins Zimmer. Olivia lässt es sich trotzdem nicht nehmen, im Vorbeigehen kräftig an der Krawatte seiner Schuluniform zu ziehen, sodass er nach vorne stolpert. Um ihren Freunden natürlich gleich davon zu erzählen.

"Alles gut, Ethan?", fragt Mrs. Wilde. Ethan nickt nur. Es hat dieselbe Wirkung, als würde er "Ja, danke" sagen. Seine Lehrerin lächelt ihn aus freundlichen Augen an und macht eine Geste, dass er vor ihr in den Raum gehen sollte. Er will den Raum aber nicht betreten. Alle werden ihn wieder anschauen und über ihn lachen. Das kann er nach heute wirklich nicht mehr ertragen. Mrs. Wilde scheint es ihm anzusehen, was auch immer sein Gesicht zeigt, denn sie legt ihm eine Hand auf den Arm.

"Oder möchtest du lieber nach Hause gehen?" Ethan nickt, denn das Angebot kann er nicht ausschlagen.

"Dann melde dich im Sekretariat ab, ich regele das. Komm gut nach Hause.", sagt Mrs. Wilde. Ethan fällt noch etwas ein und hebt schnell seinen Rucksack auf, den er vorhin fallen gelassen hat. Er holt ein Heft heraus und gibt es Mrs. Wilde, weil er weiß, dass sie heute die Hausaufgaben einsammeln will. Er hat sie gemacht. Sie sollten eine Textwiedergabe schreiben. Das ist nicht schwer für Ethan, denn er kann gut Texte schreiben. Sie lächelt dankbar und betritt den Raum. Ethan kann es kaum fassen und grinst. Er darf tatsächlich heimgehen. Plötzlich empfindet er so etwas wie Sympathie für Mrs. Wilde.

Beschwingt geht er ins Sekretariat und füllt einen Zettel aus. Dann verlässt er die Schule. Steckt sich Kopfhörer in die Ohren und schaltet seinen Lieblingsmix ein. Nach Hause ist es nicht allzu weit und er hat Zeit, also beschließt er zu laufen, anstatt mit dem Bus zu fahren.

Seine Mutter steht zu Hause in der Küche. Er hat eigentlich nicht mit ihr gerechnet, weshalb er die Haustüre nicht leise schließt.

"Ethan? Bist du das?"

"Ja!" Zuhause fällt es ihm leichter, ohne Stottern zu sprechen, wenn es auch nie ganz verschwindet. Kurze Wörter kann er ohne Probleme sagen.

"Warum schon so früh?", fragt seine Mutter.

"Ent... Entfall.", gibt Ethan zurück und läuft die Treppe nach oben in sein Zimmer. Seinen Rucksack pfeffert er in die Ecke und setzt sich an den Schreibtisch, um seinen Laptop hochzufahren. Er hat jetzt genügend Zeit, um mindestens ein bis zwei neue Kapitel fertigzustellen. Zufrieden öffnet er sein Dokument, synchronisiert es mit dem, was er in der Schule geschrieben hat und lässt dann die Finger knacksen. Er liebt es zu schreiben. Denn hier kann er sozusagen reden und Wörter herauslassen, ohne zu Stottern.

Er grinst teuflisch und beginnt zu tippen. Dann tötet er Olivia. Mit einer Axt.

-2-

Liebes Tagebuch,

Heute ist mein erster Schultag. Montag. Auf einer neuen Schule. Wo ich keinen Menschen kenne und sie mich alle schräg anschauen werden. Wie man es mit Neuen macht. Darauf habe ich echt keine Lust. Lieber wäre ich jetzt bei Flo in Brisbane. Ich wäre mit ihr in die Elfte gegangen und wir hätten gemeinsam unseren Abschluss gemacht. Nein, wir mussten umziehen, weil mein Dad ein beschissenes Jobangebot bekommen und angenommen hat. Von Brisbane nach Perth. Geht es eigentlich noch langweiliger? Auch wenn ich noch im selben Land lebe, Australien ist verdammt nochmal ziemlich groß. Meine Freunde kann ich jetzt nicht mehr jeden Tag sehen. Manchmal hasse ich ihn wirklich dafür, dass er mich von meinen Freunden und von meinem Zuhause weggerissen hat. Am meisten dafür, dass ich Ben zurücklassen musste. Ich konnte ihn ja nicht mitnehmen. Und er hat sein Leben in Brisbane. Wenigstens hat er versprochen, dass er mich besuchen kommt und ich natürlich auch ihn, aber eine Fernbeziehung zu führen ist nicht einfach. Flo hatte die Erfahrung einmal gemacht, nachdem sie sich während unseres Bali-Urlaubs in einen heißen Italiener verknallt hatte. Sie hatte es geschafft, ganze drei Monate Kontakt zu halten, bis er nicht mehr zurück geschrieben hat. Na ja, es war auch nicht wirklich was Ernstes. Ein Urlaubsflirt eben, nur Flo neigt dazu, Dinge überzubewerten und zu viel in etwas reinzuinterpretieren. Ich habe sie natürlich trotzdem getröstet, als sie traurig war.

Ich hoffe, Ben und ich schaffen es, Kontakt zu halten und uns oft genug zu sehen. Ich glaube daran. Ich liebe ihn wirklich. Eins muss ich sagen, unser Haus hier in Perth ist nicht so schlecht, wie ich befürchtet habe. Es ist groß und geräumig, mein Zimmer ist noch nicht ganz fertig, ich will es noch streichen. Welche Farbe weiß ich noch nicht, das entscheide ich kurzfristig. Vielleicht das Cadbury-Lila meiner Lieblingsschokolade oder ein knalliges Rot. Viel steht noch nicht im Haus, gestern haben wir auf dem Boden gegessen, weil die Hälfte unserer Möbel noch nicht da ist.

Naja, ich schweife ab. Ich werde heute in eine neue Schule gehen, in der ich nichts und niemanden kenne. Keine besonders prickelnde Vorstellung. Aber ich glaube, wenn Flo jetzt da wäre, würde sie mir den Arsch treten und mir sagen, ich solle aufhören zu heulen. Mein Gott, ich werde sie so vermissen.

Also tue ich jetzt, was sie tun würde: Bauch rein, Schultern nach hinten und einfach abwarten, was passiert. So schlimm wird es schon nicht werden.

***

"ELLA!!!", schreit meine Mum die Treppe hoch.

"JA!", schreie ich zurück. "Ich komme ja schon." Schon genervt werfe ich meinen Stift auf den Schreibtisch und mein Tagebuch in die Schublade desselben. Ich würde aber noch ein besseres Versteck dafür brauchen. Es soll schließlich niemand finden. Ich finde selbst, dass ich schon zu alt für Tagebuchschreiben bin, aber es ist erstaunlich entspannend, seine Sorgen aufzuschreiben. Es ist ein bisschen wie eine persönliche Therapie. Nicht, dass ich eine bräuchte. Nur heute Morgen und schon die letzten Tage sind mir so viele Gedanken durch den Kopf geschwirrt, dass ich dachte, er würde bald platzen. Deshalb habe ich mich, weil ich noch ein bisschen Zeit hatte, an den Tisch gesetzt und noch ein bisschen etwas geschrieben.

Ich prüfe noch einmal mein Aussehen im Spiegel und betrachte die neue Schuluniform. Meine alte war schöner. Diese hier ist langweilig dunkelblau, mit einer weißen Bluse und einer rotgestreiften Krawatte. Ich schnappe mir meine Tasche, die an der Tür steht und werfe sie mir über die Schulter, während ich mein Handy in die Hand nehme und mit einem Finger entsperre. Ben hat mir geschrieben. Er wünscht mir viel Glück und Mut und sagt, dass er mich liebt. Es sollte mich fröhlich stimmen, schon morgens eine so schöne Nachricht von meinem Freund zu kriegen, aber stattdessen werde ich traurig. Weil ich daran denken muss, dass ich ihn nicht mehr so oft sehen werde.

Wir hatten uns daheim im Brisbane jeden Tag gesehen. In der Schule und dann nachmittags zum Surfen am Strand. Das würde jetzt nicht mehr so sein. Außerdem ist Ben eine Klassenstufe über mir und wird dieses Jahr seinen Abschluss machen.

Ich schicke ihm ein großes Herz zurück.

Dann verlasse ich mein Zimmer und schließe die Tür hinter mir. Ich kann die gemachten Fingernägel meiner Mutter schon auf dem Treppengeländer aus Holz klappern hören. Ich verdrehe die Augen. Sie ist ein Pünktlichkeitsmensch. Wenn sie nicht exakt pünktlich kommt, geht für sie eine kleine Welt unter. Ich bin nicht so. Ich kann ruhig mal fünf Minuten zu spät kommen, das ist nicht schlimm. Das Problem mit der strengen Pünktlichkeit meiner Mum ist nur, dass wir grundsätzlich immer zu früh sind.

Man kann nie pünktlich genug sein, sagt meine Mum immer, wenn ich sie genervt darauf hinweise, dass sie wieder in Hektik verfällt. Der frühe Vogel fängt den Wurm. Besser man ist zu früh und wartet dann als zu spät, wenn alle anderen dann auf einen warten. Manchmal wirft sie mir auch wilde Metaphern an den Kopf.

Ich habe sie trotzdem lieb. Sie ist eine tolle Mutter. Hört sich alle meine Probleme an, wenn ich ihr dann mal etwas erzähle und gibt mir auch Tipps. Manchmal übertreibt sie es aber auch. Als ich mit Ben zusammen kam und es meinen Eltern gesagt habe, hat sie sofort einen 'Aufklärungsatlas' aus dem Regal gezogen und wollte mir Blümchen und Bienchen erklären. Ich konnte zum Glück noch fliehen, bevor es zu spät war.

"Spätzchen, beeil dich. Wir kommen nur wieder zu spät.", sagt sie und ich sehe sie warnend an. Sie grinst schuldbewusst, sie weiß natürlich, was ich ihr sagen will. Ich drücke ihr trotzdem ein Küsschen auf die Wange. Sie übergibt mir mein Lunchpaket, dass sie mir morgens immer richtet - sie ist wirklich eine tolle Mutter, das macht nicht jede! - und öffnet mir die Haustüre. Sie scheint aufgeregter zu sein als ich.

"Oh Spätzchen! Das wird prima heute!" Ja, sie ist definitiv aufgeregter als ich. Wer geht heute auf eine neue Schule, sie oder ich? Ich freue mich gar nicht. Am liebsten hätte ich meinen Wecker heute Morgen gegen die Wand gepfeffert und mir die Decke über den Kopf gezogen. Na ja, das wäre etwas schwer geworden, mein Wecker war heute Morgen mein Dad.

Ich steige in unseren großen schwarzen BMW und werfe meine Tasche auf den Rücksitz. Meine Mum klemmt sich hinter das Lenkrad.

"Du schaust so traurig. Ist irgendwas?", fragt sie und legt mir mütterlich eine Hand auf das Knie.

"Ist das nicht offensichtlich?", stelle ich die Gegenfrage.

"Spätzchen, mach dir nicht so viele Gedanken. Du wirst sehen, es wird super."

"Woher willst du das wissen? Ich will da nicht hin. Ich hasse es, angestarrt zu werden, wie man es mit Neuen tut. Ich will zu Flo und Ben!"

"Ella, du siehst Ben doch in zwei Wochen schon wieder. Jetzt stell dich nicht so an und benimm dich deinem Alter entsprechend!" Sie meint es nicht böse und ich weiß ja, dass sie recht hat. Also sage ich nichts mehr und schaue aus dem Fenster, wo meine neue Heimatstadt vor meinen Augen vorbei zieht. Obwohl Brisbane immer mein

Zuhause sein und bleiben wird. Wir quälen uns durch zäh fließenden Verkehr und meine Mum bekommt schon schwitzige Hände, weil wir vielleicht zu spät kommen könnten. Werden wir nicht, wir sind früh genug losgefahren.

Dann biegt meine Mum in einen Parkplatz ein und wir stehen vor meiner neuen Schule. Ein großes hellgelbes Gebäude mit großen Fenstern. Eine große Eingangstür, über der ein Banner mit der Aufschrift "GO BADGERS!!!" hängt. Daneben ist ein Football abgebildet. Es sieht alles aus wie eine typische High-School. Und ein bisschen wie meine alte Schule.

Überall auf dem Schulhof stehen kleinere und größere Gruppen von Schülern, die sich nach dem Wochenende wiedersehen und umarmen und wahrscheinlich den neusten Klatsch von der letzten Party austauschen. So wie ich es auch tun würde, mit Ben und Flo und meinen anderen Freunden in Brisbane.

Ich will nicht aussteigen. Ich will sitzen bleiben und wieder heim fahren.

"So, wir sind da. Soll ich noch mit rein kommen?", fragt meine Mum und will sich schon abschnallen.

"Um Gottes Willen, bitte nicht.", sage ich und halte ihre Hände fest.

"Das... Das schaffe ich schon alleine."

"Okay. Dann wünsche ich dir ganz viel Spaß. Ich hole dich heute Mittag hier wieder ab."

"Gut. Danke." Ich lehne mich rüber und gebe ihr ein Küsschen. Sie meint es ja nur gut. Dann greife ich hinter mich und hole meine

Tasche vor. Ich lege sie auf meinen Schoß und bleibe nochmal kurz sitzen, um Luft zu holen und Mut zu sammeln.

"Spätzchen, du kommst zu spät."

"Ja, Mum. Bis bald." Ich öffne die Türe und steige aus. Ich weiß nicht, was ich erwartet habe. Dass mich alle anschauen wie ein Schaf und tuschelnd die Köpfe zusammen stecken. Nichts von dem ist der Fall, was mich erleichtert aufatmen lässt. Nur wenige bemerken mich oder heben überhaupt den Kopf, während ich den Hof überquere und auf die große Doppeltür am Eingang zugehe. Ich drehe mich nochmal zu meiner Mum um. Sie wendet gerade und winkt mir aufmunternd zu, als sie mich sieht. Hoffentlich hupt sie jetzt nicht.

Sie hupt.

So schnell wie möglich haste ich die Stufen hoch und in das Gebäude hinein, damit mich bloß niemand mit ihr in Verbindung bringen kann. Sie wird heute Mittag eine Standpauke kriegen!

Jetzt muss ich zuerst einmal das Sekretariat finden. Ich schaue mich um, nach irgendwelchen Wegschildern, sehe aber nur in einen typischen High-School-Gang mit Spinden und Schülern, die sich dazwischen tummeln. Wieder erinnert es mich an meine alte Schule. Fast schon zu sehr...

Ich werde jemanden fragen müssen. Also suche ich mir jemanden aus, der ganz nett aussieht, mich nicht anpöbeln wird und sicher weiß, wo das Sekretariat ist. Es wird ein groß gewachsener Junge mit längeren, blonden Haaren und brauner Haut. Typischer Surfer. Ich tippe ihm auf die Schulter.

"Entschuldigung?"

"Ja?", fragt er und dreht sich interessiert zu mir um.

"Hi.", sage ich erstmal und hebe eine Hand. "Ich suche das Sekretariat. Kannst du mir sagen, wo das ist?"

Er grinst und offenbart zwei Reihen makelloser weißer Zähne. Nettes Grinsen. Sympathisch.

"Klar. Ich kann dich sogar hinbringen. Mein Klassenzimmer ist ganz in der Nähe."

"Ach, das brauchst du nicht.", schlage ich sein Angebot ab, weil ich keine Lust habe, mich jetzt mit jemandem zu unterhalten. "Sag mir einfach, wo ich hin muss."

"Das ist kein Ding. Wirklich.", lässt er sich nicht abschütteln und schlägt seine Spindtür zu. Ich lächele notgedrungen. Toll. Jetzt muss ich mich vorstellen und mit ihm reden. Ich wollte doch nur wissen, wo das Sekretariat ist.

"Komm mit.", sagt er und läuft voraus. Und ich folge ihm, weil ich sowieso keine andere Wahl habe, wenn ich vor der ersten Stunde im Klassenzimmer sein will. Mit einer Leichtigkeit schiebt er sich durch die Schüler, die er gut überblicken kann, eben, weil er so groß ist.

"Ich bin übrigens Henry. Und wie heißt du?", fragt er über seine Schulter.

"Ella.", sage ich überrascht. Mit dem Namen hätte ich nicht gerechnet. Ich hätte auf Jason oder Taylor oder so getippt. So Schönlingsnamen.

"Schöner Name."

"Danke."

"Bist du neu hier?"

"Ist das nicht offensichtlich?", frage ich und stelle somit die Frage, die ich vorhin schon meiner Mum gestellt hatte. Henry nickt schief mit dem Kopf, um mir zuzustimmen. Wir biegen ab in einen Gang, in dem genauso viel los ist, wie in dem anderen, durch den wir uns gerade durchgekämpft hatten. Ich werde ständig angerempelt und muss aufpassen, keine Taschen ins Gesicht zu bekommen. Eines der Probleme, wenn man nicht so groß ist.

"Ich komme aus Brisbane. Wir sind am Wochenende hergezogen.", gebe ich ihm schließlich doch die Antwort auf seine Frage.

"Ah, Ostküste. Schöne Stadt. So wir sind da." Er bleibt plötzlich stehen, sodass ich fast in ihn hinein renne. Wir stehen vor einer Tür, auf der groß 'Sekretariat' steht. Hier bin ich richtig.

"Oh, na dann. Danke.", sage ich und muss merkwürdigerweise feststellen, dass ich enttäuscht bin, weil der Weg doch nur so kurz war. Henry ist mir irgendwie sympathisch. Nicht, dass Ben sich Sorgen machen müsste. Auch nicht, dass ich ihm überhaupt davon erzählen würde.

"Gern geschehen." Er schenkt mir ein breites Lächeln. "Also, ich denke, wie sehen uns mal wieder. Bis dann, Brissie."

Echt jetzt? Ich kenne den Typ keine fünf Minuten und schon hat er einen Spitznamen für mich? Wie einfallsreich, mich nach dem Spitznamen meiner Heimatstadt zu nennen.

Der steht auf dich, würde Flo mir jetzt ins Ohr flüstern. Und ich würde genervt die Augen verdrehen.Aber ich vertrödele nur Zeit. Also schultere ich meine Tasche nochmal neu und öffne die Tür zum Sekretariat.

Hinter einem Tresen blickt mich eine Frau Ende Fünfzig freundlich durch ihre Hornbrille an. Es ist nur ein kleiner Raum, in tristen Farben eingerichtet. Ich trete an den Tresen.

"Guten Morgen. Wir kann ich dir helfen?", fragt sie mich lächelnd.

"Ähm... Ich bin neu hier und soll mich hier anmelden.", sage ich.

"Dann bist du... Ella?"

"Ja, genau." Jetzt muss ich auch lächeln. Auch diese Frau hier mag ich. Vielleicht ist es hier nicht ganz so schlecht, wie ich gedacht habe.

"Gut. Hier ist dein Stundenplan. Du hast jetzt gleich Englisch. Deine Klassenlehrerin ist Mrs. Wilde. Sie unterrichtet auch Englisch. Sie wird dich gleich hier abholen. Ansonsten denke ich, werden dir deine Mitschüler alles zeigen und erklären."

"Danke." Da steckt auch schon eine rothaarige Person den Kopf zur Tür herein.

"Hallo! Du musst Ella sein. Ich bin Mrs. Wilde. Ich freue mich, dass du hier bist. Dann folge mir einfach, wir gehen zu deiner Klasse." Sie läuft voraus. Ich verabschiede mich noch schnell von der Sekretärin. Mrs. Wilde ist mir nicht sofort sympathisch. Trotz ihrer ruhigen Stimme, ist sie ein bisschen zu enthusiastisch und läuft komisch.

Ich folge ihr in den zweiten Stock des Gebäudes. Die Unterlagen aus dem Sekretariat habe ich in meine Tasche gestopft. Mrs. Wilde erzählt mir irgendetwas über meine Klasse, aber ich höre nicht wirklich zu. Ich habe keine Lust, meine Klasse kennenzulernen.

"So, wir sind da." Sie lächelt mir noch mal aufmunternd zu und öffnet mir die Klassenzimmertür. Das Geschnatter darin verstummt und ich betrete den Raum.

Alle starren mich an.

-3-

Alle starren mich an und es ist mir wirklich verdammt unangenehm. Mrs. Wilde schiebt mich, die wie ein verwurzelter Baum auf der Türschwelle festklebt, unbarmherzig ins Klassenzimmer.

Ich blicke in etwa fünfundzwanzig Gesichter, manche interessiert, andere fasziniert und ein paar sehen mich schon gar nicht mehr an. Ich blicke unschlüssig zurück, weiß nicht, wohin ich zuerst schauen soll. Ich sehe Mädchen mit blonden perfekt sitzenden Haaren und Lipgloss, Jungs mit Caps und sogar Piercings und andere Durchschnittliche. Solche, die nicht direkt auffallen. Mein Blick bleibt aber an einem Jungen hängen, der mich durchdringend anstarrt. Ich muss zurück starren. In klare hellblaue Augen. Er hat braune Locken, die sich auf seinem Kopf kringeln, aber trotzdem kurz geschnitten sind, und er trägt eine schwarze Brille.

"Guten Morgen, alle zusammen. Das hier ist Ella, sie ist eure neue Mitschülerin. Stell dich doch bitte kurz vor.", begrüßt Mrs. Wilde die Klasse und ich möchte sie sofort töten. Jetzt muss ich mich auch noch vorstellen? Super! Ich sehe auf meine Schuhe und beginne, am Reißverschluss meiner Tasche zu spielen, wie immer, wenn ich nervös bin. Mein Blick fliegt wieder zu dem komischen Jungen, ohne dass ich etwas dagegen tun kann. Ich rechne eigentlich damit, dass er mich immer noch ansieht, aber er sieht nun demonstrativ aus dem Fenster. Ich blinzele und senke meinen Blick schnell wieder auf den Boden. Dann räuspere ich mich, weil mir auffällt, dass alle gespannt darauf warten, dass ich mich vorstelle.

"Ja. Also, ich heiße Ella Mikaelson und bin siebzehn. Ich komme aus Brisbane, wir sind dieses Wochenende hierher gezogen." Ich setze einen unausgesprochenen Punkt hinter meinen Satz, damit auch deutlich ist, dass ich nicht mehr erzählen werde und sehe erwartungsvoll zu Mrs. Wilde. Sie nickt zufrieden und zeigt auf einen leeren Platz.

"Danke, Ella. Setz dich doch auf den freien Platz da, neben Ethan." Ein Kichern geht durch die Klasse. Warum? Ich folge ihrem Blick und erstarre kurz. Sie zeigt auf den Platz neben dem sonderbaren Typ. Ich habe ehrlich gesagt ein wenig Angst vor ihm, seine Augen haben mich einfach zu durchdringend angesehen. Trotzdem nicke ich, da ich nicht vorhabe, die gesamte Englischstunde vorne an der Tafel zu stehen und zwinge meine Füße zur Bewegung. Langsam gehe ich auf meinen neuen Platz zu und kann den Jungen dabei nicht aus den Augen lassen. Er sieht mich nicht mehr an und scheint sich selbst zu bemitleiden.

Ich ziehe den Stuhl zurück, damit ich mit setzen kann und lasse meine Tasche zu Boden gleiten.

"Hi.", begrüße ich ihn leise. Er bewegt den Kopf nur so leicht, dass ich denke, es mir eingebildet zu haben, aber es war seine Begrüßung. Kann er nicht sprechen, oder was?

"Ich bin Ella.", gebe ich nicht auf. "Oh, das habe ich ja schon gesagt." Ich lächele nervös. Was ist nur los mit mir? Normalerweise werde ich nicht so unruhig. Aber es verwirrt mich, dass er mich nicht ansieht und noch nicht mal den Kopf dreht. Jetzt dreht er ihn sogar ganz von mir weg. Mit offenem Mund schaue ich ihm dabei zu. Wie unhöflich kann ein Mensch denn bitte sein?

"Mach dir keine Mühe. Er wird nicht mit dir reden." Ich drehe mich nach der Stimme um. Sie spricht offensichtlich mit mir und gehört einem Mädchen, dass zwei Reihen hinter mir sitzt. Sie hat blonde lange Haare und ihre Augen leuchten aus dem gebräunten Gesicht. Was mir sofort auffällt, ist der kleine Schönheitsfleck neben der Nase, der ihr irgendwie ein gehobenes Aussehen verpasst. Kurz gesagt, sie ist sehr hübsch.

"Wie bitte?"

"Er wird nicht mit dir reden.", wiederholt die Blonde. "Er redet mit niemandem, stimmt's Stotti?" Sie grinst ein boshaftes Lächeln. Mein Blick springt wieder zu meinem Sitznachbarn, der in sich zusammensinkt und weiterhin das Gesicht abgewendet hält. Stotti? Ich denke, sein Name ist Ethan. Vielleicht ist es ein Spitzname. Er scheint ihn aber nicht zu mögen. Ich schaue nochmal über meine Schulter und sehe die Blonde mit ihrem Sitznachbarn kichern. Sie reden offensichtlich über ihn. Plötzlich tut er mir leid. Ich verspüre das

Bedürfnis, ihm das zu sagen. Und dass er sich nichts daraus machen soll. Obwohl ich ihn nicht kenne.

"Ella?"

"Ja?" Mein Kopf schnellt blitzartig vor zur Tafel. Mist, ich habe gar nicht zugehört und jetzt wird mir eine Frage gestellt. Ich habe keine Ahnung, was Mrs. Wilde von mir will. Also lächele ich und tue, als sei nichts gewesen.

"Was habt ihr als Letztes im Englischunterricht in deiner Schule gemacht?", fragt mich Mrs. Wilde, die nichts gemerkt zu haben scheint. Ich muss ehrlich überlegen.

"Wir haben eine Lektüre gelesen.", sage ich dann.

"Sehr gut. Wir üben jetzt Textwiedergaben zu schreiben. Hattet ihr das schon?" Ich verneine.

"Gut, dann ist das auch ein neues Thema für dich, also hör gut zu." Sie sagt es spielerisch und zwinkert, aber ich merke, dass sie auf meine nicht vorhandene Aufmerksamkeit anspielt. Ich grinse und nicke übertrieben mit dem Kopf.

Der Rest der Englischstunde vergeht wie im Flug. Ich höre zu oder versuche es zumindest, weil der Junge neben mir mich ablenkt, ohne dass er direkt irgendetwas tut. Er hält den Kopf immer gesenkt, seine Schultern sind hochgezogen und er kreiselt einen Stift auf seinem leeren Stück Papier. Ich habe mitgeschrieben und habe am Ende eine ganze volle Seite. Sein Blatt ist aber gänzlich leer. Der Stift nervt mich irgendwann, aber ich traue mich nicht, etwas zu sagen. Was mir auch auffällt, ist, dass er sich nie meldet, wenn eine Frage gestellt wird. Er sitzt einfach nur stumm da und schaut abwechselnd auf sein Blatt und aus dem Fenster. Aber er hört zu, das sehe ich. Im Großen und Ganzen ist er also ein komischer Typ.

Aber gerade sein komisches Verhalten fasziniert mich auf eine Weise. Eine Weise, die mich dazu drängt, mehr über ihn zu erfahren. Warum weiß ich nicht.

Dann klingelt es zu meiner ersten Pause. Ich packe meine Sachen in die Tasche. Der Junge bewegt sich nicht. Jedes Mal, wenn ich ihn ansehe, drängt sich mir nur ein Wort auf: Komisch.

Ich verlasse den Raum und suche meinen Stundenplan, um nachzusehen, welches Fach ich als nächstes habe. Geschichte in Raum 251. Nun muss ich nur noch den Raum finden. Das dürfte meine gesamte Pause beanspruchen.

"Hi! Ich bin Olivia!" Plötzlich taucht ein Mädchen neben mir auf und hakt sich wie selbstverständlich unter. Es ist die Blonde, die vorhin über meinen Sitznachbarn gelacht hatte.

"Ella.", sage ich überrumpelt.

"Weiß ich doch. Ah, und das ist Ronny, mein Freund." Sie redet schnell, als wäre sie aufgeregt. Ein großer schwarzhaariger Junge, der durchaus nicht schlecht aussieht, gesellt sich auf meine andere Seite. Ich nicke ihm zu, weil ich nicht weiß, was ich sonst tun soll.

"Willst du mit uns kommen? Dann stellen wir dich ein paar unserer Freunde vor. Wir sollen dich integrieren, meinte Mrs. Wilde."

"Wow, das ist wirklich nett.", sage ich und mein Satz ist noch nicht beendet. Olivia beachtet das nicht.

"Aber ich muss zu meinem Klassenzimmer", beende ich meinen Satz, während Olivia quietscht: "Super! Du wirst sehen, die sind alle total nett. Bist du Single?" Okay, ganz schön direkt.

Aber vielleicht ist sie ja ganz nett. Und es ist wirklich freundlich, dass sie mich mitnimmt. Wahrscheinlich ist es gar nicht so schlecht, dass ich hier auch ein paar Freunde finde. Auch wenn niemand sich über Flo und Ben stellen wird!

"Nein. Ich habe einen Freund.", antworte ich. Olivia sieht fast enttäuscht aus. Dann begeistert sie sich aber dafür, mich über meinen Freund auszuquetschen.

"Wie heißt er denn?"

"Ben."

"Nett. Und wo ist er?"

"In Brisbane.", antworte ich und verspüre einen leichten Stich in meinem Herzen. Olivia sagt nichts mehr. Sie scheint zu merken, dass ich traurig bin und ist sensibel genug, keine weitere Fragen zu stellen.

Sie und Ronny führen mich durch verschiedene Gänge und in einen Raum, der dem Geruch nach die Mensa sein muss. Überall stehen Tische in Reihen, an denen Schüler sitzen und ihr Pausenbrot essen. Wir steuern gezielt einen Tisch in der hinteren Ecke des Raumes an, an dem schon ein paar andere versammelt sind, die allein schon von ihrem Aussehen zu Olivias und Ronnys Freunden zählen. Es sind drei weitere Personen. Als wir bei dem Tisch ankommen, löst Olivia ihren Arm aus meinem und begrüßt ein brünettes Mädchen mit einem Wangenkuss. Dann stellt sie sich wieder neben mich und sieht aufmerksamkeitsheischend in die Runde.

"Leute, das ist Ella. Sie ist neu hier und geht in unsere Klasse." Ich schiebe mir nervös eine meiner kurzen blonden Haarsträhnen hinter das Ohr und begrüße alle mit einem Nicken.

Auf der einen Seite des Tisches sitzt das schon genannte Mädchen mit braunen gelockten Haaren, um die ich sie wirklich beneide, die sich mit dem Namen Kaylee, kurz Kay, vorstellt. Neben ihr sitzt ein Junge mit kurzen braunen Strubbelhaaren und blauen Augen. Er heißt Nick. Kaylee und er sind ein Paar, was mir Kaylee mit warnendem Blick bewusst macht. Ich hebe abwehrend die Hände und sage, dass ich auch vergeben bin, was sie zu beruhigen scheint und mich somit zu ihrer Freundin erklärt.

Gegenüber, auf der anderen Seite des Tisches sitzt noch ein weiterer Junge. Er hat ebenfalls braune Haare, aber mindestens drei Nuancen dunkler als Nick und eine süße Stupsnase. Sein Name ist Dylan und Olivia warnt mich erst einmal vor, dass er der Aufreißer unter allen ist. Und ich wiederhole in meinem Kopf, dass ich einen Freund habe und sicher mit niemandem etwas anfangen werde. Dann setzen wir uns. Olivia drückt Dylan an die Wand und gibt mir ein Zeichen, sich neben sie zu setzen. Ronny nimmt auf der anderen Seite neben Nick Platz.

"Heeey, Brissie!!!", grölt eine Stimme. Und es gibt bisher nur einen, der mich so nennt. Es ist Henry, der sich von hinten nähert. Mit Schwung setzt er sich neben mich und drückt mich gegen Olivia. Die anderen schauen verwirrt.

"Ihr kennt euch?"

"Yeah.", sagt er, während ich gleichzeitig "Nein.", sage.

"Sie hat mich nach dem Weg zum Sekretariat gefragt. Da hab ich sie gleich hingebracht." Er schwellt stolz die Brust.

"Mensch Henry, du Gentleman.", witzeln die Jungs gleich. Dann vertiefen sich alle in ein Gespräch, bei dem ich nicht mitreden kann. Ich höre also mal hier mal da zu, fühle mich aber irgendwie fehl am Platz. Also schweife ich mit meinen Gedanken ab und denke an Ben.

Was er wohl gerade macht? Er wird auch in der Schule sein. Doch was er da gerade macht? Es müsste Lunchpause sein. Die Zeitverschiebung macht es nicht gerade einfacher. Mit wem sitzt er in der Pause zusammen? Mit anderen Mädchen? Bei der Vorstellung daran werde ich plötzlich eifersüchtig. Obwohl ich das normalerweise nie bin. Ich werde ihn heute Abend mal fragen.

Denn wir haben uns zum Skypen verabredet. Das ist das erste Mal seit drei Tagen, dass wir uns wieder sehen. Nur über den Computerbildschirm, aber es zählt auch. Ich vermisse ihn wirklich, obwohl ich nie sonderlich anhänglich war. Ich habe es oft zwei, drei Tage ohne ihn ausgehalten, ohne ihn zu vermissen. Aber mir ist klar, dass es daran liegt, dass ich wusste, falls ich ihn sehen musste oder wollte, konnte ich das tun. Jetzt kann ich nicht einfach kurz mit dem Fahrrad zu ihm fahren und mit ihm zusammen im Bett kuscheln und einen Film schauen.

"Ella, kommst du mit?", holt man mich aus meinen Gedanken.

"Wohin?"

"Wir gehen eine rauchen."

"Oh, ich rauche nicht.", sage ich. Ich bin überrascht, obwohl es mich nicht wundern sollte, dass sie rauchen. Obgleich das eigentlich verboten ist hier.

"Ich auch nicht.", zwinkert Henry und nimmt meine Arme, um mich auf die Füße zu ziehen. "Ich gehe trotzdem mit. Du willst doch hier nicht alleine sitzen bleiben?" Er hat Recht.

Also nehme ich meine Tasche auf und folge den sechs nach draußen auf den Schulhof. Wir schleichen uns hinter ein Gebüsch, darauf bedacht, nicht von einer Lehrkraft erwischt zu werden. Ich stelle mich an den Rand, damit ich nicht als Passivraucher gelte und sie zünden neben mir ihre Zigaretten an.

Ehrlich gesagt, hasse ich den Rauch und den Geruch, der danach in Klamotten und Haaren haftet und ich bekomme Kopfschmerzen davon. Henry steht neben mir und stützt sich mit dem Arm auf meiner Schulter ab. Das ist echt ungerecht, er ist so groß, dass er mir theoretisch auf den Kopf spucken könnte.

"Also Ella, warum bist du eigentlich hierher gezogen?" Ich schiele zu ihm hoch. Ich sehe, wie er Dylan ein Zeichen gibt und daraufhin einen Zug aus dessen Zigarette bekommt.

"Ich dachte, du rauchst nicht.", gebe ich zurück und bin enttäuscht, einen Verbündeten verloren zu haben. Es ist scheiße, wenn man die Einzige ist, die nicht raucht. Da braucht man einen Verbündeten, der es auch nicht tut, und mit dem man sich über die Nachteile des Rauchens auslassen kann.

"Ähm ja. Tu ich auch nicht. Nur gelegentlich einen Zug. Und auf Partys." Ich sehe ihn tadelnd an, aber er grinst nur. Ich verdrehe die Augen. Plötzlich fällt mein Blick auf eine Bank, die am anderen Ende des Schulhofs steht. Aber ich erkenne genau, wer darauf sitzt. Alleine. Es ist Ethan.

"Warum sitzt der da ganz alleine?", frage ich an Henry gewandt.

"Warum willst du das wissen?", fragt er zurück.

"Er saß in Englisch neben mir." Das scheint Henry ein vernünftiger Grund zu sein, mir Auskunft auf meine Frage zu geben.

"Halte dich am besten von ihm fern. Er ist ein bisschen komisch. Na ja, eher ziemlich komisch. Er redet mit niemandem, weil er..-."

"Sich für was Besseres hält", unterbricht Olivia ihn.

Plötzlich ist mir sein Verhalten im Englischunterricht klar. Aber trotzdem tut er mir leid, weil ich daran denke, wie Olivia und Ronny über ihn geredet haben. Er tut mir leid, wie er da alleine sitzt. Weil irgendwie, trotz seiner abweisenden Haltung und gerade auch deswegen, ist er mir sympathisch.

Es klingelt zur nächsten Stunde und die anderen treten ihre Kippenstummel aus. Olivia und Kaylee sprühen sich noch mit einer gehörigen Dosis Deo ein, dann folge ich ihnen nach drinnen. Ich habe jetzt auch mit den beiden Geschichte. Den Weg zum Klassenzimmer halte ich nach Ethan Ausschau, aber ich kann ihn nirgends entdecken. Vor dem Zimmer bleibe ich stehen.

"Ich muss noch schnell auf Toilette.", sage ich.

"Um die Ecke und dann links.", flötet Olivia und geht in den Raum. Ich bedanke mich, obwohl sie das nicht mehr hören kann und beeile mich. Unbewusst suche ich auf dem Rückweg immer noch mit den Augen nach kurzen blonden Locken, nach Ethan.

Er sitzt schon im Klassenzimmer. Neben ihm, der noch einzig freie Platz.

-4-

Er liegt bewegungslos auf seinem Bett und starrt hinauf an seine Decke. Sie ist langweilig weiß und schräg. Er streckt seine Füße aus und stemmt sie gegen die Decke.

Es ist Abend, es gab schon Essen, aber er hatte keinen Hunger. Seine Eltern haben ihn schon besorgt angesehen, bis er ihnen mühsam versichert hat, dass es ihm gut geht. Die Tatsache, dass er sehr lange gebraucht hat und immer wieder neu ansetzen musste, bis alles gesagt war, verdrängt er. Das hat nichts zu bedeuten. Schlechter Tag.

Seine Gedanken lassen ihm keine Ruhe. Er kann sich nicht konzentrieren, noch nicht mal sein Buch bringt das Karussell in seinem Kopf zum Stehen. Er will aber, dass er nicht mehr daran denken muss. Also muss er heraus finden, warum sich ihm diese Gedanken aufdrängen und den Grund finden. Er rollt den Tag von hinten noch einmal auf.

Er ist am Morgen aufgestanden wie immer. Um halb sieben. Seine Mutter hat ihn geweckt. Nur mit Mühe hat er sich aus dem Bett ins Badezimmer geschleppt, denn es ist Montag und er hat sich gar nicht vorstellen wollen, was ihn diese Woche alles erwartet. Er hätte mit allem gerechnet, nur nicht mit dem, was wirklich passiert ist. Er ist mit dem Bus zur Schule gefahren und hat währenddessen weiter geschrieben. Er ist stolz auf das, was er bisher schon hat.

Dann beginnt ein neuer Schultag für ihn und als er aussteigt, wappnet er sich innerlich gegen alles, was auf ihn zu kommt. Was auch immer das sein mag. Er kann es sich schon vorstellen. Noch nicht viele Schüler sind da, er nimmt immer den frühen Bus, damit er nur mit wenigen in Berührung kommt. Die, die ihn provozieren und ärgern, kommen immer spät, kurz vor Beginn des Unterrichts, und wenn er schon da ist und im Klassenraum sitzt, können sie ihm nichts mehr tun.

Er geht in den Raum, in dem er Englisch hat. Er freut sich ein bisschen, denn er bekommt sicher seine Hausaufgabe zurück und hoffentlich hat sie Mrs. Wilde gefallen. Er hat sich damit schon Mühe gegeben, andererseits hat er auch nichts anderes, wofür er sich hätte verausgaben können. Er setzt sich auf seinen Platz und holt schon seine Unterlagen hervor. Papier und Stift. Er ist der erste im Klassenzimmer. Wie gewöhnlich auch.

Er sieht aus dem Fenster im zweiten Stock und beobachtet die ankommenden Schüler, die sich auf dem Schulhof tummeln, sich nach dem Wochenende begrüßen und sich umarmen. Er hat niemanden zum Begrüßen oder Umarmen. Manchmal ist er ganz zufrieden damit, manchmal ist er traurig deswegen.

Die ersten Schüler betreten den Raum. Begeben sich auf ihre Plätze, reden miteinander, tauschen die neusten Nachrichten aus. Eine Minute, nachdem es geklingelt hat, schieben sich Ronny und

Olivia in den Raum. Ethan kann ihre Raucherfahne bis zu sich riechen.

Zum Glück lassen sie ihn heute Morgen ausnahmsweise mal in Ruhe. Mrs. Wilde, die auch sonst nie ganz pünktlich kommt, lässt sich heute außergewöhnlich viel Zeit. Er fragt sich warum, vielleicht ist sie sogar krank.

Dann aber öffnet sich die Tür zum Klassenzimmer, aber nicht Mrs. Wilde steht an der Schwelle, sondern ein Mädchen mit schulterlangen blonden Haaren. Er kann nicht anders, als sie anzuschauen. Plötzlich hebt sie den Blick und schaut ihm in die Augen. Ethan verschlägt es die Sprache. Nicht so, wie sonst als. Ihm bleibt völlig der Atem weg. Das Mädchen, dass da vorne steht, ist schlicht und weg atemberaubend. Er ist noch völlig in ihren sturmgrauen Augen gefangen, da senkt sie schnell den Kopf wieder.

Sie ist nervös, das sieht er, es ist ihr unangenehm, dass sie von allen angestarrt wird. Also sieht er weg. Fragt sich aber trotzdem, wer sie wohl ist und was sie hier macht. Natürlich in die Schule gehen, aber sie ist hier eindeutig neu. Er hat sie hier noch nie gesehen. Eine Neue in seiner Klasse? Warum wusste er davon nichts? Wussten es die anderen? Hatte Mrs. Wilde es etwa am Freitag erzählt, als er nach Hause gegangen war?

Sie ist hübsch. Er rügt sich sofort für diesen Gedanken. Solche Gedanken hat er nicht. Und trotzdem sind es genau diese, die ihn jetzt auf seinem Bett liegen und nicht schlafen lassen.

Dann muss sie sich vorstellen. Sie heißt Ella. Ein schöner Name auch noch. Warum denkt er sowas? Hoffentlich sitzt sie nicht neben ihn, dann muss er sie nicht die ganze Zeit sehen und solche Gedanken denken.

"Setz dich doch... neben Ethan.", hört er Mrs. Wildes Stimme. Wirklich? Sein Herz klopft wild, hin und hergerissen zwischen Aufregung und Angst. Aus den Augenwinkeln sieht er, wie sie auf ihn zu kommt. Er wendet den Kopf noch ein bisschen weiter ab. Er hört, wie sich setzt.

"Hi." Das war ihre Stimme. Er glaubt, sich verhört zu haben. Sie grüßt ihn? Schon will er zurück grüßen, kann sich aber im letzten Moment noch halten und nickt nur leicht mit dem Kopf.

"Ich bin Ella. Oh, das habe ich ja schon gesagt." Warum redet sie mit ihm? Was soll er darauf antworten?

Sag etwas. Nur damit sie nicht gleich denkt, dass du ein kompletter Vollidiot bist, denkt er. Er sucht sich einen leichten kurzen Satz aus. So was wie 'Ich weiß' oder 'Ethan'.

Dann atmet er tief ein, um Mut zu sammeln. Er muss ihr ja nur kurz antworten, damit sie weiß, dass er sie gehört hat. Aber was ist, wenn er es nicht schafft? Wenn er sich doch nicht traut und wieder nur sinnloses Gestammel heraus bringt? Was, wenn sie ihn auslacht deswegen? Es wäre ein großes Risiko. Wenn er nichts sagt, erfährt sie es nicht und er macht sich nicht zum Depp. Wenn er aber etwas sagt und es nicht schafft, dann... Er will gar nicht weiter denken. Aber etwas in ihm flüstert, er soll es riskieren. Er schafft das. Er braucht mal ein bisschen Selbstvertrauen. Okay, und los.

"Mach dir keine Mühe, er wird nicht mit dir reden." Wütend beißt er die Zähne zusammen. Kann Olivia nicht einmal ihren Mund halten?! Ella dreht sich zu ihr um. Warum kann Olivia nicht auch in Wirklichkeit geköpft in der dunklen Gasse liegen, neben ihr die blutige Axt? Da wäre sie so viel besser aufgehoben! Jetzt kann er nichts mehr sagen. Jetzt ist er gedemütigt und mal wieder bloßgestellt worden. Jetzt wird sie sicher nicht mehr neben ihm sitzen wollen.

Er verschließt seine Ohren, alles, was sie sagen, will er nicht mehr hören. Kann es nicht mehr hören. Die Englischstunde über versucht er das hübsche Mädchen neben ihm zu ignorieren. Es ist nicht so leicht, da er aus den Augenwinkeln sieht, wie sie ihn interessiert mustert.

Er schwört sich, ihren Blick nicht zu erwidern und sie nicht anzusehen. Doch einmal wird er schwach und schielt hinüber, als sie konzentriert etwas aufschreibt, die Augenbrauen zusammengezogen. Er sieht unter dichten Wimpern wunderschöne sturmgraue Augen. Er muss diese Augen einfach bewundern.

Als es klingelt, packt sie zusammen, er aber bleibt still sitzen. Er will nicht in Gefahr laufen, mit ihr reden zu müssen. Er bemerkt ihren irritierten Blick, sie verlässt dann aber den Raum. Er packt erst dann auch zusammen. Sein Blatt ist leer. Seine Hausaufgaben hat er auch nicht zurückbekommen.

Die Pause verbringt er auf seiner Bank. Alleine. Obwohl er sich ausgerechnet jetzt einen der Nerds her wünscht, der ihn mit Star Wars-Fakten volllabert, damit er sich nicht in seinen verbitterten Gedanken verliert. Er ist verbittert, weil er gesehen hat, wie Olivia Ella eingehakt hatte und sie einfach mitgeschleift hat.

Er kann seine Gefühle nicht verstehen oder nachvollziehen, aber er weiß, dass ihm das nicht gefällt. Er will nicht, dass Ella sich mit Olivia und Ronny anfreundet, weil er nicht will, dass dann auch Ella über ihn lästert und ihn auslacht.

Er weiß nicht warum, aber als er sie im Türrahmen stehen sehen hat, keimte in ihm so etwas wie ein Funken Hoffnung auf. Hoffnung darauf, dass ihn jemand nicht für sein Stottern verurteilt, weil er es ganz einfach nicht weiß. Vielleicht hat er sich auch für einen kurzen Moment ausgemalt, das sie sich sogar mit ihm anfreunden würde.

Alles Wunschdenken. Das weiß er. In seinem Buch schickt er seinen Detective weiter auf die Suche nach dem Mörder und lässt ihn die geköpfte Olivia finden. Plötzlich beschließt er, eine weibliche Figur mit einzubauen, vielleicht eine FBI-Kommissarin, die mit an dem Fall arbeitet. Ja, das war gut. Eine Kommissarin mit blonden kurzen Haaren und grauen Augen sieht er vor sich. Er gesteht es sich aber nicht ein.

Als er den Kopf hebt und überlegt, wie er die Szene weiterschreiben kann, sieht er auf der anderen Seite des Schulhofs plötzlich eine kleine Person stehen, die zu ihm hinüber starrt. Sie redet mit einem hochgewachsenen Jungen, dessen Name Henry war, lässt ihn aber nicht aus den Augen. Irgendwie bekommt er das Gefühl, dass sie gleich zu ihm rüber kommt. Bloß nicht!

Schnell packt er alles zusammen und verschwindet im Gebäude, bevor sie ihre Idee in die Tat umsetzen kann. Vielleicht war das alles aber auch nur Einbildung. Er hat als nächstes Geschichte und hofft, dass sie es nicht hat, denn er macht sich viel zu viele Gedanken, wenn sie in der Nähe ist.

Er setzt sich auf seinen gewohnten Platz im Klassenzimmer und ist froh, dass er jetzt Geschichte hat. In Geschichte sitzt nämlich Christina neben ihm, auch wenn sie es nicht gerne tut, - sie wurde vom Lehrer dahin gesetzt - somit kann Ella gar nicht auf die Idee kommen, sich wieder neben ihn zu setzen. Kurz stutzt er über seine Gedanken. Warum sollte sie das überhaupt wollen?

Dann klingelt es und die Schüler strömen in den Raum. Christina kommt nicht. Ella ist auch noch nicht da. Als sie am Ende in der Tür steht, ist der Platz neben ihm noch als einziger frei.

Das kann nicht wahr sein. Wo ist bloß Christina? Auch wenn sie nicht mit ihm redet, wünscht er sie doch so sehr herbei wie nie. Er senkt schnell den Kopf, sieht aber, dass Ella auf ihn zusteuert. Sie sieht komischerweise erfreut aus, dass der Platz neben ihm frei ist.

Sie setzt sich, versucht aber zu seiner Überraschung kein Gespräch mit ihm anzufangen. Ist sie doch beleidigt, weil er vorhin nichts gesagt und sie ignoriert hat?

In Geschichte stellt sie sich auch nochmal kurz dem Lehrer vor, dann lauscht sie ihm interessiert. Sogar eine schöne Stimme hat sie. Er hingegen kriegt nicht ein Wort mit. Der Lehrer nimmt ihn zum Glück nicht dran. Er kann nicht anders, als sie zu beobachten. Unauffällig versteht sich. Einmal schaut er aber ertappt weg, als sie plötzlich ihren Kopf dreht und seinen Blick erwidert.

Dann ist auch diese Stunde schon wieder vorbei. Als nächstes hat er Wirtschaft, sie aber nicht, wie er mit einem Anflug von Enttäuschung feststellen muss. Dann noch eine Doppelstunde Deutsch. Das findet er nicht so toll. Die Satzstellung und Grammatik ist schwer, aber er muss das Fach bis zum Abschluss besuchen.

Wirkliche Fehlentscheidung, die er da bei seiner Kurswahl getroffen hat.

Er geht gerade zum nächsten Klassenzimmer, als er angerempelt wird. Sein Rucksack fliegt auf den Boden. Er will ihn ohne Worte wieder aufheben. Er wird wieder geschubst und sitzt auf dem Hosenboden. Lachen ertönt. Es sind wie erwartet Ronny und Olivia, die ihn auslachen. Es ist nichts Neues. Er rappelt sich wieder auf. Will in den Raum gehen. Wird aber gegen eine Wand gedrückt. Wie schon am Freitag. Wie er schon oft gegen eine Wand gedrückt wurde.

"Stotti, Stotti, Stotti, was machen wir nur mit dir?", fragt Ronny hämisch. Ja, das fragt Ethan sich täglich. Er würde ihre Abneigung verstehen, wenn er sie provozieren würde, aber er macht ja nichts. Beleidigt sie nicht, greift sie nicht verbal an. Trotzdem triezen und mobben sie ihn.

"Machen wir doch da weiter, wo wir am Freitag aufgehört haben. Deine Kiefermuskulatur lockern." Ronny hält ihn fest und hebt seine geballte Faust. Er schließt die Augen.

"Hey, was macht ihr denn da?", ertönt eine weibliche Stimme. Er atmet erleichtert aus. Ella schiebt sich zwischen die beiden Jungen. Er ist so unglaublich froh, sie zu sehen. Noch froher als am Freitag, als Mrs. Wilde aufgetaucht ist.

"Nichts, nichts."

"Lasst ihn doch in Ruhe. Er hat euch doch nichts getan, oder?", fragt sie Olivia und Ronny. Ethan ist verwundert. Sie traut sich tatsächlich, als Neue, sich gegen die beiden zu stellen? Das könnte sie alles kosten! Aber sie verteidigt ihn? Er kann es nicht fassen. Das ist der beste Montag, den er je hatte!

Ronny lässt von ihm ab. Er sieht, wie Olivia die Augen verdreht, während Ronny etwas von Langweiler murmelt, sie dann aber ins Klassenzimmer gehen.

"Alles in Ordnung?", fragt Ella und dreht sich besorgt zu ihm um. Er nickt. Danke, will er sagen, traut sich aber nicht. Er traut sich nicht, etwas zu sagen. Er versucht, es ihr mit den Augen zu sagen. Sie nickt zurück und verschwindet im Klassenzimmer. Der Rest des Tages zieht nur noch verschwommen an ihm vorbei.

Nun weiß Ethan, warum er die ganze Zeit an sie denken muss. Eigentlich wusste er das schon die ganze Zeit. In Wirklichkeit wollte er alles nur nochmal Revue passieren lassen. Er schläft mit einem Lächeln ein.

-5-

"Heeey! Wie geht's, Baby Girl?" Ich muss unwillkürlich grinsen. Hinter meinem Laptopbildschirm strahlt mir meine beste Freundin Flo entgegen. Kaum habe ich meinen PC hochgefahren, ist auch schon das blubbernde Anruf-Geräusch von Skype losgegangen. Ich habe mich den ganzen Tag darauf gefreut, mit Flo reden zu können. Ich bin zwar erst einen Tag hier auf der Schule, aber ich könnte schon ein ganzes Buch damit füllen, was ich heute alles erlebt habe. Und das muss ich jetzt alles Flo mitteilen, ganz egal, wie lange es dauert und bis in welch unchristliche Zeiten wir telefonieren werden.

Florence Biles, meine kleine quirlige, immer gut gelaunte, beste Freundin kennt mich seit sechs Jahren. In Brisbane haben wir nebeneinander gewohnt und sind deshalb praktisch zusammen aufgewachsen. Wir sind in derselben Klasse gewesen und haben uns, seit ich denken kann, nur ganz selten gestritten. Wir sind ein Team. Wir sind wie Schwestern.

Ich hebe die Hände an meinen Mund, küsse die Innenflächen und puste einen Kuss zu Flo, die in Brisbane in ihrem geräumigen

Zimmer sitzt, um das ich sie stets beneidet habe. Sie hat einen sehr guten Geschmack. Flo fängt den Kuss theatralisch auf.

"Mir geht's gut. Ich vermisse dich. Wie geht es dir?", frage ich und Flo zieht sofort eine Schnute.

"Ach Ella! Ich vermisse dich auch. Ohne dich ist es so langweilig. Komm bitte wieder zu mir zurück." Sie zieht das O von 'so' weinerlich in die Länge.

"Du glaubst gar nicht, wie gerne ich das tun würde.", erwidere ich traurig. Wir lächeln uns traurig durch die Kamera an. Mir stehen fast Tränen in den Augen, so sehr würde ich sie gern in den Arm nehmen.

"Fühl dich geknuddelt.", sage ich und sie schlingt sich sofort die Arme um den Körper und umarmt sich selbst. Diese verrückte Flo! Ich kann nicht anders, als loszulachen.

"Okay, Schluss mit lustig! Erzähl mir alles! Wie ist es da so in dem Kaff? Wie war die Schule heute? Heiße Jungs? Ich will alles wissen. ALLES!!!", kreischt Flo dann auf. Ihr Gesicht kommt ganz nah an die Kamera, bis ich nur noch ein Auge und ihr Nasenloch sehen kann. Ich kichere wieder los.

"Also, es ist... nett hier. Das Haus ist groß, die Bilder hast du gekriegt, ja? Mein Zimmer ist noch nicht fertig, da brauche ich unbedingt deine Hilfe! Und na ja, die Schule... Es war interessant. Jungs gibt es durchaus, kommt drauf an, was du suchst."

"Was meinst du mit interessant?", hakt Flo nach, die meinen Unterton, dass heute viel passiert ist, sofort gehört hat. Ich muss an den heutigen Tag denken. Was alles passiert war. Wie ich in Geschichte neben Ethan gesessen habe, stumm. Und wie ich ihn vor Deutsch gerettet habe. Und er hat sich nicht mal bedankt. Das fand ich dann doch etwas unhöflich. Aber Olivia hatte ja gesagt, er hält sich für was Besseres. Vielleicht hat er den Schlag, den Ronny ausführen wollte, ja verdient. Ich erschrecke über meine Gedanken. Nein, er hat das nicht verdient. Ich bin komplett gegen Gewalt!

"Wo soll ich anfangen?", frage ich mich selbst überfordert und ich kann sehen, wie Flo vor Neugier fast platzt. Sie rutscht unruhig auf ihrem Stuhl hin und her. Dann beschließe ich, von vorne anzufangen und erzähle ihr von meinem heutigen Morgen.

"Dann musste ich mich neben einen Jungen setzen und-"

"Oh Gott, war er hässlich? Hat er gestunken? Ungewaschen?", unterbricht mich Flo und ich schüttele lachend den Kopf. Ich bin bei der Stelle angekommen, als ich den Klassenraum betreten und mich vorgestellt habe.

Flo hat mir interessiert zugehört und ab und zu mit dem Kopf genickt. Manchmal gibt sie auch zustimmendes Gemurmel von sich, was, wie ich finde, eine ihrer Unarten ist, da ich mich beim Sprechen immer unterbrochen fühle. Aber sie kann es nicht unterdrücken und ich will es ihr auch nicht vorwerfen, denn so schlimm ist es dann doch nicht. Wir sagen uns immer alles, wir haben keine Geheimnisse voreinander.

"Nein, er hatte schöne Augen.", sage ich und wundere mich im selben Moment, dass das das Erste ist, was mir über Ethan einfällt. Flo tut erschrocken.

"Ella Mikaelson! Ich muss mir doch keine Sorgen machen?! Du hast einen Freund! Einen Tag in der neuen Schule und schon lachst du dir einen Neuen an?" Sie übertreibt maßlos, aber ich weiß, dass sie es halb ernst, halb spaßig meint. Aber ihre Zweifel sind unbegründet. Das sage ich ihr.

"Keine Ahnung, warum ich das gesagt habe! Er hat mich so durchdringend angestiert, als ich da vorne an der Tafel stand. Dann musste ich mich neben ihn setzen und ich habe 'Hi' gesagt. Aber er hat nicht zurück gegrüßt. Er hat gar nichts gesagt! Er hat mich danach praktisch ignoriert." Unbewusst ist meine Stimme lauter geworden. Ich habe nicht gedacht, dass mich das so stört.

"Henry hat gesagt, dass er eingebildet ist und mit niemandem redet, aber ich kann das irgendwie nicht ganz glauben. Da muss was anderes sein."

"Henry?!" Ich ignoriere Flos Einwurf und spreche einfach weiter, weil ich so in Rage bin.

"Weil in der Pause saß er ganz alleine auf einer Bank. Und wie es aussieht, hat er keine Freunde. Vor der letzten Stunde stand er plötzlich im Gang und ein Mädchen und Junge, Olivia und Ronny, haben ihn an die Wand gedrückt. Ronny wollte ihn eindeutig schlagen, das habe ich gesehen. Ich bin dazwischen gegangen. Ich weiß ehrlich gesagt gar nicht, warum. Es war so ein Instinkt. Ich habe ihn gerettet, aber er hat sich nicht einmal bedankt! Anscheinend scheinen die zwei ihn öfter zu mobben oder zu schlagen. Ich frage mich nur warum..." Mein Redefluss versiegt, weil meine Gedanken sich immer wilder drehen.

"Ähm, Ella, ich denke, du machst dir da ein bisschen zu viele Gedanken. Du kennst den Kerl erst einen Tag, beziehungsweise gar nicht.", sagt Flo fast zögerlich. Ich sehe sie erstaunt an. "Lass den Typ am besten einfach in Ruhe. Wenn er sich schon so komisch verhält, würde ich mich nicht mit dem einlassen." Vielleicht hat Flo Recht. Ich nicke zustimmend, bin aber noch nicht ganz überzeugt. Irgendwas ist mit Ethan, es muss einen Grund geben, warum er nicht redet, nur habe ich den noch nicht herausgefunden.

"Ja, vielleicht hast du Recht.", sage ich, um das Thema zu beenden. Nur, damit ich mich damit später alleine damit befassen kann.

"Gut, dann wäre das geklärt. Wer ist jetzt Henry? Sieht er gut aus?", wechselt Flo das Thema und ich bin überrascht, dass sie auf den Themenwechsel beziehungsweise auf die Beendigung des Themas eingeht. Flo will immer wissen, wie jemand aussieht, wenn er männlich ist. Denn sie ist Single, trotz ihrer tollen offenen Art, und hat in der Vergangenheit nicht so viel Glück mit Beziehungen gehabt. Ihr erster Freund, oder wohl eher Fast-Freund, hatte sie sitzen lassen, der zweite war fremdgegangen und der Italiener, na ja, der zählt nicht.

Jedes Mal habe ich sie mit Eis aufgemuntert und ihr gesagt, wenn ich auf Frauen stehen würde, würde ich sie sofort nehmen. Dann haben wir immer gelacht und uns zur Trauerbewältigung High School Musical 2 angesehen. Flo liebt diesen Film abgöttisch und kann alle Lieder auswendig mitsingen.

"Henry ist... hübsch, ja. Groß, blond, dein Beuteschema würde ich sagen. Ich habe ihn nach dem Weg zum Sekretariat gefragt und ihn später in der Pause wiedergetroffen." Dann erzähle ich Flo noch von Olivia, Ronny, Dylan, Kaylee und Nick und Mrs. Wilde. Wir quatschen so lange über alles Mögliche, bis meine Mum zum Essen ruft. Enttäuscht und traurig, dass wir schon wieder aufhören müssen, verabschieden wir uns voneinander.

"Pass auf dich auf, Baby Girl. Ich hab dich lieb.", sagt Flo und schickt mir einen Luftkuss. Diesmal fange ich ihn auf.

"Ich habe dich auch lieb. Wir schreiben, okay?" Sie nickt. Dann diskutieren wir kurz, wie ein verliebtes Pärchen, wer zuerst auflegt, bis ich schließlich den roten Knopf drücke, weil meine Mum mit ihren Nägeln wieder auf dem Geländer klappert. Auch das Essen muss pünktlich sein.

Ich klappe meinen Laptop zu und gehe nach unten. Wir haben zum Glück wieder einen Esstisch, der Möbelwagen ist am Morgen angekommen, als ich in der Schule war. Ich setze mich auf den freien gedeckten Platz, gegenüber von meinem Dad. Er lächelt mich freundlich an.

Es gibt Spaghetti. Ich nehme mir ohne Worte etwas aus dem Topf und kippe einen Löffel Soße darüber. Dann fange ich an zu essen. Mein Dad überspielt seine Enttäuschung, darüber, dass ich nicht zurück lächele und fragt:" Und, wie war dein erster Schultag?"

"Gut. Hoffentlich war dein erster Arbeitstag hier auch nur halb so gut, damit es sich wenigstens gelohnt hat, uns hierher zu schleppen." Ich kann es ihm einfach noch nicht ganz verzeihen, dass wir wegen seiner Arbeit umziehen mussten.

"Ja danke. Er war auch sehr gut.", gibt mein Dad gereizt zurück. Meine Mum seufzt genervt auf.

"Streitet euch doch nicht schon wieder! Wie zwei kleine Kinder. Ella, reiß dich zusammen. Wir waren alle einverstanden, dass wir hierher ziehen." Ich verdrehe die Augen und schmolle. Nur, weil ich gar keine andere Wahl hatte. Ich wurde zwar gefragt, aber es stand für alle schon fest, dass wir gehen würden. Dabei habe ich gedacht, nie wieder aus Brisbane weggehen zu müssen. In meiner Kindheit war ich es gewohnt, alle zwei Jahre umzuziehen. Doch nach sechs Jahren Brisbane ist die Stadt an Australiens Ostküste zum ersten Mal mein richtiges Zuhause gewesen. Und erneut wurde mir das nun weggenommen.

Es herrscht Stille am Esstisch. Ich esse die Hälfte meines Tellers, Hunger habe ich trotz der Auseinandersetzung immer noch, bis ich mich erbarme und meinen Eltern von meinem ersten Schultag erzähle. Sie lachen über die Beschreibung von Mrs. Wilde, die auch ziemlich lustig ist. Nur Ethan lasse ich weg. Ich erwähne ihn nur als meinen stillen Sitznachbarn.

Nach dem Essen gehe ich wieder nach oben in mein Zimmer, während meine Eltern eine Flasche Wein öffnen und sich vor den Fernseher legen. Als ob es etwas gäbe, auf das man anstoßen könnte. Pah. In meinem Zimmer stehen noch viele unausgepackte Kisten, denn ich habe noch keinen Schrank. Wir konnten nicht alles mitnehmen und meinen Kinderschrank mit den bunten Aufklebern wollte ich nicht mehr. Wir müssen also erst noch neue Möbel besorgen. Nur mein Schreibtisch und mein großes Bett, die beide noch relativ neu sind, durften mit und zieren bisher mein ansonsten leeres Zimmer.

Ich klappe den Laptop wieder auf. Ich habe mich auch mit Ben zum Skypen verabredet. Ich freue mich so, ihn zu sehen. Ich schreibe ihm kurz, dann warte ich, bis das 'Online'-Symbol bei ihm blinkt, bevor ich auf den grünen Hörer drücke. Keine fünf Sekunden später nimmt er meinen Anruf an und sein Gesicht leuchtet mir auf den Bildschirm entgegen. Ich habe sofort das Bedürfnis, ihn zu berühren.

"Hey", sagt er leise und liebevoll.

"Hi.", grüße ich zurück. "Wie geht es dir?" Ich lege meine Hand auf den Bildschirm und erwarte, dass er dasselbe tut, bis ich merke, dass er die Geste gar nicht sehen kann. Ich lasse die Hand wieder sinken.

"Gut. Und dir?"

"Ich wünschte, du wärst hier. Ich vermisse dich."

"Ich dich auch. Aber ich komme dich bald besuchen." Ich weiß, dass er versucht mich aufzumuntern, da in meinen Augen schon wieder Tränen glänzen, aber ich weiß auch, dass ich bis dahin noch zwei ganze Wochen warten muss. So lange will ich nicht warten.

Seine braunen Teddybär-Augen blitzen mir entgegen.

"Nicht weinen. Erzähl mir, wie dein Tag heute war." Ich versuche, mich zusammenzureißen, schließlich kann ich nicht immer losheulen, wenn ich ihn oder Flo sehe. Ich schniefe ein paar Mal, was nicht sehr damenhaft ist, aber er ist es gewohnt. Bei traurigen Filmen fange ich immer an zu weinen.

Dann erzähle ich ihm von meinem Tag, zum dritten Mal heute, lasse aber, wie bei meinen Eltern auch, Ethan aus meinen Erzählungen aus. Ich bin mir nicht sicher, wie Ben darauf reagieren wird, wenn ich schon nach meinem ersten Schultag anfange, wie besessen von einem Jungen zu erzählen.

Bei Flo kann ich das machen, sie ruft mich dann irgendwann wieder zur Raison. Bei Ben weiß ich es eben nicht. Auch wenn ich ihm vertraue und es ihm sicherlich erzählen kann, ohne dass er Hintergedanken hat. Er ist noch nie ein eifersüchtiger Mensch gewesen.

Er hört mir aufmerksam zu, freut sich sogar, dass ich schon ein paar Freunde gefunden habe - bei denen ich wiederum noch herausfinden muss, ob das wirklich meine Freunde sind oder werden können. Als ich ende, ist es schon spät geworden. Ich muss gähnen.

"Sollen wir aufhören, Ella? Du siehst ziemlich müde aus.", meint Ben fürsorglich. Ich winke ab und lächele ihn an.

"Nein, du hast mir noch nicht von deinem Tag erzählt." Ben ist sehr liebevoll und kann auch mit Worten umgehen und sie richtig einsetzen- zumindest, was mich und unsere Beziehung angeht- aber er ist kein großer Erzähler. Während ich meinen Tag in Einzelheiten meinem Gegenüber wiedergeben kann, bringt er seinen Tag in einem Satz auf den Punkt.

"Mein Tag war auch gut." Ich nehme es ihm nicht übel, warum sollte ich auch. Aber ich weiß, wie ich Informationen aus ihm herauskriege. Ich muss sie ihm aus der Nase ziehen. Aber auch das habe ich in den achtzehn Monaten unserer Beziehung gelernt.

"Und mit wem warst du so unterwegs?", frage ich, denn mir fällt wieder ein, dass ich ihn das unbedingt fragen wollte.

"Mit den Üblichen." Nicht gerade eine auskunftsreiche Aussage, aber ich weiß, wen er damit meint. Mit den 'üblichen' sind seine Freunde gemeint und unter denen ist kein Mädchen. Ich bin erstmal beruhigt. Obwohl ich immer noch nicht weiß, woher meine Neugier darüber kommt. Es ist vermutlich ein bisschen Eifersucht und Angst, weil ich ihn nicht mehr oft sehe und nicht mehr weiß, was er so treibt. Ich muss wieder gähnen.

"Ella, wenn du schlafen gehen möchtest-"

"Nein, ich möchte mich mit dir unterhalten.", unterbreche ich ihn und ein erneutes Gähnen straft meine Worte Lügen. Ich bin wirklich unfassbar müde, es ist mittlerweile fast halb zwölf. Und ich muss morgen wieder früh aufstehen.

"El, wir können morgen wieder miteinander reden. Ich sehe doch, dass du kaum mehr die Augen offen halten kannst." Er sagt es mit einem belustigten Ton und kleinem Glucksen. Er hat ja Recht.

"Okay.", gebe ich nach. "Aber ich glaube nicht, dass ich schlafen kann. Ich will bei dir schlafen." Er weiß, was ich meine. Wenn ich bei ihm übernachtet habe, bin ich immer in seinen Armen eingeschlafen und in seinen Armen wieder aufgewacht. Jetzt möchte ich nichts lieber als das.

"Ich habe eine Idee. Fahr deinen Laptop runter, ich rufe dich gleich auf dem Handy an." Ich tue, was er mir sagt, bin aber trotzdem untröstlich, als sein Bild von meinem Bildschirm verschwindet. Kurz darauf klingelt mein Handy. Ich nehme ab.

"Leg dich schlafen, ich werde bei dir bleiben, bis du eingeschlafen bist." Ich kann es kaum glauben. Das ist das Süßeste, was er je für mich getan hat. Und in Sachen Süßheit ist Ben als Freund kaum zu übertreffen. Ich lege mich also im Schlafanzug in mein Bett in meinem neuen kahlen Zimmer und halte mein Handy ans Ohr.

Er flüstert mit leiser Stimme:" Ich liebe dich, vergiss das nicht. Und jetzt schlaf schön." Mit säuselnden Worten wiegt er mich der Müdigkeit entgegen, bis ich eingeschlafen bin.

-6-

Am nächsten Morgen quäle ich mich schwerfällig aus dem Bett. Ich bereue es ein wenig, dass es gestern so spät wurde. Ich bereue ganz sicher nicht das Gespräch mit Ben, aber ich brauche meine bestimmte Anzahl von Stunden Schlaf, sonst bin ich am nächsten Morgen zu nichts zu gebrauchen.

Wahrscheinlich nicke ich heute im Unterricht ein, und das schon an meinem zweiten Tag.

An meiner Backe sind noch die Abdrücke meines Kissens zu sehen. Mein Handy habe ich auf dem Boden wiedergefunden. Ich frühstücke bedürftig, was für mich heißt, eine Tasse Tee und ein Stück Brot. Obwohl ich heute Morgen viel eher einen Kaffee gebrauchen kann. Ich richte mich im Badezimmer und ziehe mich an, brauche aber, wie ich feststellen muss, viel länger als sonst.

Meine Mum steht schon wieder top gestylt unten an der Treppe. Sie übergibt mir wieder mein Lunch und mir fällt auf, dass das von gestern noch in meiner Tasche steckt.

Unangerührt. Ich habe es gestern völlig vergessen zu essen. Ich werde es meiner Mum aber nicht sagen, sonst ist sie sauer.

"Das Essen schmeiße ich nicht immer weg!", predigt sie mir immer, wenn auch nur ein Stück Brot übrig bleibt, das ich zum Abendessen ganz sicher nicht mehr essen will. Entweder ich schmeiße es in der Schule weg, oder ich werde es essen. Die erste Option erscheint mir reizvoller.

Heute ist es angenehm warm, weshalb ich meine Jacke schon im Auto ausziehe. Ich werde sie in der Schule vermutlich nicht brauchen, ich hätte sie gleich daheim lassen können. Meine Mum fährt mich wieder zur Schule. Kurz bevor wir auf den Parkplatz einbiegen, fällt mir etwas ein.

"Mum, bitte heute nicht hupen." Zuerst sieht sie mich verständnislos an, dann lacht sie laut auf. Sie findet es offensichtlich sehr witzig, dass ich mich für sie schäme. Sie hat da kein Problem damit. Aber sie verspricht mir, es nicht zu tun, obwohl ich es ihr nicht ganz glaube. Meine Mum gehört zu den Müttern, die gerne nochmal einen draufsetzen. Ich sehe sie ein letztes Mal mit einem flehenden Blick an und hoffe, dass dieser sie davon abhält, mich wieder zu blamieren.

Denn jetzt kenne ich ein paar Leute von dieser Schule. Dann steige ich aus und eile so schnell wie möglich ins Gebäude. Ich kneife hoffnungsvoll die Augen zusammen und warte auf das Geräusch der Hupe. Sie erklingt zum Glück nicht.

"Musst du aufs Klo, oder was?" Erschrocken öffne ich die Augen. Ronny sieht mich belustigt an. Peinlich berührt richte ich mich zu meiner vollen Größe auf- die übrigens stolze 1,65 Meter beträgt- und sehe ihn an.

"Ähm, nein. Guten Morgen erstmal." Ich komme nicht umhin, als an gestern zu denken, als er Ethan schlagen wollte und beschließe, ihn bei Gelegenheit, nach dem Grund dafür zu fragen.

Dann ertönt hinter mir ein freudiges Quietschen und ich sehe Olivia auf mich zu stöckeln. Irgendwie bin ich erleichtert, sie zu sehen, denn Ronnys Anwesenheit macht mich nervös. Er schaut mich musternd an. Dieser Blick ist so durchdringend, dass es mir unangenehm ist. Olivia kommt bei mir an. Ihre Handtasche hat sie sich in die Armbeuge geklemmt. Sie ist eigentlich viel zu klein, um als Schultasche durchzugehen. Schnell drückt sie Ronny einen Kuss auf die Wange. Ich kann sehen, wie seine Hand zu ihrem Po wandert. Olivia macht sich von ihm los.

"Ella! Wie geht's dir?" Sie kommt vor mir zum Stehen und begrüßt mich, in dem sie sich vorbeugt und mir jeweils ein Wangenküsschen gibt. Ich bleibe überrumpelt stocksteif stehen. So wurde ich noch nie begrüßt. Flo und ich haben uns immer umarmt, das Küsschen-Gehabe fanden wir immer zu mädchenhaft. Jetzt werde ich mich wohl daran gewöhnen müssen.

"Mir geht es gut. Dir auch?", frage ich zögerlich.

"Aber natürlich!", flötet sie lautstark, sodass sich die halbe Schülerschaft umdreht. Was mir erst heute auffällt, ist, dass viele Olivia grüßen. Manche fast flehend, als wollen sie ihr irgendetwas mitteilen, andere schüchtern. Nur die wenigsten grüßt sie zurück. Mir ist klar, warum das so ist.

Olivia ist die beliebteste Schülerin der Schule. Und ich bin mit ihr 'befreundet'. Ich bin nicht hinterlistig und will es auch nicht sein, aber ich weiß jetzt, dass ich mich an sie halten sollte, wenn ich nicht alleine sein will. Aber sie ist ja auch auf mich zugegangen.

Wir verweilen noch ein bisschen auf dem Gang, bis Dylan, Kaylee und Nick auftauchen. Die Jungs umarmen mich kumpelhaft, während ich wieder salzsäulenmäßig stehen bleibe und die Umarmung steif erwidere, und auch von Kaylee bekomme ich rechts und links ein Küsschen. Es ist für mich ungewohnt, dass sie mich so herzlich aufnehmen, aber ich kann nicht leugnen, dass es mir gefällt.

Mir fällt aber auf, dass einer fehlt.

"Wo ist denn Henry?", frage ich.

"Entweder er hat sich gestern Nacht die Birne weggekifft oder er sitzt in einer Zelle, weil er betrunken Auto gefahr'n ist.", erwidert Dylan trocken, der der einzige zu sein scheint, der meine Frage überhaupt gehört hat. Ich reiße erschrocken die Augen auf.

"Gekifft? Es... es ist doch erst Dienstag.", stammele ich, um meine Überraschung und Enttäuschung zu überspielen. Enttäuschung, weil ich Henry von Anfang an nett fand und ihn komplett anders eingeschätzt habe. Als netten Kerl, der sich von den anderen etwas abhebt, weil er nicht trinkt und raucht und der jedem ein guter Freund ist. Jeder hat doch so einen in der Clique. Aber da habe ich mich wohl getäuscht.

"Ella, chill mal. Er hat heute erst später Schule.", meint Dylan und verdreht die Augen. Da fällt mir ein Stein vom Herzen, als ich erkenne, dass es ein Witz war. Schlechter Witz. Und es fällt auch nur ein kleiner Stein, denn irgendwas in mir hat noch den Zweifel, dass Henry wirklich nicht so ist, wie ich ihn gern hätte. Ich werfe einen kurzen Blick auf meine Armbanduhr und stelle erstaunt und erschrocken fest, dass der Unterricht gleich beginnt. Es sind auch nicht mehr viele Schüler auf den Gängen.

"Hey Leute, wollen wir mal ins Klassenzimmer gehen?" Keiner antwortet mir. Ich trete unruhig von einem Fuß auf den anderen. Plötzlich habe ich das dringende Bedürfnis pünktlich zu sein, vielleicht, weil heute erst mein zweiter Tag ist.

"Chill mal!", quäkt Kaylee mich an. Sie trägt gerade ihre siebte Schicht Puder auf. Komischerweise ist sie von allen die mir Unsympathischste.

"Na gut. Ich gehe noch schnell auf Toilette.", sage ich, um mich dann aus dem Staub zu machen. Olivia registriert es mit einem Kopfnicken und Lächeln, als würde sie mir die Erlaubnis erteilen, wegzutreten. Ich gehe Richtung Toilette. Mit einigen Umwegen und Umkehrungen finde ich schließlich den Klassenraum, wo mein Stundenplan zwei Stunden Mathe ankündigt. Ehrlich gesagt, finde ich Mathe gar nicht so schlimm. Manchmal habe ich meine Probleme damit, aber nur, bis ich es verstanden habe und dann läuft es mir praktisch von der Hand. Eine Sache, um die mich Flo stets beneidet hat, weil sie in Mathe Nachhilfe nehmen muss. Eine kurze Zeit hatte ich versucht, ihre Lehrerin zu sein, und ich hatte den Eindruck, dass sie es auch verstanden hat. Im Endeffekt wurde es in der Klassenarbeit aber wieder ein D+.

Es klingelt. Ich schlüpfe schnell in den Raum, der Lehrer steht schon an der Tafel, den Rücken mir zum Glück zugewandt. Schnell sehe ich mich im Zimmer um und entdecke zu meiner- ja was?

Freude? Überraschung? - Ethan. Er sitzt in der zweiten Reihe, alleine. Und da ich mir geschworen habe, herauszufinden, warum er nicht redet, gehe ich auf ihn zu. Die einzigen leeren Plätze sind sowieso die in der letzten Reihe, die den anderen gehören.

"Hi.", flüstere ich zu Ethan, als ich mich neben ihn niederlasse. Ich erwarte nicht, dass er mich zurück grüßt, aber er nickt mit dem Kopf, ganz leicht und zögerlich. Er sieht fast erschrocken aus, dass ich mich neben ihn setze, fast so, als hätte er gar nicht damit gerechnet. Der Lehrer beginnt mit dem Unterricht.

"Ah, ein neues Gesicht. Du bist Ella, stimmts?" Ich nicke und kann nicht verhindern leicht rot anzulaufen, weil mich wieder alle anstarren. "Na dann. Ich bin Mr. Taylor. Wenn du Biologie hast, sehen wir uns auch dort. Unser heutiges Thema sind Wahrscheinlichkeiten." Der Lehrer ist mir sympathisch. Ich lächle und freue mich über das Thema. Denn das hatten wir schon und ich verstehe es.

Ein paar Minuten nach Unterrichtsbeginn treten dann auch Olivia und -zu meiner Überraschung- Kaylee in den Raum. Sie kichern und stören somit. Ich sehe, dass Mr. Taylor das Gesicht verzieht und kann mir denken, dass die zwei nicht seine Lieblingsschüler sind. Die Jungs fehlen und da fällt mir ein, dass es zwei Mathekurse gibt. Den leichteren und den schwereren. Aber dass Kaylee hier Mathe macht, hätte ich nicht gedacht. Na ja, da habe ich sie wohl unterschätzt.

Der Unterricht geht weiter und wir schreiben ein paar Dinge auf. Bei manchen beschließe ich, nicht mitzuschreiben, da ich dieselben Unterlagen noch zu Hause habe. Ethan neben mir schreibt fleißig mit, anders als gestern, wo er nur vor einem leeren Blatt Papier saß.

Dann bekommen wir ein paar Aufgaben, die wir selbstständig lösen müssen. Schnell merke ich aber, dass es doch nicht so einfach ist, wie es vorne an der Tafel scheint. Die Zunge in den Mundwinkel geklemmt, brüte ich über einer Aufgabe, die ich einfach nicht gelöst bekomme.

Plötzlich schiebt sich ein Finger zu mir rüber und tippt auf eine Zahl, die ich aufgeschrieben habe.

Erstaunt hebe ich den Kopf. Ethan blickt mir entgegen. Erst in die Augen, dann auf mein Blatt und er tippt wieder auf die Zahl. Ich schiele auf sein Blatt und sehe, dass er bereits alle Aufgaben gelöst hat. Dann sehe ich zurück auf meines, welches ein heilloses Durcheinander ist.

"Was ist damit?", frage ich ihn, da ich wirklich keine Ahnung habe, wie die Zahl, auf die er da tippt, mir helfen soll, die Aufgabe zu lösen.

Ethan versucht, nicht die Augen zu verdrehen- welche heute übrigens wieder bezaubernd funkeln- und fährt mit dem Finger auf meinem Blatt hin und her. Alles, ohne ein Wort zu sagen. Ich versuche ihm zu folgen, zu verstehen, was er mir mitteilen will, aber es gelingt mir einfach nicht. Schließlich, als wir beide am Rand der Verzweiflung stehen, werfe ich kapitulierend meine Hände in die Luft und muss loslachen. Und als ich ihn lachend ansehe, sehe ich, wie sich seine Mundwinkeln ebenfalls heben, obwohl er versucht, dagegen anzukämpfen.

Schließlich lässt er seine Gegenwehr fallen und offenbart mir ein bezauberndes Lächeln. Dann schiebt er mir sein Blatt rüber. Ich schaue mir seine Rechnungen näher an und verstehe endlich, was er mir erklären wollte. Ohne Worte zwar etwas schwer, aber der Versuch war es wert.

"Jetzt verstehe ich es! Warum hast du das nicht gleich gesagt?" Im nächsten Moment bemerke ich die Bedeutung meiner Worte. Ethans Ausdruck wird ernst und er schaut zur Seite. Ich will mich entschuldigen, doch er dann lächelt er erneut und ich weiß, dass er es mir nicht übel nimmt. Ich grinse zurück.

Dann schreibe ich es schnell ab, bevor der Lehrer es merkt.

Erst im Nachhinein, als die Stunde zu Ende ist, wird mir klar, dass Ethan mir geholfen hat und das ich mich noch nicht einmal bedankt habe. Damit wären wir wohl quitt.

*** Ethan ***

Als es klingelt und damit das Ende der Mathestunde einläutet ist Ethan gleichermaßen enttäuscht und erleichtert. Enttäuscht, weil die Stunde neben Ella wirklich toll und viel zu schnell vorbei war. Erleichtert, weil der Fokus des Lehrers auf Ella und nicht auf ihm lag. Der Lehrer hat ihn heute ausnahmsweise mal nicht dran genommen und wieder getriezt.

Heute war also ein guter Tag. Mathe hat er heute ohne Probleme überstanden. Na ja, doch mit Problemen. Er hatte zu kämpfen mit seinen Gefühlen, die komplett außer Kontrolle geraten sind, als er Ella hat lachen sehen. Sie hat offen gelacht, nicht so künstlich wie die anderen Mädchen. Das gefällt Ethan. Irgendwie.

Heute Morgen hat er sie aus einem Auto aussteigen und ins Schulhaus eilen sehen. Dann hat es aber ziemlich lange gedauert, bis sie im Klassenzimmer aufgetaucht war. Er hat gehofft, dass sie im selben

Mathekurs wie er sein würde, denn er schätzt sie klug und fortgeschritten ein. Als sie aber zuerst nicht kam, war er schon enttäuscht. Ziemlich überrascht war er dann natürlich, als sie plötzlich doch auftauchte und sich sogar neben ihn setzte, wo doch die ganze letzte Reihe frei war! Und er ist schon ein bisschen glücklich, dass sie sich trotzdem neben ihn gesetzt hat.

In der Pause, als er wieder alleine auf seiner Bank sitzt, wird ihm aber klar, dass er da möglicherweise etwas zu viel hinein interpretiert. Es hat nichts zu bedeuten, dass sie sich den freien Platz neben ihm ausgesucht hat; wahrscheinlich war sie einfach vorausdenkend und wusste, dass Olivia und ihre Freundin Kaylee noch kommen würden. Kaylee war übrigens auch schon tot, verbrannt. Das hatte er geschrieben, nachdem sie ihm seine Matheklausur mit einem A mit dem Feuerzeug verbrannt und das Papier auf dem Schulhof verteilt hatte. Da war er wirklich kurz davor die Meinung zu geigen- was er schließlich auch gemacht hatte; in seinem Kopf hatte er sie beschimpft und angeschrien und im Buch sofort getötet. Er war wirklich stolz auf diese Note. Da konnte der Lehrer machen was er wollte, Mathe waren Zahlen und Fakten, wogegen der Lehrer, wenn Ethan richtig rechnete, rein gar nichts machen konnte. Er wollte die Klausur seiner Mutter zeigen, alles was sie noch bekam, waren einzelne verkohlte Schnipselchen. Aber er schweift ab.

Er kann sich eigentlich denken, dass er Ella mit seinem gestrigen Auftreten ziemlich vergrault hatte, nachdem er sich noch nicht mal für ihre Hilfe bedankt hat. Nächstes Mal wird sie sich sicher einen Platz suchen, der am weitesten von ihm entfernt liegt.

-7-

"Oh mein Gott, Ella! Es tut mir so leid!" Als ich nach der Mathestunde den Klassenraum verlasse und in den Gang trete, um dort auf Olivia zu warten, kommt erstere auch schon auf mich zu gerannt und umarmt mich theatralisch. Ich verstehe rein gar nichts.

"Ähm...", sage ich unschlüssig, immer noch von Olivias Armen eingequetscht. Zum Glück lässt sie mich los, als ich mich ein bisschen bewege. Ich kann nun ihr Gesicht sehen, das zu meiner Verwirrung wirklich Schuldgefühle erkennen lässt.

"Was tut dir leid?", frage ich dann, weil ich nicht die leiseste Ahnung habe, warum sie sich so komisch verhält. Sie atmet mit einem großen Seufzen auf.

"Ich wollte, dass du bei uns sitzt. Damit du nicht neben Stot-...ä hm...Dings, Ethan sitzen musst. Aber ich habe es total vergessen. Es muss schrecklich für dich gewesen sein. Es tut mir so leid, ich werde mich sofort darum kümmern.", bricht die Antwort aus ihr heraus. Sie sieht mich fast schon verzweifelt an. Ich dagegen verstehe die Welt nicht mehr. Was redet sie da bloß?

Ich habe doch kein Problem damit, neben Ethan zu sitzen. Hat sie da irgendetwas falsch verstanden? Heute fand ich es sogar nett, neben ihm zu sitzen. Er hat mir geholfen und mich sogar angelächelt.

Irgendwas sagt mir, dass das bei ihm etwas Besonderes ist. Und ich glaube auch nicht mehr, dass er einfach nur eingebildet ist, sondern dass da ein triftiger Grund hinter seiner Sprachlosigkeit steckt. Außerdem hat es seine Vorteile. Man kann sich sehr gut neben ihm konzentrieren, zumindest, wenn man nicht herausfinden will, was sein 'Geheimnis' ist, und in Mathe scheint er auch ganz gut zu sein, was doch insgesamt nur von Vorteil ist.

Natürlich würde es mich aber auch freuen, wenn ich neben meinen neu gewonnen Freunden sitzen könnte, aber ich möchte niemanden in der letzten Reihe von seinem Platz verdrängen. Das sage ich Olivia auch.

"Ach was, mach dir da keine Sorgen, du verdrängst keinen. Das ist gar kein Problem. Nächste Stunde kannst du zu uns kommen.", hält Olivia dagegen.

"Olivia, es ist wirklich kein Problem für mich neben-"

"Nein, nein, nein. Für uns ist es aber ein Problem. Ähm, ich meine, was für Freunde wären wir denn, wenn du nicht bei uns sitzt?", lächelt sie und rammt Kaylee, die gelangweilt auf ihre Fingernägel sieht, ganz leicht einen Ellenbogen in die Seite, damit sie auch lächelt. Ich bemerke es natürlich. Aber ich merke auch, dass ich gegen Olivias Sturkopf vermutlich keine Chance habe. Ich denke mir, dass wenn ich es mir aufteile, mal bei Olivia, mal bei Ethan sitze, es schon klappen wird.

Ich nicke also zustimmend und Olivia quietscht erfreut.

"Super, das wird so cool!" Ich bin da etwas skeptisch, behalte es aber für mich und folge den beiden in die Pause.

Dort finden wir die anderen an demselben Tisch von gestern, auch Henry ist da. Ich steuere ihn an, weil er der eheste sein wird, der sich mit mir unterhält. Als er mich sieht, grinst er schon breit.

"Brissie!", ruft er und umarmt mich überschwänglich. Ich habe diesmal fast schon damit gerechnet und zwinge mich daher, seine Umarmung so locker wie möglich zu erwidern.

"Wie geht's uns heute?", fragt mich Henry. Er hat heute gute Laune.

"Gut. Mathe war ganz okay. Und du? Wieder nüchtern?", gebe ich zurück. Henry sieht mich fragend an, doch ich winke ab. Ich lasse mich auf einen der Plätze am Tisch fallen und packe mein Lunch aus. Meine Mum hat mir ein Brot mit Nutella mitgegeben. Genüsslich beiße ich ab und schließe die Augen.

"Was isst du denn da?", ertönt eine angeekelte Stimme. Kaylee sieht mich an, eine Hand grotesk auf die Seite weggestreckt.

"Nutella?", sage ich und lasse es wie eine Frage klingen. "Das kennst du?" Ich kann es mir nicht verkneifen, weil sie ein wirklich dummes Gesicht macht.

"Ja! Weißt du eigentlich, wie viel Zucker und Fett da drin ist?" Ich ändere meine Sympathie für Kaylee von unsympathisch zu ich mag sie nicht.

"Ja, weiß ich, danke.", sage ich und beiße erneut genüsslich ab, lasse Kaylee dabei aber nicht aus den Augen. Sie tut ganz pikiert. Henry lacht schallend los und ich muss auch grinsen. Niemand macht mir hier mein Essen streitig! Und ich lasse mir auch sicher kein schlechtes Gewissen machen, denn ich weiß, dass ich es mir leisten kann. Nicht immer, aber ab und zu mal.

Kaylee wendet sich ab und schüttelt ungläubig den Kopf. Ich kann sehen, wie sie ihre Lippen bewegt, aber nicht hören, was sie sagt. Ich kann es mir aber denken. Henry lässt sich grinsend neben mich fallen.

"Wie geil war das denn?" Ich grinse zurück. Ich weiß nicht, warum es mich so amüsiert, Kaylee zu ärgern. Aber ich halte einfach nichts von Diäten und Verzicht auf Süßes, denn das brauche in nun mal im Leben. Außerdem bin ich der Meinung, dass ich genügend Sport mache, um meinen wirklich nicht hohen Konsum an Süßem, auszugleichen.

Zuhause, also in Brisbane, war ich mit Flo oft im Fitnessstudio, wo wir verschiedene Dinge, wie Step oder Bauch-Beine-Po sowie verschiedene Workouts, ausprobiert haben. Ansonsten war ich im Volleyballteam unserer Schule, wo wir zwei Mal in der Woche Training hatten und auch auf Meisterschaften gingen. Nicht zu vergessen, das tägliche Surfen.

Da fällt mir ein, dass ich mich hier mal nach solchen Aktivitäten umsehen sollte. Auch wenn ich keine besonders große Hoffnung habe.

Kaylee lässt mich den Rest der Pause in Ruhe und ich unterhalte mich weiter mit Henry, wobei ich das Bild von ihm, bekifft in der Ecke liegend, nicht aus dem Kopf bekomme. Aber ich spreche es nicht an, schließlich war das nur ein Witz von Dylan. Und ich neige einfach dazu, mir über sowas viel zu viele Gedanken zu machen.

Dann klingelt es wieder und ruft uns zum nächsten Unterrichtsblock. Hier hat man immer zwei Stunden, dann eine kurze Pause. Nach sechs Stunden die große Lunchpause und danach die Mittagsschule und die Sportkurse. Olivia, die meinen Stundenplan schon besser zu kennen scheint, als ich es tue, zieht mich mit. Sie sagt, dass wir nun Französisch haben. Ich habe dieses Fach gewählt, weil ich es auch schon in Brisbane belegt habe und es einfach fortführen will.

Außerdem möchte ich eines Tages nach Paris und da braucht man schließlich Französisch.

"Bonjour.", begrüßt uns die Lehrerin. Ich sitze nun in der letzten Reihe, neben Olivia und dem Fenster. Ethan ist nicht in diesem Kurs. Ich kann mir vorstellen, dass es vielleicht eher Kurse wie Physik und Chemie belegt, da er ein schlaues Köpfchen zu sein scheint. Ob Sprachen so sein Ding sind...wohl eher nicht. Ich muss grinsen und bin gleichzeitig erschrocken über meine bösen Gedanken.

"Was grinst du?", fragt Olivia mich, wobei sie in fast normaler Lautstärke spricht. Die Lehrerin sieht schon warnend zu uns.

"Nichts, alles gut.", flüstere ich.

"Jetzt sag schon."

"Silence, s'il vous plaît.", ermahnt die Lehrerin. Olivia verdreht die Augen.

"Oui, Madame.", flötet sie dann und die Lehrerin lässt von uns ab. Sie quält die Klasse weiter mit passé composé. Das mag ich nicht an der französischen Sprache. Die vielen komplizierten Zeiten und

Endungen und Ausnahmen. Anstrengend. Ich habe immer meine Probleme damit, einen flüssigen Satz zu sprechen, weil ich immer auf die Zeiten und Verbenbildung achte. Ich lasse das Passé über mich ergehen, melde mich ein, zwei Mal und dann erlöst uns endlich die Klingel. Manchmal schätze ich dieses Teil wirklich.

Als letzte Stunde für heute habe ich Erdkunde. So ein Fach, für das sich Ethan sicherlich interessiert. Kurz frage ich mich, warum er mich eigentlich so interessiert und ich ständig an ihn denken muss. Habe ich heute überhaupt schon an Ben gedacht? Ja, jetzt gerade. Das reicht erstmal, denn meine Gedanken springen sofort zu Ethan zurück, der schon im Klassenzimmer sitzt. Wieder alleine, der Platz neben ihm frei.

Ganz automatisch, irgendwie, setzen meine Füße sich in seine Richtung in Bewegung, doch ich werde zurückgehalten. Olivia zieht an meinem Arm.

"Hier entlang, Schätzchen. Ich breche doch nicht meine Versprechen." Sie klingt fast wie eine Nanny, die auf ihren Schützling aufpasst, damit er ihr nicht wegrennt. Vielleicht fühlt sie sich ja als so eine. Ich will aber nicht, dass sie denkt, sie kann mich bevormunden! Ich mache meinen Arm los und folge ihr. Ach, was mache ich mir nur wieder für Gedanken! Ich darf nicht immer so übertreiben, schließlich hat sie mir vorhin ja wirklich versprochen, dass ich zu ihnen sitzen darf.

Als ich ihr aber folge, fliegt mein Blick zurück zu Ethan und dem leeren Platz neben ihm. Und ich sehe, wie er den Kopf hebt, ganz leicht, und zur Tür schaut. Wie er den Kopf enttäuscht wieder senkt, als er niemanden entdeckt. Und plötzlich tut er mir leid. Wartet er auf jemanden? Wartet er auf mich?

Er muss immer alleine sitzen, niemand setzt sich je neben ihn. Warum nur?

Ich verrenke mir fast den Kopf, ohne ihn aus den Augen zu lassen. Plötzlich dreht er seinen Kopf, nur ein kleines Stückchen, so dass er mich aus den Augenwinkeln sehen kann. Ich sehe zurück und erkenne einen Glanz in seinem Blick, vermag ihn aber nicht zu deuten.

Enttäuschung? Dann wendet er mir den Blick ab und starrt aus dem Fenster. So, wie er da saß, als ich zum ersten Mal den Klassenraum betreten habe.

Olivia lässt sich undamenhaft auf ihren Stuhl plumpsen, während ich unschlüssig stehen bleibe. Ich fühle mich etwas unwohl, obwohl ich nicht sagen kann warum. Liegt es an dem enttäuschten Blick Ethans gerade eben?

"Setz dich hin.", sagt Olivia, fast im Befehlston. Und ich folge ihrem Ton.

Die ganze Stunde kann ich mich kaum konzentrieren. Immer wieder schweift mein Blick unruhig durch die Klasse, nur damit er schließlich an Ethan hängen bleibt. Er ist wie ein Magnet, obwohl er nichts tut. Wirklich gar nichts. Er sitzt nur da, eigentlich so wie immer, die Schultern hochgezogen, den Blick auf die Tischplatte gerichtet. Er rührt seinen Stift nicht ein einziges Mal an. Ich frage mich unwillkürlich, warum er manchmal mitschreibt und manchmal nicht, obwohl es wahrscheinlich nicht die wichtigste Frage ist, die mich zu beschäftigen hat. Er scheint irgendein anderes Problem zu haben. Warum nur habe ich das Gefühl, sein Problem hat mit mir zu tun?

Ich kenne Ethan im Grunde ja kaum und kann mir selbst seinen enormen Anziehungsgrad nicht erklären. Ist es einfach nur meine unbesiegbare Neugier, die mich dazu drängt, herauszufinden, warum er nicht spricht? Ich weiß, eigentlich geht mich das gar nichts an. Die anderen sagen, er wäre einfach nur eingebildet.

Teilweise kann ich das glauben, teilweise wieder nicht. Vieles spricht für einen richtigen Grund, nicht nur so eine Oberflächlichkeit wie Arroganz. Zum Beispiel sein Verhalten heute Morgen in der Mathestunde. Er war nett, so kann man das sicherlich beschreiben, er hat mir geholfen. Er hat mich angelächelt. Mit einem Lächeln, das mir schier nicht mehr aus dem Kopf gehen will.

Vieles spricht gegen den Grund der anderen. Eingebildet kann man sein, ja. Aber man kann sich trotzdem im Unterricht melden und mitarbeiten. Man kann aber nicht im Unterricht still sitzen, alleine, genau wie auf der Bank in der Pause, und sich an nichts beteiligen. Das würde ich spontan als schüchtern bezeichnen. Und nach meiner 'Rettung' gestern, würde ich sogar behaupten, er ist eingeschüchtert.

Und auch sein Spitzname ist mir noch ein Rätsel. Stotti. Was soll das bedeuten?

Ich male mit meinem Stift wilde Schnörkel an den Rand meines Collegeblockblatts. Die Schnörkel sehen meinen Gedanken ähnlich. Tief ineinander verschlungen und verdreht, und kein Anfang oder

Ende erkennbar. Ich habe keine Ahnung, was der Lehrer gerade erzählt. Vermutlich Globalisierung und Klimawandel. Ein Thema, das schon hundertmal durch- und auseinandergenommen wurde. Und das jedem auf die Nerven geht.

Ich mache mir einfach zu viele Gedanken. Das war schon immer mein Problem und wird es immer sein. Ich muss lernen, ihnen Einhalt zu gebieten, denn oft neige ich dazu, in vieles zu viel hineinzuinterpretieren. Ich mache es wahrscheinlich schlimmer als es ist. Mehr Wirbel, als es Staub gibt. Gott, die Metaphern meiner Mum beginnen wirklich auf mich abzufärben. Ich sollte mich auf etwas anderes konzentrieren. Etwas, das mich nicht in den Strudel unaufhaltsamer Gedanken zieht.

"Hey, Olivia. Gibt's hier eigentlich so was wie Sport-AGs? Fußball, Volleyball, du weißt schon.", flüstere ich meiner Sitznachbarin zu. Sie überlegt kurz.

"Hm... Wir haben das Football-Team, das nebenbei grottenschlecht ist, und... Theater. Schülervertretung. Das war's."

Enttäuscht sehe ich auf ihre geschminkte Backe. Ich frage mich kurz, wie dick die Schicht ist und wie lange man graben muss, bis man auf Haut stößt. Dann schäme ich mich für den Gedanken, schließlich ist Olivia meine Freundin. Glaube ich. Und dann bin ich sauer, weil es kein Volleyball gibt und ich mich vielleicht wieder dem Joggen zuwenden müsste. Ich hasse joggen!

"Und sonst? Einen Volleyballverein hier in der Stadt?"

"Puh, Ella, echt. Keine Ahnung. Aber halt jetzt bitte die Klappe, Mr. McCain gibt uns gerade die Themen für die Klassenarbeit." Ich bin empört und das zeigt vermutlich mein Gesichtsausdruck. Ich sollte meine Klappe halten? Aber gerne doch!

Dann erst realisiert mein Hirn den zweiten Teil ihres Satzes.

"Welche Klassenarbeit?", frage ich entsetzt.

"Die, nächste Woche." Olivias Tonfall ist genervt. Und ich bin es jetzt auch. Toll, hoffentlich muss ich nicht mitschreiben, ich habe ja noch nicht mal alle Unterlagen. Ich werde mit dem Lehrer nach der Stunde mal reden müssen.

"Hi, Mr. McCain. Ich bin Ella Mikaelson. Ich bin neu hier." Der betagte Lehrer mit Halbglatze und Hornbrille sieht mich über den Brillenrand hinweg zweifelnd an. Dabei habe ich ihm doch noch gar nicht gesagt, worum es geht. Er reagiert auch nicht weiter, gibt mir kein Handzeichen, was mich dazu veranlasst weiterzusprechen und meine Frage vorzubringen.

"Und jetzt schreiben wir ja nächste Woche diese Klassenarbeit. Aber ich habe ja gar keine Unterlagen. Und da ich erst so kurz hier bin-"

"Das tut mir ehrlich leid, Ms. Mikaelson. Aber da kann ich auch nichts machen. Passen Sie sich schnellstmöglich an und besorgen Sie sich alle Unterlagen, die sie brauchen. Sie werden mitschreiben." Er hat mich währenddessen nicht einmal angesehen, sondern seine Utensilien in seine alte Ledertasche gepackt. Nun hebt er sie mit einem Ruck vom Pult und verlässt ohne weitere Worte den Raum. Ich bleibe fassungslos und mit offenem Mund stehen.

Da hatte mein Tag so gut angefangen und so scheiße musste er enden.

-8-

Am Mittwochmorgen komme ich nach einer unruhigen, von schrägen Träumen durchzogenen Nacht nur schwer aus dem Bett. Gestern Abend habe ich noch mit Ben telefoniert. So spät wurde es nicht, aber etwas hielt mich danach noch lange wach, und ich wusste auch was. So im Unterbewusstsein. Meine Mum sieht mich besorgt an, als ich zum Frühstück herunter schlurfe.

"Ella, Spätzchen. Geht es dir gut?"

"Ja.", murmele ich und muss aufpassen, mit dem Gesicht nicht in meinem Marmeladebrot zu landen. Mein Kopf sowie meine Augenlider sind heute so schwer, dass ich sie kaum offen halten kann. Im Auto, auf dem Weg zur Schule, döse ich sogar noch einmal ein, sodass meine Mum mich wecken muss.

"Was ist denn los mit dir? Bist du krank?"

"Nein, müde." Und wie zur Bestätigung muss ich gähnen. Meine Mum holt schon Luft, um mich zu fragen, wie lange ich gestern auf war oder um mir einen Vortrag zu halten, aber ich bin schon aus dem Wagen.

"Bis später, Mum."

In der Schule hoffe ich, dass mein Gehirn sich wieder anschaltet und endlich funktioniert. Aber die Lehrer erzählen nur langweiliges Zeug, bei dem ich mich nicht dazu aufmachen kann, zuzuhören. Den Kopf in die Hände gestützt, hänge ich meinen Gedanken hinterher.

Der Vormittag geht schnell vorbei, Kaylee ignoriert mich in den Pausen- wow, schon am dritten Tag habe ich mich bei mindestens einer Person unbeliebt gemacht. Henry versichert mir, dass ich mir keine Gedanken machen soll, das komme bei Kaylee öfter vor und gehe wieder vorüber. Beim Lunch sitze ich mit geschlossenen Augen neben den anderen, mische mich nur wenig in die Gespräche mit ein.

Plötzlich fällt mir auf, dass ich Ethan heute noch gar nicht gesehen habe und frage mich unwillkürlich, ob er wohl krank ist. Oder habe ich ihn einfach nur übersehen? Oder war er einfach in keinem meiner Kurse?

Nach der Pause habe ich Biologie. Bei Mr. Taylor. Das weiß ich schon, das hat er mir ja schon gesagt.Was ich nur noch nicht weiß, ist, dass ich später Ethans Geheimnis herausfinden werde.

*** Ethan ***

Seit gestern geht ihm ein einziger Gedanke nicht aus dem Kopf. Ich hatte recht. Recht, dass sie sich nicht mehr neben ihn setzen würde. Weil sie ihn für komisch hält und er sie mit seinem Verhalten verschreckt hat. Und er ist unendlich sauer auf sich selbst.

Schlafen kann er in dieser Nacht nicht und als er aufsteht, ahnt er schon, dass heute kein guter Tag werden wird.

"Mo-mo-morgen.", grummelt er.

"Guten Morgen, Ethan.", begrüßt ihn sein Vater. Er sitzt mit Anzug und Krawatte am Tisch und trinkt eine Tasse Kaffee. Ethan geht zur Kaffeemaschine, gießt sich ebenfalls eine Tasse ein und stürzt diese hinunter, schwarz, genau wie er es jetzt braucht. Irgendwo hat er mal gelesen, dass Psychopaten ihren Kaffee auch schwarz trinken.

Sollte er da jetzt irgendeinen Zusammenhang mit seiner Tätigkeit als Freizeitautor finden? Er muss ein bisschen grinsen. Darüber macht er sich jedes Mal Gedanken, wenn er seinen Kaffee trinkt. Er stellt die Tasse in die Spüle, dann nimmt er sich einen Apfel aus dem Obstkorb. Frühstücken tut er morgens nie, er hat so früh noch keinen Hunger.

Er sieht auf seine Armbanduhr, bemerkt, dass sein Bus in fünf Minuten fährt und schnappt sich schnell seinen Rucksack. Er verlässt das Haus, in dem er mit seinen Eltern und seiner kleinen Schwester Alyssa wohnt und wirft ohne einen Abschied die Tür hinter sich zu.

Seine Mutter schläft morgens meistens noch, wenn er das Haus verlässt, seine Schwester auch. Sein Vater steht immer früher auf als er und verlässt das Haus später. Er hat Ethan auch schon angeboten, ihn zur Schule zu fahren, aber Ethan hat abgelehnt. Sein Vater ist nämlich Anwalt und wenn die anderen noch herausfinden würden, dass er der Sohn ist- er mag sich nicht vorstellen, was dann passiert.

Sein Vater ist schon gegen diverse reiche Schnösel der Stadt vorgegangen, hatte aber nie so großen Erfolg. Wahrscheinlich ein Grund, warum sie immer noch in dem nicht allzu großen Haus leben.

Er kommt früh in der Schule an, noch nicht viele Schüler sind da. Nur die, die halt immer früh da sind. Er begibt sich ins Klassenzimmer und schielt auf seinen Stundenplan.

Heute Morgen hat er nur Stunden, die er am Montag oder Dienstag schon hatte. Das heißt, er kann sagen, wann Ella in einem seiner Kurse sitzen würde. Nämlich in keinem. Und er ist enttäuscht. Nur warum? Er darf sich nicht so viele Gedanken über dieses Mädchen machen, das tut ihm nicht gut. Er muss aufhören, an sie zu denken und sich in Fantasien zu verlieren.

Denn sie hatte gestern deutlich gemacht, dass sie mit ihm nichts zu tun haben wollte. Dass sie neben ihm gesessen hat, war Zufall, weil Mrs. Wilde sie dahin gesetzt hat und weil kein anderer Platz mehr frei war. Und nett war sie auch nur, weil sie eben die Neue war. Aber wie er sehen konnte, hatte sie sich wunderbar eingelebt und neue Freunde gefunden. Und das hinterlässt bei ihm einen bitteren Nachgeschmack.

Mit düsteren Gedanken fliegt der Vormittag an ihm vorüber, wobei er Ella kein einziges Mal zu Gesicht bekommt. Meidet sie ihn vielleicht sogar absichtlich? Ein paar Mal wird er von den Lehrern aufgerufen, aber er antwortet nie. Diese sehen ihn dann genervt oder verständnisvoll an und die Schüler lachen und kichern. Während dem Lunch sitzt er alleine auf seiner Bank und isst sein Essen.

Er versucht jeden Gedanken an die nächste Unterrichtsstunde zu vermeiden. Er will nicht in Biologie zu Mr. Taylor. Dieses Arschloch. Er kann sich schon genau vorstellen, dass der Lehrer sich schon wieder etwas ausgedacht hat, um ihn zu demütigen. Und diesmal würde Ella es sogar mitbekommen.

Mit gesenktem Kopf wartet Ethan, bis seine Klassenkameraden sich im Klassenzimmer einfinden und die Glocke klingelt. Ella betritt hinter Olivia und Kaylee den Klassenraum. Ethan gibt sich alle Mühe, sie nicht anzusehen. Trotzdem sieht er, wie Olivia sie mitzieht in die letzte Reihe. Es wäre eine Lüge, zu behaupten, er wäre nicht enttäuscht.

Mr. Taylor betritt den Raum schon mit einem fiesen Grinsen im Gesicht. Heute ist er wohl ganz schlecht drauf. Ethan macht sich automatisch so klein wie möglich.

Ohne ein Wort beginnt er etwas an die Tafel zu schreiben. Ethan erkennt eine DNA. "So. Hausaufgaben. Replikation. Wer kann es mir erklären?"

Ethan schaut auf sein volles Blatt, das er am Wochenende beschrieben hat. Er hat gründlich recherchiert, wie sich die DNA verdoppelt. Mr. Taylor ruft Kaylee auf, die mit dramatischem Wimpernschlag erklärt, dass sie leider zu erschöpft war am Wochenende, um die Aufgaben zu bearbeiten. Ethan schnaubt innerlich. Vermutlich zu erschöpft vom Feiern.

"Ella, kannst du mir sagen, wie die Replikation funktioniert?"

"Tut mir leid, Mr. Taylor. Dieses Thema hatten wir noch nicht." Ihre Stimme ist einfach schön. Vermutlich läuft sie gerade ein bisschen rot an.

"In Ordnung. Vielleicht kann es dir... Ethan erklären. Wie wäre es denn mit dir?"

Ethan kneift die Augen zusammen und beißt sich auf die Innenseiten seiner Backen. Gleichzeitig gräbt er sich seine Fingernägel in die Handflächen, damit er so viel Schmerz auf einmal wie möglich spürt.

Er kann das. Er hat alles aufgeschrieben. Er muss es nur ablesen. Er kann das.

"Zuerst muss die DNA entwunden werden. Dann wird sie d-durch die He-he-helicase getrrrrrrrennt."

Ethan verflucht sich selbst. Es hat so gut angefangen. Und nun muss ihm sein dummes Gehirn alles versauen.

"Ethan, das geht mir zu langsam.", mault Mr. Taylor.

"D-d-die P-p-p-poly- Polym...erase..."

"Das reicht. Hast du die Hausaufgaben überhaupt gemacht?!"

"Jjjja?"

"S-s-sieht aber nicht so aus!", äfft ihn der Lehrer nach. Die Klasse kichert. Ethan will am liebsten weinen. Doch das tut er nie in der Schule. "Das wird wohl nie was mi-mi-mit dir.", schiebt Mr. Taylor noch hinterher. Als wäre es nicht schon genug Demütigung.

Endlich wendet sich der Lehrer ab und fährt mit dem Unterricht fort. Ethan scheint für diese Stunde erlöst zu sein.

Ella, die die Situation zum ersten Mal beobachtet hat und fassungslos auf ihrem Platz sitzt, kann Ethan nicht sehen.

Er ist unglaublich erleichtert, als nach dreißig Minuten endlich die Glocke ertönt. Wie immer bleibt er sitzen, bis alle den Raum verlassen. Olivia sticht ihm im Vorbeigehen einen Fingernagel in den Nacken.

"Freak."

Ella bleibt kurz neben ihm stehen. Er hebt leicht den Blick, sie schaut ihn unschlüssig an. Ella öffnet den Mund, also wollte sie etwas sagen. Doch bevor sie dazu kommt, greift sich Olivia ihr Handgelenk und zieht sie aus dem Raum.

Voller Wut schlägt er mit seinen Fäusten auf den Tisch. Er kann das Gefühl, dass er Ella jetzt enttäuscht hat, einfach nicht verdrängen.

***

Mit Kopfhörern in den Ohren sitzt Ethan eine halbe Stunde später auf seiner Lieblingsbank. Die Biologie-Stunde war zum Glück seine letzte an diesem Tag gewesen.

Er ist zu aufgewühlt, zu wütend, um direkt nach Hause zu gehen. In solchen Momenten zieht es ihn immer zu seinem Lieblingsplatz. Es ist eine kleine, einsame Bank mitten im Kings Park. Dort ist es ruhig, nicht viele Leute kommen an dieser Bank vorbei, wo der Kings Park normalerweise einer der beliebten Touristenattraktionen ist.

Der Kings Park thront über der Innenstadt von Perth und bietet einen atemberaubenden Blick auf den Hafen und den Swan River. Ethan liebt es, hierherzukommen. Hier ist es friedlich und seine Gefühle und Gedanken können zur Ruhe kommen.

Seufzend entsperrt er sein Handy und öffnet sein Buch. Es juckt ihn schon in den Fingern, weiterzuschreiben. Es ist der einzige Weg, seinen Kopf auszuschalten und in seine erfundene Welt abzutauchen. Er lässt seinen Detective und die neue Partnerin vom

FBI weiter ermitteln. Manchmal schreibt er auch aus der Sicht des Mörders. Diesmal lässt er all seine Gefühle hinein fließen. Der Mörder ist zutiefst verletzt von seinen Mitmenschen und lässt sie das nun spüren.

Trotzdem kann er sich heute nicht komplett auf seine Geschichte konzentrieren. Seine Gedanken schweifen immer ab und sein Blick in die Ferne.

Warum muss er nur immerzu an Ella denken? Ist er verliebt? Fühlt sich das so an?

Dabei hatten sie doch nicht ein Wort miteinander gewechselt. Naja, er zumindest nicht. Und er kennt sie ja auch gar nicht. Er weiß nur, wie sie heißt. Und dass sie aus Brisbane hierher gezogen ist. Aber das war es auch schon.

Dafür kann er sich noch genau an Montag erinnern, als er in ihre wunderschönen Augen geblickt hat. Er erinnert sich genau, wie ihm die Luft weggeblieben ist. Er war seines Atems beraubt. Er kann jedoch nicht leugnen, dass ihm noch jedes Mal so geht, wenn er Ella sieht. Sein Herz scheint dann einen Schlag auszusetzen und seine Lungen zu blockieren. Nur für einen kurzen Moment.

Kann eine Person wirklich so etwas in einem anderen Menschen auslösen? Kann sie so die Gedanken beherrschen, obwohl man mit ihr nichts zu tun hat? Ethan seufzt. Er weiß es nicht. Er hat sowas noch nie gefühlt.

Aber er weiß, dass Ella für ihn unerreichbar ist.

***

Donnerstag ist schon Ellas vierter Schultag. Das weiß Ethan ganz genau. Es ist wieder Zeit für Englisch bei Mrs. Wilde.

Ethan freut sich. Hoffentlich bekommt er heute seine Hausaufgaben zurück. Er hat die halbe Nacht wachgelegen und nachgedacht. Seine Gedanken wollten einfach nicht zur Ruhe kommen. Die Vorfall der Biologiestunde wirkte sich auch beim Abendessen auf das Gespräch aus. Ethan hat kein Wort ohne Stottern herausbekommen.

Doch er ist zu dem Entschluss gekommen, dass er von jetzt an keinen Gedanken mehr an Ella verschwenden würde. Er ist sonst viel zu abgelenkt und kann seine Gefühle und sein Stottern nicht kontrollieren.

Sie ist sowieso nicht interessiert an ihm, spätestens nachdem sie gestern von Ethans Krankheit erfahren hat. Er vergisst sie ab jetzt ganz einfach. Das hat er fest beschlossen.

Umso mehr erschrickt er, als Ella ohne ihre neuen Anhängsel Olivia und Kaylee in den Raum kommt und sich zielstrebig neben ihn setzt.

"Morgen.", grüßt sie ihn freundlich. Ethan antwortet nur mit einem Kopfnicken. Er ist schon wieder komplett überfordert. Wie soll er sich denn jetzt verhalten?

Mrs. Wilde beantwortet diese Frage für ihn, da sie den Raum betritt, noch bevor die Glocke ertönt. Ethan richtet seinen Blick starr nach vorne, um seine Aufmerksamkeit plötzlich vorzuheucheln.

Ella sagt nichts mehr. Sie sieht nachdenklich aus.

Die Klasse bekommt eine Aufgabe, die Ethan und gewissenhaft löst. Er ist völlig vertieft darin, als sich plötzlich eine Hand zu ihm rüber schiebt. Dann zieht sie sich wieder zurück und hinterlässt ein kleines gefaltetes Zettelchen.

Überrascht schaut er auf und in Ellas lächelndes Gesicht. Sie nickt auffordernd dem Zettel zu.

Skeptisch nimmt Ethan den Zettel in die Hand. Was soll das denn?

Du sprichst also nicht so gerne. Wollen wir schreiben?, steht darauf. Ethan ist überrascht. Nein, überwältigt. Er weiß gar nicht, wie er jetzt reagieren soll. Sein Herz macht Luftsprünge. Ella beobachtet ihn ganz genau. Sie wartet auf eine Antwort. Er muss antworten!

Ok.

Als er den Zettel zu Ella zurück schiebt, bereut er, dass er nur so knapp geantwortet hat.

Das freut mich! Es tut mir übrigens leid, was gestern in Bio passiert ist. Das war nicht fair...

Muss es nicht. Das bin ich gewöhnt.

Ella muss sich nicht dafür entschuldigen, sie kann ja nichts dafür. Trotzdem findet Ethan es toll, dass sie Mitgefühl zeigt.

Passiert das etwa öfter?, kommt der Zettel von ihr zurück.

"Ethan, Ella? Seid ihr fertig?", unterbricht Mrs. Wilde. Die Köpfe der beiden fahren hastig nach oben. Sie nicken. So unauffällig wie möglich lässt Ethan den Zettel unter seinem Block verschwinden.

Doch Mrs. Wilde scheint sie nicht aufrufen zu wollen. Ella schreibt schon wieder einen neuen Zettel.

Hast du Lust, mir heute nach der Schule die Stadt zu zeigen? Ich bin ja noch nicht so lange hier und kenne mich noch nicht aus.

Ethans Herz bleibt fast stehen. Er? Ella die Stadt zeigen? Das kann er doch nicht. Wohin denn? Was soll er ihr zeigen? Sein Bauch kribbelt.

Ja gerne.

-9-

Ethan sieht schon von Weitem unfassbar nervös aus. Ich glaube, er bereut es, ja gesagt zu haben.

Er sitzt auf einer Bank vor dem Schulgebäude, die Schultern wie zum Schutz weit hochgezogen, wippt unruhig mit den Knien und knetet seine Hände.

Irgendwie süß. Ich freue mich sehr, dass er zugesagt hat, mir die Stadt zu zeigen. Denn es ist wahr, bis auf meine Schule habe ich von Perth noch nicht wirklich etwas gesehen.

Seit der Biologiestunde gestern, geht er mir sowieso nicht mehr aus dem Kopf. Ich habe versucht, auf Flo zu hören, mich nicht auf ihn zu fokussieren, aber es geht einfach nicht. Ethan fasziniert mich. Jetzt weiß ich auch, warum er nicht spricht. Und das zerreißt mir fast das Herz.

Mr. Taylor hat Ethan offenkundig gemobbt und die Klasse schaut zu und lacht. Fast wäre ich gestern aufgesprungen und hätte mich für Ethan eingesetzt. Aber etwas sagte mir, dass weder Mr. Taylor, die Klasse noch Ethan das gut gefunden hätten.

Ich laufe auf ihn zu und lächle ihn an. Sobald er mich bemerkt, springt er auf und wird sofort rot.

"Hi. Danke noch mal, dass du das machst.", grüße ich ihn. Er schaut auf den Boden und nickt mit dem Kopf.

Plötzlich wird mir bewusst, dass ich mir vielleicht den schlechtesten Stadtführer gesucht habe. Oder zumindest den Stillsten. Aber das würde ich schon noch ändern, beschließe ich.

Wenn Ethan nicht redet, dann rede ich halt.

"Okay, wo gehen wir zuerst hin?", frage ich ihn. Ethan öffnet den Mund wie ein Fisch und schließt ihn wieder, ohne etwas zu sagen.

Ich möchte ihn nicht drängen zu reden. Er hat seine Gründe, warum er es nicht tut. Spätestens seit gestern weiß ich, warum. Und ich habe mir von Olivia einreden lassen, dass Ethan arrogant wäre.

Das kann ich nicht glauben. Er ist schüchtern, ja. Eingeschüchtert trifft es noch besser. Aber tief drinnen, glaube ich, dass er ein sehr netter Mensch ist.

"Hat Perth schöne Strände?", frage ich ihn so, dass er nur mit dem Kopf zu nicken oder schütteln braucht.

Ethan nickt und bringt sogar ein kleines Lächeln zustande. Ich freue mich. "Dann geh du bitte voraus, ich folge dir. Wie gesagt, ich kenne mich noch nicht sehr gut aus."

Ethan führt mich zu einer Bushaltestelle und deutet auf die Tafel. Wir müssen auf einen Bus warten.

"Gehen wir zuerst zum Strand? In Brisbane sind wir jeden Tag nach der Schule an den Strand gegangen. Immer zum Surfen. Surfst du?"

Ethan verneint. Seine kleinen Locken wippen hin und her.

"Das kann ich nicht glauben. Du lebst fast direkt am Meer und surfst nicht?! Was machst du denn dann?"

Wieder ringt Ethan mit sich um eine Antwort. Schnell reagiere ich.

"Entschuldigung. Mein Fehler. Spielst du dann Football?"

Er schüttelt wieder den Kopf.

"Soccer? Schwimmen? Nein, nichts?"

Eigentlich hätte mir klar sein müssen, dass Ethan nicht der typische australische Junge ist. Er ist außergewöhnlich. Und so wahrscheinlich auch seine Hobbys. Da er mir diese Frage sicher nicht mit einem Kopfschütteln beantworten kann, lasse ich das Thema erstmal auf sich beruhen.

Der Bus kommt und wir steigen ein. Mir fällt auf, dass ich noch keine Karte für den Bus habe, aber Ethan und der Busfahrer winken mich einfach durch. Wie nett.

"Gehen wir zu deinem Lieblingsstrand?", frage ich.

Er scheint zu überlegen und nickt dann.

"Dann ist es sicher ein schöner Strand. Gibt es da große Wellen?"

Ethan bewegt seine flache Hand hin und her. Mal so, mal so.

Ich nicke. Dann fällt mir nichts mehr ein und ich wende meinen Blick aus dem Fenster. Ich sehe die Häuser an uns vorbeiziehen. Noch weiß ich nicht wirklich, was ich von Perth halten soll. Hier in den Suburbs sind die Häuser eher klein und die Geschäfte an der Straße ein bisschen schäbig. Die meisten sind einstöckig und sehen aus wie Lagerhallen, eingedeckt mit Dächern aus Wellblech. Dabei ist Perth mit Sicherheit keine arme Stadt.

Der Bus fährt einen Hügel hinauf und mir fällt auf, dass die Häuser schöner werden. Größer, weißer. Wir scheinen uns also dem Strand zu nähern. Dann sehe ich endlich das Wasser.

Und kann es kaum erwarten, den Sand wieder zwischen meinen Zehen zu spüren. Ich liebe das Meer und den Strand. Schon als kleines Baby haben mich meine Eltern mit zum Strand genommen. Unser Haus war nicht weit davon entfernt und so war ich dort jeden Tag. Mit vier Jahren hat mich mein Vater auf mein erstes Surfbrett gestellt. Er hat es mir das Surfen beigebracht. In mehreren Surfcamps habe ich im Sommer über die Jahre dann meine Surf-Fähigkeiten verbessert. Ich bin zwar kein Profi, aber das Salz zu riechen, das Wasser zu spüren und mich davon tragen zu lassen, ist einfach das schönste Gefühl überhaupt.

Mit Ben war ich in Brisbane jeden Tag surfen. An meinem absoluten Lieblingsstrand. Dort hat Ben mich das erste Mal geküsst. Wer weiß, wann ich diesen Strand wieder sehen kann. Ich habe mich extra von ihm verabschiedet. Vom Strand. Von Ben natürlich auch. Und alles nur, weil mein Vater diesen bescheuerten Job angenommen hat. Die Wut kriecht immer wieder in mir hoch, wenn ich daran denke.

Der Bus hält und Ethan gibt mir ein Zeichen. Schnell steigen wir aus. Sofort atme ich die salzige, warme Luft tief ein. Und fühle mich gleich wieder viel besser.

Riecht der indische Ozean anders als der Pazifik? Vielleicht bilde ich mir das aber auch nur ein. Mich zieht es automatisch zum Wasser.

Auf einem Schild lese ich den Namen des Strands.

"Das ist Scarborough Beach?", frage ich Ethan. Er nickt. Ich sehe mich um. Der Strand hat eine große Promenade. Von der Bushaltestelle bis zum Strand ist es noch ein ganzes Stück. Entlang der Straße reihen sich kleine Cafés und Restaurants.

Weiter hinten entdecke ich einen Spielplatz und einen Skatepark. Hier und da sind noch einige Grünflächen, für die Psychos, die keinen Sand mögen. Ungefähr in der Mitte des Strands sind große Stufen, die sich in einem Halbkreis zum Sand hinunter strecken. Es sieht ein bisschen aus wie ein Amphitheater.

Ich finde es schön hier. Auch wenn ich normalerweise ruhige, abgelegene Strände bevorzuge, die man für sich alleine hat. Aber wenn es Ethans Lieblingsstrand ist, kann er nicht schlecht sein.

Wir laufen die Stufen hinunter, bis der Sand beginnt. Ethan bleibt plötzlich stehen.

"Gehen wir runter zum Wasser?", frage ich ihn.

Er schüttelt den Kopf. Mir klappt der Mund auf.

"Sag nur du bist einer dieser Psychos, die keinen Sand mögen?!"

Ethan zuckt unter meinen Worten zusammen und schaut auf den Boden. Sofort bereue ich, was ich gesagt habe.

"Ethan, es tut mir leid. Das... Ich... das sollte ein Witz sein. Entschuldige bitte!", versuche ich meine Worte wieder gut zu machen. Aber das kann ich nicht. Ich möchte mich selbst schlagen, dass ich nicht nachgedacht habe. Wie oft musste Ethan das Wort Psycho sich schon als ernsthafte Beleidigung anhören? Für etwas, für das er nichts kann und sich auch eigentlich nicht zu schämen braucht.

Ich traue mich kaum, noch einmal etwas zu sagen. Ich nehme mir vor, meine Worte in Zukunft mit Bedacht zu wählen.

"Kommst du mit mir vor ans Wasser?"

Wieder schüttelt er den Kopf. Ich will unbedingt den Grund wissen, aber ich werde ihn auch nicht drängen.

"Sollen wir lieber einen Kaffee trinken gehen, oder so?"

Wieder schüttelt Ethan den Kopf. Aber er sieht mich wieder an und macht eine auffordernde Bewegung mit der Hand. Geh schon.

"Sicher? Wartest du hier?" Ein Kopfnicken. "Okay, ich bin gleich wieder da."

Schnell streife ich meine Schuhe ab. Unbewusst seufze ich glücklich, als ich den Sand zwischen meinen Zehen spüre. Ich lächle Ethan noch einmal an, bevor ich zum Wasser renne.

Das Geräusch der Wellen, die sanft an den Strand schlagen, hat eine beruhigende Wirkung auf mich. Das Wasser ist klar und glitzert hellblau in der Sonne. Und es ist nicht so kalt, wie ich erwartet habe. Ich wate ein bisschen ins Wasser, nur so weit, dass mein Schulrock nicht nass wird. Dann sehe ich zum Horizont.

Mir wird klar, dass hier die Sonne untergeht. In Brisbane haben wir sonst immer nur den Sonnenaufgang über dem Meer gesehen. Manchmal sind wir früh morgens vor der Schule surfen gegangen. Es gibt nichts Schöneres, als die Sonne rosa aus dem Meer auftauchen zu sehen.

Die Weite des Meers gibt mir eine innere Ruhe. Schon immer. Ich bewege meine Zehen und grabe mich tiefer in den Sand.

Wie kann man so etwas nicht mögen? Es gibt nichts Schöneres als das Meer. Haie und hohe Wellen sind keine Argumente für mich. Wenn man aufpasst, kann in den meisten Fällen nichts passieren. Und solange man den Respekt vor dem Meer nicht verliert.

Meine Gedanken schweifen zu Ethan. Ich würde gerne wissen, was in seinem Kopf vorgeht.

Ich habe vor einiger Zeit gelesen, dass Menschen wie Ethan durch böse Worte und Mobbing innere Schäden davon tragen. Nicht an dem Körper oder den Organen, sondern an der Seele. Meine Mum würde als Metapher wahrscheinlich „blaue Flecken" benutzen. Ethan hat wohl viele innere blaue Flecken und mit meinem Kommentar vorhin habe ich genau einen davon getroffen.

Ich will ihm nicht weh tun. Das haben ja anscheinend genügend andere vor mir geschafft. Ihn so sehr verletzt, dass er nicht mehr spricht. Alleine der Gedanke macht mich wütend.

Ich drehe mich um und sehe ihn auf einer der Stufen sitzen, über sein Handy gebeugt. Er tippt konzentriert.

Ich wünsche mir plötzlich, dass Ethan mit mir spricht. Dass er sich traut. Ich will ihm sagen, dass ich ihn nicht auslachen oder verurteilen werde. So etwas würde ich nie tun. Und ich muss ihn unbedingt danken, dass er mir den Strand gezeigt hat. Schließlich kennt er mich ja eigentlich nicht und scheint generell nicht der geselligste Mensch zu sein.

Ich beschließe, zurück zu Ethan zu gehen. Das Koffein von heute Morgen ist schon lange wieder aus meinem Kreislauf draußen. Also wird es Zeit für etwas Nachschub. Noch immer starrt er konzentriert auf seinen Bildschirm. Selbst, als ich mich nähere und meine Schuhe aufhebe, schaut er nicht auf. Neugierig gehe ich näher und versuche zu erkennen, was er macht. Plötzlich bemerkt er meinen Schatten und schaltet das Handy aus. Ich bin etwas enttäuscht.

"Kann man hier irgendwo Kaffee trinken? Hast du Lust?", frage ich Ethan lächelnd. Er scheint kurz zu zögern, dann nickt er aber.

Wenig später stehe ich vor einer großen Tafel über der Theke eines Cafés und kann mich nicht entscheiden.

"Hi, was darf es sein bei euch?", spricht mich die blonde Bedienung an. Ich gerate in Panik, wie immer, wenn ich nicht weiß, was ich will.

"Ich nehme einen Eiskaffee, bitte. Ohne Sahne. Ethan?" Er schaut mich verschreckt an. Als wäre er überrascht, jetzt etwas sagen zu müssen. Aber ich kann nicht für ihn bestellen, ich weiß nicht, was er gerne trinkt.

"Llll...", beginnt er. Ich freue mich. Das ist der erste Ton, den ich heute überhaupt von ihm gehört habe. Die Bedienung scheint das nicht ganz so zu freuen.

"Kannst du ein bisschen lauter sprechen? Was hättest du gerne?"

"Ll... lll", versucht er es wieder. Die Bedienung verdreht genervt die Augen.

"Was? Latte Machiatto?"

Ich drehe mich verärgert zu ihr herum. Sie ist ganz schön unhöflich. Ethan schüttelt den Kopf.

"Geben Sie ihm doch wenigstens kurz Zeit.", sage ich wütend, als sie ihn auffordernd anstiert.

"Llloo-"

"Long Black?!", beendet die Bedienung seinen Satz. Ethan nickt und sieht gleichzeitig erleichtert und beschämt aus. "Na also, geht doch.", murmelt die Bedienung und wendet sich der Kaffeemaschine zu. Ich schaue ihr empört hinterher und verkneife mir in letzter Minute einen dummen Kommentar.

Als sie eine gefühlte Ewigkeit später meinen Eiskaffee und Ethans Long Black auf den Tresen stellt, krame ich schnell zehn Dollar hervor. Von mir würde sie aber keinen Cent Trinkgeld sehen. Unhöfliche Kuh.

Ich reiche Ethan seinen Kaffee und er sieht mich mit einem komischen Blick an. Was hat er denn? Seine Blicke kann ich leider noch nicht ganz deuten. Dazu habe ich erst zu wenige gesehen.

Ich bin froh, als wir das Café endlich verlassen und wieder auf die großen Stufen zusteuern. Ethan kramt währenddessen in seinem Rucksack.

"Tut mir leid wegen der blöden Kuh da drin.", sage ich. Nichts daran ist meine oder Ethans Schuld gewesen, aber ich habe trotzdem das Gefühl, irgendetwas sagen zu müssen. Er hat wenigstens versucht, etwas zu sagen. Und konnte nicht. Wurde abgewürgt.

Ethan reagiert nicht auf meine Worte. Er zieht seinen Rucksack wieder auf den Rücken und hält mir seine offene Hand hin.

"Oh nein, Ethan. Du musst mir das Geld nicht geben. Das passt schon. Nächstes Mal zahlst du einfach.", sage ich und zwinkere, als ich die vier Dollar in seiner Hand sehe. Wir sind Freunde, finde ich. Und vielleicht will ich ihm auch einfach einen Kaffee spendieren. "Als Dankeschön, dass du mir den Strand gezeigt hast."

Ethan schüttelt vehement den Kopf und streckt mir das Geld hin. "Nö. Behalt es bitte."

Ich renne absichtlich etwas weg von ihm, dass er es mir nicht in den Rucksack stecken kann. Dann suche ich mir einen schönen schattigen Platz auf den Stufen. Mein Blick wandert wieder auf Meer. Es ist schön hier. Das muss ich zugeben, auch wenn ich es eigentlich nicht will.

Ethan kommt und setzt sich wortlos neben mich.

"So, schwarzer Kaffee, also? So schwarz wie deine Seele?" Im nächsten Moment möchte ich mich schlagen. Ich habe mir doch vorgenommen, nicht so unsensibel zu sein. Darauf zu achten, was ich sage.

Doch zu meiner Überraschung lacht er auf und nickt. Er hat ein schönes Lachen. Es ist ansteckend. Ich sehe in sein Gesicht. Hinter seiner Brille stecken zwei strahlend blaue Augen, die sehr klug wirken. Als er meinen Blick bemerkt, verschwindet sein Lächeln und er senkt seine Augen schnell wieder. Er ist schüchtern. Oder menschliche Interaktion einfach nicht gewöhnt.

"Ethan? Was ich dir noch sagen wollte...", beginne ich. In diesem Moment klingelt ein Handy. Verwirrt brauche ich einen Moment, bis ich merke, dass es meins ist. Es ist meine Mum. Sofort schlägt mir das Herz bis zum Hals. Wir haben die Regel, dass wir uns nur in absoluten Notfällen anrufen dürfen.

Die Regel ist vor zwei Jahren entstanden, als ich einen Vorstellungsgespräch für meinen ersten Ferienjob hatte und meine Mum das vergessen hatte. Sie hatte mich mindestens fünfzehn Mal angerufen und mein Handy hatte ununterbrochen geklingelt. Die Frau, bei der ich mich vorgestellt hatte, war nicht sonderlich begeistert gewesen. Den Job hatte ich nicht bekommen. Und damals wollte sie mich nur fragen, was ich zu Abend essen wollte.

Ich entschuldige mich kurz bei Ethan und nehme den Anruf an. "Mum, was ist passiert?"

"WAS PASSIERT IST?!", schreit sie mir ins Ohr. Automatisch halte ich das Handy von meinem Ohr weg. Ich will nicht taub werden. "Du antwortest seit Stunden nicht auf meine Nachrichten und ich stand vor der Schule und wollte dich abholen! WO BIST DU?"

Plötzlich wird mir bewusst, dass ich ganz vergessen habe, meine Mum über meine Nachmittagspläne mit Ethan zu informieren. Das habe ich ganz vergessen. Sie tendiert immer dazu, sich übermäßige Sorgen zu machen, wenn sie nicht weiß, wo ich bin. Dabei bin ich noch nie verloren gegangen oder entführt worden. Und groß genug, um auch mich selbst aufzupassen, bin ich auch. Ich kann ihre Angst also nicht so ganz nachvollziehen.

"Mum, ich bin am Strand. Bitte, beruhige dich. Mir gehts gut."

"Welcher Strand?", schnappt sie nur zurück. Ich atme ergeben aus. Ich habe keine Chance mehr. Sie wird mich abholen.

"Scarborough Beach."

"Ich bin in zehn Minuten da. Und wehe, du rührst dich auch nur von der Stelle."

-10-

Beschämt steige ich ins Auto, das schon mit fast quietschenden Reifen vor mir hält.

"Mum, ich-"

"Kein Wort. Ich will nichts hören."

Ergeben seufze ich auf. Es ist mir mehr als peinlich, vor Ethans Augen von meiner Mutter abgeholt zu werden. Es gibt nicht einen Grund, so einen Wirbel zu veranstalten.

Mum fährt los und ich beeile mich, mich anzuschnallen. Sie hat ein ganz schönes Tempo drauf. Sie wartet noch, bis wir auf der Hauptstraße sind, dann wettert sie los.

"Wie kannst du es wagen mir einen solchen Schreck einzujagen?! Es ist deine erste Woche in einer neuen Stadt! Wir hatten ausgemacht, dass ich dich von der Schule abhole. Und du bist einfach nicht da! Weißt du, welche Sorgen ich mir gemacht habe?!"

Als ich sie so in Rage sehe, bekomme ich ein schlechtes Gewissen. Sie muss wirklich Angst gehabt haben.

"Es tut mir leid, Mum. Das wollte ich nicht. Ich wollte die Stadt ein wenig besser kennenlernen. Da habe ich total vergessen, dass du mich abholen wolltest. Aber mir geht es gut. Wir waren nur am Strand."

"Du hättest mir Bescheid geben müssen!", kann meine Mum immer noch nicht loslassen.

"Ich weiß. Kommt nicht wieder vor."

"Das ist eine ganz neue Stadt. Und du kennst dich hier noch nicht aus."

Jetzt werden ihre Argumente unlogisch. Das werden sie immer, wenn sie in der Diskussion unbedingt die Oberhand behalten will.

"Mum, und wenn ich Perth nicht erkunde, werde ich mich auch nicht auskennen können. Mir geht es gut. Und außerdem, dafür, dass du die Stadt noch nicht kennst, fährst du ganz schön schnell."

"Ella!" Nun ist sie wirklich sauer. Ich beschließe, nichts mehr zu sagen und schaue stattdessen aus dem Fenster. Das Auto fährt über eine Bodenwelle. Mein Rucksack klimpert. Verwirrt fahre ich mit der Hand in eine der Seitentaschen. Als ich sie wieder herausziehe, halte ich zwei Münzen in der Hand. Vier Dollar. Ich muss grinsen. Jetzt hat Ethan es doch geschafft, mir das Geld für seinen Kaffee heimlich zuzustecken. Das wäre wirklich nicht nötig gewesen. Aber wahrscheinlich hätte Ethan das nicht auf sich sitzen lassen können.

Es ist nicht weit vom Strand bis zu unserem Haus, aber einige Straßen liegen schon dazwischen. Ich muss mich nachher informieren, wie weit es von zuhause bis zum Strand ist.

Das Abendessen verläuft unangenehm still. Meine Mum hat mir noch nicht verziehen und auch mein Vater hat mir noch einmal ins Gewissen geredet. Natürlich nur auf Anweisung meiner Mutter.

Danach gehe ich duschen und lege mich ins Bett. Ich fühle mich hundemüde. Der heutige Tag war aufregend. Ich war ein wenig traurig, dass Ethan und mein Gespräch so abrupt unterbrochen worden ist. Ich hatte mir fast eingebildet, er hatte etwas sagen wollen. Ich muss ihm noch einmal für seine Zeit danken.

Mit diesem Gedanken schlafe ich ein und bemerkte nicht mehr, wie mein Handy-Bildschirm aufleuchtet, als Ben mich wie abgemacht anruft.

*** Ethan ***

Ethan bleibt mit seinem halbvollen Kaffeebecher am Strand zurück. Unschlüssig, was er nun tun soll, trinkt er seinen Kaffee leer und begibt sich nach Hause. Er muss die ganze Zeit an Ella denken, auch wenn er nicht will. Der Tag heute hat ihm Spaß gemacht.

Einfach, weil ihn noch nie jemand so etwas gefragt hat. Normalerweise meiden ihn ja alle. Aber nicht Ella. Sie hätte so ziemlich jeden aus der Klasse fragen können. Olivia, Ronny oder Kaylee, aber sie hatte ihn gefragt. Hat das etwas zu bedeuten? Wahrscheinlich nicht. Aber es freut ihn trotzdem.

Zuhause schließt er leise die Tür auf. Er ist natürlich später daheim als an anderen Tagen, aber er hat keine Lust sich zu erklären.

"Ethan! Da bist du ja endlich. Wo warst du?", erklingt die Stimme seiner Mutter aus der Küche. Ethan verdreht die Augen. Da kommt sie auch schon auf ihn zu und drückt ihm einen Kuss auf die Wange.

"Na, wo warst du?", wiederholt sie. Ethan überlegt, was er sagen soll. Aber spontan fällt ihm keine gute Lüge ein.

"Strand.", sagt er deshalb die Wahrheit. Seine Mutter schaut ihn ungläubig an.

"Am Strand? Du? Warum?"

Ethan zuckt die Schultern. "So."

"Na gut, du musst mir nicht sagen, wo du warst, wenn du nicht willst.", gibt seine Mutter nach und zwinkert ihm zweideutig zu. Wo denkt sie denn, wo er war? Manchmal ist die Wahrheit anscheinend die bessere Lüge. "Ich hoffe nur, du hattest einen schönen Tag?"

Ethan nickt nur. Seine Tasche stellt er in die Ecke neben seine Schuhe. Beim Abendessen ist er wie immer still. Er redet meist nur, wenn er dazu gezwungen wird. Seinen Eltern erzählt er schon länger nichts mehr aus der Schule. Auch die letztc Bio-Stunde hat er ihnen verschwiegen. Es ist besser so. Sie sollen sich keine Sorgen um ihn machen. Wenn seine Mutter das wüsste, würde sie sofort zum Schulleiter gehen. Das will Ethan nicht. Er ist schon Außenseiter genug. Deshalb sagt er lieber nichts. Er kann seine bösen Mitschüler ja einen nach dem anderen umbringen.

An sein Buch setzt er sich direkt nach dem Essen. Ohne es bewusst zu wollen, schreibt er eine Szene, wie die neue blonde Ermittlerin am Strand wichtige Beweise findet. Sie kommt den Killer näher, und trotzdem ist dieser immer einen Schritt voraus. Noch hat er keinen Namen für sie. Aber er weiß schon, dass die Ermittlerin sehr schlau ist und gerne Eiskaffee trinkt. Ohne Sahne.

*** Ella ***

Die Stille im Auto ist am nächsten Morgen kaum auszuhalten. Ich kann nicht glauben, dass meine Mum immer noch sauer ist. Ich habe mich zehnmal entschuldigt. Ich war doch nicht mit jemand Fremdem weggegangen. Mir geht es gut. Aber ich diskutiere jetzt nicht mit ihr. Ich bin viel zu beschäftigt, Ben eine Nachricht zu schreiben. Als ich heute Morgen mein Handy mit drei verpassten Video-Anrufen von Ben in der Hand gehalten hatte, überfiel mich das schlechte Gewissen. Ich hatte ihn gestern total vergessen. Dabei hatten wir vereinbart, jeden Abend zu telefonieren.

Jetzt liest er meine Nachrichten nicht. Und das macht mich nervös. Ich hoffe, er ist nicht sauer.

"Wir sind da, Ella.", holt mich meine Mum aus meinem Gedanken. Ich schaue auf. Wir sind tatsächlich schon vor meiner Schule. Schnell steige ich aus.

"Danke, Mum. Du holst mich doch heute ab, oder?", frage ich vorsichtig. Ich weiß nicht, wie sie reagieren wird. Doch zum Glück lächelt sie mich an.

"Natürlich, mein Schatz."

"Hab dich lieb! Bye!"

Schon als ich durch die Türen der Schule trete, kann ich Olivia reden hören. Allerdings sehe ich Henrys Kopf zuerst, der alle um ein Stück überragt. Ich bin irgendwie froh, dass er heute wieder da ist. Mit ihm verstehe ich mich aus der Gruppe am besten. Als er mich entdeckt, grinst er schief.

"Morgen.", sage ich in die Runde, als ich bei ihnen ankomme. Doch ich werde ignoriert. Olivia und Kaylee schauen sich gerade ein

Beauty-Tutorial auf dem Handy an, Ronny und Nick reden über das letzte Football-Spiel der Fremantle Dockers.

"Morgen, Brissie!", grüßt Henry als einziger zurück. Ich verdrehe lächelnd die Augen.

"Du darfst mich auch Ella nennen, weißt du?"

"Brissie gefällt mir besser." Henry zuckt grinsend die Schultern. Er hat seine Hände in die Hosentaschen gesteckt und lehnt lässig an der Wand. Um seinen Hals hängt eine kleine silberne Kette mit einer Welle, die mich plötzlich an etwas erinnert.

"Henry, kann ich dich was fragen?"

"Immer doch."

"Surfst du?"

Sein Mund klappt empört auf. "Willst du mich beleidigen? Diesen Körper bekommt man nicht nur vom Rumliegen. Natürlich surfe ich."

"Und gibt es hier in Perth so etwas wie einen Surf-Strand?", frage ich weiter.

"Suchst du schon einen heißen Surfer-Boy? Hast du von deinem Freund schon genug?", mischt sich Ronny ein. Ich ignoriere ihn.

Henry dagegen nickt. "Ja. Trigg Beach."

"Und wo ist der?"

"Weißt du was? Komm doch heute Abend einfach mit. Wir treffen uns am Trigg Beach. Mit Musik, ein paar Bier und so. Normalerweise gehen wir Jungs vorher eine Runde surfen. Du kannst dich ja dann zu den Mädels setzen und mir und meinem stählernen Körper zusehen.", neckt Henry. Ich lächele, verkneife mir aber einen weiteren Kommentar. Henry denkt also, dass Mädchen nicht surfen. Bei Olivia und Kaylee kann ich mir das ja gut vorstellen, aber mich kennt er noch nicht. Aber sein Angebot nehme ich gerne an.

"Cool. 20 Uhr gehts los."

Dann klingelt es zur ersten Stunde. Englisch bei Mrs. Wilde. Als ich den Raum betrete, sitzt Ethan schon an seinem Platz. Ich spüre, wie sich Olivias Fingernägel in meinen Arm krallen. Sie zieht mich mit zur letzten Reihe, wo schon zwei andere sitzen. Mit einem katzenhaften Zischen will sie sie verscheuchen. Ich mache mich schnell los.

"Bleibt bitte sitzen. Olivia, setz dich neben Kaylee. Ich komme schon klar." Dann gehe ich zu Ethan und lasse mich schnell neben ihm nieder, bevor Olivia mich aufhalten kann. Ich spüre ihren brennenden Blick in meinem Rücken. Aber es ist besser so. Ich muss sowieso noch mit Ethan sprechen.

Er schaut ganz überrascht auf, als ich mich neben ihm niederlasse. Ich flüsterte noch schnell eine Begrüßung, als Mrs. Wilde mit steifer Balletttänzer-Haltung in den Raum schwebt. Während sie mit der ersten Reihe die Hausaufgaben bespricht, hole ich ein Blatt Papier hervor.

Danke nochmal, dass du mir gestern den Strand gezeigt hast. Tut mir leid, dass meine Mum so ein Theater veranstaltet hat., schreibe ich darauf und schiebe es Ethan unauffällig zu.

Er liest es, ohne eine Miene zu verziehen. Dann nimmt er einen Stift in die Hand. Doch er schreibt nicht. Ich richte meinen Blick nach vorne und warte ungeduldig auf eine Antwort. Er scheint lange überlegen zu müssen. Dann endlich kommt das Blatt zurück.

Gerne.

Wow. Dafür hatte er jetzt drei Minuten gebraucht? Anscheinend war er schriftlich genauso wortkarg wie mündlich. Ich erschrak bei diesem Gedanken. War es böse, so etwas zu denken?

Ich würde gerne noch mehr von Perth sehen. Kannst du mir noch etwas zeigen?, schreibe ich zurück.

OK.

Dieses Wort kann ich lesen, bevor er das Blatt nochmal zurück zieht und etwas dazu schreibt.

OK. Heute?

Nun muss ich lächeln. Ja, will ich ihm schon antworten, da fällt mir Henry ein, der mich heute doch zum Trigg Beach eingeladen hat. Heute geht nicht, schreibe ich und streiche es sofort wieder durch. Ich habe eine Idee. Aber soll ich…?

Willst du heute Abend zum Trigg Beach kommen? 19 Uhr?

Vielleicht ist es etwas riskant, ihn dazu einzuladen. Schließlich bin ich selbst nur von Henry eingeladen worden. Aber ich würde mich freuen, wenn Ethan kommt. Vielleicht kann ich ihn doch noch für den Strand begeistern. Außerdem könnten Olivia und der Rest ihn besser kennenlernen und Freunde werden.

Aus dem Augenwinkel sah ich, wie Ethan meine Frage liest. Sein Gesicht kann ich nicht lesen. Er schreibt etwas auf. Streicht es durch. Schreibt wieder etwas auf. Und streicht es wieder durch. So fest, dass ich nicht erkennen kann, was er geschrieben hat. Es dauert die ganze Stunde, bis ich das Blatt zurück bekomme.

OK.

Ich freue mich. Auf heute Abend und dass Ethan zugesagt hat.

-11-

Als ich das Auto meiner Mum vor der Schule stehen sehe, wird mir schlagartig klar, dass ich sie schon wieder total vergessen habe.

Wenn sie immer noch sauer ist - und das ist nicht auszuschließen - kann ich das Surfen heute Abend vergessen. Aber ich muss sie fragen. Ich habe das Meer schon lange genug nicht mehr gespürt.

Als ich im Auto sitze, bin ich irgendwie angespannt. Meine Mum merkt es natürlich.

"Alles in Ordnung?"

"Ja. Klar. Was soll sein?"

"Okay, was willst du? Raus damit." Verdammt, warum ist sie nur so gut? Aber sie sagt auch immer, eine Mutter kann die Gefühle ihrer Kinder spüren. Also zögere ich nicht länger.

"Mum, darf ich heute Abend bitte surfen gehen? Henry hat mich zum Trigg Beach eingeladen. Das ist DER Surferstrand. Ich war schon ewig nicht mehr surfen. Bitte Mum, bitte!"

Ich sehe, wie sie überlegt, abwägt und zögert. Doch schließlich nickt sie ergeben. "Also gut."

"Danke, Mum!!"

"Aber!" Warum habe ich nicht geahnt, dass da ein Aber kommt? Ich schaue sie erwartungsvoll an.

"Aber ich fahre dich hin und hole dich ab."

"Okay. Kannst du mich um eins abholen?"

"Ella! Das ist viel zu spät."

"Mum, es ist Freitag. Und Henry meinte, danach gibt es noch ein gemütliches Zusammensitzen. Keine Party, versprochen."

"Um elf."

"Zwölf!", bestehe ich.

"Na gut. Punkt Zwölf."

Ich grinse. Gewonnen. Und jetzt kann ich meine Freude kaum noch halten.

Ich habe schon heute Morgen beschlossen, früher zum Strand zu gehen. Dann kann ich in aller Ruhe ein paar Wellen surfen. Und den Sonnenuntergang sehen.

Ich liebe Sonnenuntergänge. Wann immer es möglich ist, versuche ich den Sonnenuntergang zu beobachten.

Zuhause krame ich sofort in meinen Kisten, die ich immer noch nicht ausgeräumt habe, nach meinem Neoprenanzug. Mein Surfboard steht draußen in der Garage, das weiß ich. Ich liebe mein Surfboard. Es war mein Geschenk zum 16. Geburtstag. Gemeinsam mit Ben hatte ich es ausgesucht. Es ist wunderschön, elfenbeinfarben mit türkisen Verzierungen und schwarzer Finne.

Ich halte mitten in der Bewegung inne. Scheiße, Ben! Ich greife hektisch nach meinem Handy. Er hat mir noch nicht geantwortet, aber vermutlich ist er noch in der Schule. Nein, das kann nicht sein. Er müsste schon seit zwei Stunden zuhause sein. Ich vergesse manchmal, dass Perth und Brisbane einen Zeitunterschied von zwei Stunden haben.

Aber warum antwortet mir Ben dann nicht? Ich habe mich extra bei ihm entschuldigt, dass ich ihn gestern Abend vergessen habe. Und nun muss ich ihm erneut absagen. Ich fühle mich unfassbar schlecht.

Dann sehe ich wieder auf die Uhr und merke, dass ich schon spät dran bin. Also tippe ich Ben eine schnelle Nachricht und schicke ihm ein großes rotes Herz hinterher.

Ich kann im Auto kaum stillsitzen, als meine Mum mich zum Strand fährt. Ich bin so aufgeregt, wieder zu surfen. Es waren über sieben Tage! Ich kann mich nicht erinnern, so lange nicht gesurft zu sein.

Ich rufe meiner Mum ein schnelles "Bye" zu, klemme mir mein Surfboard unter den Arm und werfe die Autotür zu. Gierig ziehe ich die Meeresluft ein.

Der Weg zum Strand ist zum Glück nicht weit. Der Trigg Beach liegt in einer kleinen Bucht, umgeben von zwei steinigen Landzungen, die ins Meer ragen. Dazwischen kann sich das Wasser perfekt auftürmen und brechen. Die Wellen sind klasse heute, das sehe ich sofort.

Ich lege meine Tasche in eine kleine Nische zwischen zwei Steinen, damit sie nicht sofort sichtbar ist. In Brisbane waren nicht selten Taschendiebe unterwegs. Ich ziehe mein Shirt aus und zwänge mich in meinen Neoprenanzug. Mit der kleinen Schnur kann ich den Reißverschluss ohne fremde Hilfe zuziehen. Zuletzt binde ich meine Haare zu einem kleinen Zopf. Ich kann es nicht leiden, wenn mir meine Haare beim Surfen im Gesicht kleben.

Und dann bin ich auch schon im Wasser. Es ist kalt, aber erfrischend. Mit etwas Anlauf springe ich mit den Knien auf mein Brett und paddle hinaus. Um eine gute Welle zu erwischen, muss ich erst einmal hinter die Brechungslinie. Hier kann ich am besten eine Welle erwischen.

Wie ich das Gefühl genieße, wie meine Hände durch das Wasser gleiten. Wenn eine Welle kommt und ich samt Brett hindurch tauche. Ich liebe das Meer einfach.

Als ich hinter der Brechungslinie bin, also dort, wo die Wellen sich aufbauen, aber noch nicht groß genug sind zum Brechen, setze ich mich aufrecht aufs Brett. Meine Füße baumeln im Wasser. Für einen Moment genieße ich die Umgebung, wie die Wellen mich auf dem Wasser schaukeln lassen.

Dann öffne ich die Augen und sehe die perfekte Welle auf mich zurollen. Blitzschnell drehe ich mein Brett in Richtung Strand, liege auf den Bauch und warte, bis ich die Welle spüren kann. Sofort beginne ich zu paddeln. Die Welle schiebt mich an, ich werde immer schneller. Und dann im perfekten Moment, drücke ich mich hoch, springe auf meine Füße und stehe.

Das Wasser spritzt mir ins Gesicht, als ich das Surfboard mit meinen Füßen lenke. Dann bricht die Welle hinter mir und reißt mich ins Wasser. Ich lasse mich seitlich wegfallen, warte bis die Welle vorüber ist und tauche wieder an die Oberfläche. Ich grinse. Gleich nochmal.

Die Zeit vergeht, ohne dass ich es bewusst merke. Ich surfe eine Welle nach der anderen. Nicht alle sind perfekt, aber das gehört dazu.

Plötzlich sehe ich eine Gruppe Surfer, die aufs Meer hinausschwimmen. Es sind vier Jungs. Und ich erkenne sie sofort. Henry, Ronny, Dylan und Nick. Wobei Henry von den vieren wirklich den besten Körper hat, wie ich schuldbewusst bei ihrem Näherkommen feststellen muss.

Ich paddle langsam näher und grinse. Ich bin gespannt, wie lange sie brauchen werden, mich zu erkennen. Denn ich glaube nicht, dass auch nur einer der vier Jungs mich hier auf dem Wasser erwartet.

Als Henrys Blick mich streift, nicke ich ihm brüderlich zu. Er wirkt verwirrt, nickt aber zurück. Er hat mich also noch nicht erkannt. Zeit, um den Jungs zu zeigen, wo der Hammer hängt.

Die nächste Welle erwische ich perfekt. Ich surfe ganz nah an den Jungs vorbei und lasse Wasser in ihre Richtung spritzen. Die Welle formt sogar eine kleine Röhre, durch die ich bis fast zum Ende durch surfen kann. Sobald ich auftauche, höre ich meinen Namen.

"Ella?!"

Ich ziehe mich wieder auf mein Board und paddle hinüber. Henry grinst breit, Nick, Dylan und Ronny sehen weniger begeistert aus.

"Brissie!! Du ein Surfer Girl?!"

"Na klar. Was dachtest du denn?"

"Naja, hätte ich dir nicht zugetraut. Das gerade eben war richtig gut. Das ist schon sehr heiß."

Henrys Augen wanderten an meinem Neopren hinunter. Ich spritze ihm eine Handvoll Wasser ins Gesicht.

"Hör auf damit. Zeigt lieber mal, was ihr so könnt. Oder fresst Salz!", rufe ich ihnen zu, als ich eine gute Welle erwische und ihnen davon surfe.

Eine Stunde später sitze ich mit den Jungs um eine kleine Feuerschale. Ich bin komplett erschöpft vom Surfen, aber so glücklich wie die ganze letzte Woche nicht. Die Jungs haben Bier mitgebracht und auch Henry bietet mir eins an.

Die Sonne geht so langsam unter und taucht alles in ein goldenes Licht. Ich streiche meine Haare, die sich vom Salzwasser wie immer leicht wellen, zurück, als ich einen Schluck Bier trinke. Ich bemerke aus dem Augenwinkel, wie Henry mich beobachtet. Ich lächele ihn an, aber weiß, dass ich aufpassen muss. Henry ist nett, ich mag ihn gern, aber mit ein paar Kommentaren und Blicken ging er schon ein bisschen zu weit.

Da kommen Olivia und Kaylee über den Sand auf uns zu. Sie scheinen überrascht zu sein, mich schon hier zu sehen. Während Kaylee mich mit einem schwachen Grinsen bedenkt, begrüßt Olivia mich mit einem Wangenküsschen rechts und links. Ich bin verwirrt, das hat sie bisher noch nicht getan. Ich bin ihr ja wirklich dankbar, dass sie mich gleich in ihre Clique miteingebunden hat, aber das finde ich dann doch etwas zu viel. Flo und ich fanden diese Wangenküsschen immer lächerlich.

"Warum stehen da fünf Surfboards?", fragt Kaylee naiv. Wir haben die Boards vorhin zum Trocknen hochkant in den Sand gesteckt. Sie sieht die Jungs fragend an. Henry grinst mir zu.

"Das fünfte ist meins.", lüfte ich das Rätsel.

"Ella ist vorhin mit uns gesurft.", erklärt Henry, als Kaylee zwischen mir und dem Brett hin und her schaut, als würde sie diese beiden Dinge nicht zusammenkriegen.

Bevor Kaylee irgendetwas sagen kann, lenke ich das Gespräch um. "Ich muss zugeben, eure Wellen hier sind gar nicht so schlecht."

"Perths Wellen sind die besten!", brüstet sich Ronny.

"Naahhh...", mache ich und ziehe das Wort zweifelnd in die Länge. "Brisbanes Wellen sind besser. Oder wart ihr mal in Surfers Paradise? Das trägt seinen Namen nicht umsonst!"

"Dafür haben wir das bessere Footballteam.", ruft Ronny. Das hat zwar gar nichts mehr mit dem Thema zu tun, aber ich sage nichts. Von Football habe ich keine Ahnung.

Die Jungs verstricken sich sofort in eine tiefe Diskussion über den Sport, sodass ich mich zu Olivia und Kaylee drehe. Die beiden haben einen billigen Wein dabei, von dem Kaylee jetzt einen bedenkenswert großen Schluck nimmt.

"Ella, ich wusste nicht, dass du surfst.", sagt nun Olivia. Irgendwie klingt es vorwurfsvoll.

"Wir kennen uns auch erst eine Woche.", antworte ich lachend. "Sag mal, wie viel Uhr ist es eigentlich?"

Plötzlich fällt mir etwas ein.

"Es ist kurz vor Acht."

Ethan...

Ich habe ihn eingeladen, auf 19 Uhr. Und doch ist er noch nicht da. Er hat doch gesagt, dass er kommt. Suchend sehe ich mich am Strand um. Vielleicht ist er auch schon da und findet uns nur nicht. Außer uns sind nämlich noch einige andere Gruppen am Strand.

"Wartest du noch auf jemanden, Brissie?", fragt Henry. Ich kann Ethan nicht entdecken. Enttäuschung macht sich in mir breit.

"Ja, eigentlich schon."

*** Ethan ***

Seit kurz vor neunzehn Uhr ist er am Strand. Trigg Beach. So, wie Ella es gesagt hat.

Und seit neunzehn Uhr beobachtet er die Gruppe seiner Mitschüler, die unten am Strand um ein kleines Feuer sitzen. Er sieht auch Ella, sie ist mit ihren blonden kurzen Haaren gar nicht zu übersehen.

Aber er kann auch Kaylee, Nick, Dylan und Henry erkennen. Und Olivia und Ronny. Und das ist es, was ihn davon abhält, auf die Gruppe zuzugehen.

Jetzt ist es kurz vor zwanzig Uhr und er kämpft noch immer mit sich. Seine Mutter war überrascht, aber sehr glücklich gewesen, als er ihr erzählt hatte, dass er ausgeht. Wohin und mit wem erzählte er nicht.

Das hatte Ella nämlich auch nicht getan. War das ihre Absicht gewesen? Hätte er gewusst, mit wem sie da unten sitzt, hätte er gar nichts erst das Haus verlassen. Gar nicht erst zugesagt.

Er hat seit der ersten Minute mit dem Gedanken gespielt, wieder heimzugehen. Dann müsste er sich aber vor seiner Mutter erklären. Außerdem hätte er dann ein schlechtes Gewissen Ella gegenüber. Und das, obwohl er sie doch noch gar nicht wirklich kennt. Aber gestern war sie so nett zu ihm gewesen. Er hat die Zeit mit ihr am Strand wirklich genossen, obwohl er kein Wort herausbekommen hat. Als sie ihn auf den Kaffee eingeladen hatte, wollte er sich noch bedanken. Aber er hat sich nicht getraut.

Dann ist jetzt da runter zu gehen und ihrer Einladung zu folgen, wohl das Mindeste, was er tun kann.

Er atmet mehrmals tief durch und zieht seine Jacke zurecht. Richtet seine Brille. Dann läuft er den kleinen Weg hinunter zum Strand. Schon bei den ersten Schritten sinkt er im Sand ein. Er hasst es.

Sein Herz schlägt immer aufgeregter, je näher er kommt. Das ist nicht gut. Denn wenn er aufgeregt ist, blockiert seine Zunge und er kann nicht sprechen.

In seinem Kopf legt er sich die Worte zurecht, die er sagen will. Hi. Oder besser hallo?

Er hält den Kopf gesenkt. Ella sitzt mit dem Rücken zu ihm. Sie kann ihn nicht als Erstes sehen. Dafür entdeckt ihn Olivia.

"Stotti?! Was zur Hölle suchst du hier?", kreischt sie ungläubig los.

Ella fährt überrascht herum. Sie lächelt erfreut, als sie Ethan entdeckt und springt auf.

"Hi Ethan. Schön, dass du da bist!"

Ethan öffnet den Mund, doch wie erwartet kommt kein Ton heraus.

"Ach du scheiße...", murmelt Henry.

"Wer hat ihn eingeladen?!", faucht Olivia und zeigt mit ihrer Kralle von Fingernagel anklagend auf Ethan.

"Ich?", sagt Ella.

"Warum hast du das getan?!"

"Warum nicht?"

"Wir hängen nicht mit solchen Losern ab!" Olivias Gesicht ist zornig verzerrt. Ella sieht verwirrt und etwas überfordert aus.

Ethan senkt seinen Kopf wieder. Genauso hat er es sich ausgemalt. Es vorhergesagt. Er hat es gewusst. Wie konnte er nur so dumm sein, zu denken, dass es diesmal anders sein würde. Es kann ihn niemand leiden und er will Ella nicht in eine unangenehme Situation bringen. Also dreht er sich um und geht. Er hofft, dass niemand das Wasser sieht, dass sich in seine Augen drängt.

"Verpiss dich, du Nerd!", schreit ihm Ronny hinterher. "Wenn ich dich nochmal sehe, schlag ich dir in die Fresse! Vielleicht kannst du dann endlich wieder normal reden!"

"Ethan, warte!", ruft Ella ihm hinterher. Aber er reagiert nicht. Es bringt ja sowieso nichts.

"Ella, lass den Trottel. Ich weiß gar nicht, was die Schwuchtel hier will."

Ethan sieht nicht, wie Ella fassungslos zwischen Olivia und Ronny hin und herschaut. Dann packt sie wortlos ihre Tasche und Surfboard. Plötzlich bleibt sie aber doch noch stehen und dreht sich zu der Gruppe um.

"Was soll das? Was habt ihr für ein Problem mit Ethan? Wie könnt ihr so gemein sein, nur weil er stottert? Ihr kennt ihn ja gar nicht. Ihr seid echt widerlich. Mit solchen Menschen möchte ich nicht befreundet sein!"

Mit diesen Worten verlässt sie den Strand und folgt Ethan. Der hört sie erst, als sie zum dritten Mal seinen Namen ruft. Verwundert dreht er sich um.

Ella sieht schuldbewusst aus.

"Ethan, es tut mir leid. Was da gerade eben passiert ist - es ist meine Schuld."

Ethan schüttelt energisch den Kopf. Das ist doch nicht ihre Schuld. Ganz und gar nicht.

"Doch. Ich hätte eigentlich wissen sollen, dass sie dich nicht leiden können. Auch wenn ich nicht verstehen kann, warum. Aber das, was Olivia und Ronny da gesagt haben, das war nicht in Ordnung. Das war Mobbing. Ich habe es ihnen schon gesagt, und ich sage es dir auch, solche Freunde will ich nicht."

Ella schenkt Ethan ein ehrliches Lächeln und es erwärmt Ethans Herz. So sehr, dass seine Augen fast erneut nass werden.

-12-

Wenig später sitzen Ella und Ethan auf einer entfernten Bank. Die Sonne ist untergegangen, der Himmel leuchtet aber noch in den letzten Farben des Tageslichts.

"Ich liebe Sonnenuntergänge. Ich muss zugeben, die sind hier viel schöner als in Brisbane. Aber das ist ja logisch, schließlich geht die Sonne in Brisbane nicht über dem Meer unter. Da geht sie nur auf.", erzählt Ella. Ethan hört ihr aufmerksam zu. Er kann es noch nicht ganz glauben, was vorhin passiert ist. Und dass er jetzt hier mit Ella sitzt.

Er sieht sie von der Seite an, während sie redet und aufs Meer schaut. Er muss sich endlich eingestehen, dass seine neue Romanfigur, die Kommissarin, ganz klar auf Ella basiert. Sie scheint seinen Blick zu bemerken und hält inne.

"Ist was?"

Schnell schüttelt Ethan den Kopf. Wie ein Fisch öffnet er den Mund, aber etwas sagen kann er immer noch nicht. In seinem Kopf schreien die Gedanken dafür umso lauter. Ella sieht schuldbewusst aus und hält sich die Hand vor den Mund.

"Ich rede zu viel, oder? Das tut mir leid, ich merke das manchmal gar nicht. Ist eine ganz doofe Angewohnheit. Meine Freundin Flo sagt auch immer- siehst du, ich tu es schon wieder. Du musst mir sagen, wenn ich zu viel rede-" Sie beißt sich auf die Lippe, als sie merkt, was sie gesagt hat.

"Entschuldigung, also ich wollte sagen, wenn du etwas sagen willst, natürlich. Ich will dich zu nichts zwingen. Ich würde mich natürlich freuen, wenn du mit mir reden möchtest, aber du musst mir Bescheid geben, wenn ich still sein soll."

Wieder schüttelt Ethan den Kopf. Hör nicht auf, zu sprechen. Deine Stimme ist so wunderschön, denkt er. Er hört ihr gerne zu. Außerdem will er nicht, dass sie sich entschuldigt.

Er muss sich bedanken. Das hätte er gestern beim Kaffee schon tun sollen. Er fasst den Entschluss, ihr das zu sagen. Aber da spricht Ella schon weiter.

"Ich meine, ich habe mich dir ja einfach ein bisschen aufgedrängt. Ich weiß ja gar nicht, ob du das wirklich wolltest. Also, das tut mir leid..."

Ella redet weiter und verstrickt sich in ihre Worte. Aber jetzt hört Ethan ihr nicht mehr zu. Er starrt auf den Boden und versucht, allen Mut zusammen zu nehmen. Er sagt das Wort immer wieder in seinem Kopf. Zählt auf drei. Er muss das jetzt tun.

Er richtet seinen Blick so abrupt auf Ella, dass sie mitten im Satz verstummt. Und bevor sie irgendetwas sagen und Ethan es sich anders überlegen kann, presst er ein Wort heraus.

"Danke!"

Sein erstes Wort. Zumindest Ella gegenüber. Und das am Stück, ohne Stottern. Stolz überkommt ihn und zaubert ihm ein kleines Lächeln auf die Lippen.

Ella sieht überrascht aus. So, als würde sie nicht wissen, wie sie reagieren soll. Doch dann verwandelt sich ihre verwirrte Miene in ein erfreutes Lachen.

"Du... du hast-" Sofort hält sie sich wieder zurück. "Entschuldige bitte, ich sollte da keine Sensation daraus machen. Danke für was?"

Bei Ethan ist der Knoten geplatzt. Das erste Wort ist gesprochen. Alle weiteren sind nur noch kleinere Hürden.

"Danke. Für den K...ka...kaaaffee."

Und da war das Stottern wieder. Er schafft keine drei Worte mehr. Das ist schlecht, würde sein Logopäde jetzt sagen. Aber in letzter Zeit ist zu viel passiert, als dass er sich intensiv um seine Sprachfortschritte gekümmert hat.

"Kaffee? Oh, ach so, gestern. Gerne. Gar kein Problem."

"U.. uund für- für v-v-vorhin. D...d...d-"

Ethan bricht ab. Er bekommt das Wort nicht mehr über die Lippen. Seine Zunge blockiert. Enttäuscht von sich selbst sieht er auf den Boden. Er schluckt hart, um den Kloß in seinem Hals zu unterdrücken.

Plötzlich spürt er eine warme Hand auf seiner. Langsam hebt er den Blick und sieht direkt in Ellas graue Augen. Sie schenkt ihm ein ganz sanftes Lächeln.

"Hey, alles gut. Nimm dir alle Zeit, die du brauchst. Ich möchte dich zu nichts drängen. Wenn es nicht geht, geht es nicht. Okay?"

Ethan kann seine Überraschung nicht verstecken. Damit hat er nun wirklich nicht gerechnet. Noch nie hat jemand so verständnisvoll reagiert, wenn er nicht zu Ende sprechen kann. Wenn er stottert. Niemand außer seinen Eltern natürlich. Sonst wird er immer gedrängt. Zum schneller Sprechen, zum sich trauen. Was alles meist nur noch schlimmer macht.

Aber Ella überrascht ihn nicht zum ersten Mal. Eine Welle von Dankbarkeit überschwemmt ihn. Er lächelt.

"Danke.", sagt er erneut.

"Nicht dafür.", Ella schüttelt den Kopf. "Das ist doch selbstverständlich."

Ethan schüttelt erneut den Kopf. Dankbar. Selbst wenn er nicht stottern würde, wüsste er in dieser Situation nichts mehr zu sagen. Er drückt Ellas Hand.

Dann schauen sie beide still auf den Ozean hinaus. Von hier ist er schön, die Wellen branden gegen den Strand und die Steine unter ihnen. Ethan genießt den Moment.

Etwas ist anders. Er hat ein warmes Gefühl im Bauch, dass sich nicht leugnen lässt. Er fühlt keinen Knoten mehr in seiner Zunge. Er hat das Gefühl, frei heraussprechen zu können, was er denkt. Selbst mit Pausen und Stottern, ohne dass ihn jemand dafür verurteilt. Irgendwie fühlt er sich frei. Befreit. Und er fühlt, dass jetzt ein guter Moment wäre, neu anzufangen.

Spontan dreht er sich zu Ella und streckt ihr die Hand hin.

"Ethan."

Zuerst sieht sie verwirrt aus, dann ergreift sie lachend seine Hand und nennt ebenfalls ihren Namen.

"Freut m...mich dich ke-kennenzulernen."

"Gleichfalls. Ethan, erzähl mir was von dir. Ich weiß, dass du Ethan heißt, nicht surfst und gut in Mathe bist. Was gibt es sonst noch Interessantes über dich zu erfahren?"

Ethan überlegt. Eigentlich weiß Ella schon alles über ihn, was es zu wissen gibt. Aber dann grinst er.

"Es gibt d-da ssso eine Sach-che, die wissen n-n-nicht viele über mmmich. I-i-ich st-t-tott- stottere."

Ella lacht laut auf und tut dann überrascht.

"Ehrlich? Das hört man gar nicht."

"Sssags aber b-bitte nnnicht weiter."

"Mach ich nicht, versprochen. Du bist wirklich lustig, Ethan."

War das ein Kompliment? Ethan weiß es nicht genau. Deshalb lächelt er nur und erwidert nichts.

"Und d-du?"

"Ich?"

"Was gibt eees über d-dich zu er-erf-fahren?"

Ella überlegt kurz. "Du weißt eigentlich auch schon alles über mich. Ich komme aus Brisbane, wurde wegen dem neuen Job meines Vaters hierher mitgeschleppt, surfe gerne, bin schlecht in Mathe und liebe Sonnenuntergänge."

"Wie isssst Bris-Brisbane so?", fragt Ethan.

"Oh, Brisbane ist wunderschön! Ich persönlich mag Southbank sehr. Das ist wie ein großer Park mit einem öffentlichen Outdoor-Pool. Abends kann man von dort die ganze Skyline der Stadt sehen. Viele Sehenswürdigkeiten gibt es sonst eigentlich nicht... Es ist einfach das Gefühl der Stadt. Warst du noch nie dort?"

"N-nnein. Meine Fffami-mi-ilie reist nicht vvvviel."

"Oh. Ich kann dir Brisbane natürlich nur empfehlen. Aber das muss ich sagen, schließlich wollte ich ja gar nicht hier her ziehen. Aber egal. Hast du Geschwister?"

Ethan nickt den Kopf. Dann nickt er ihr zu, um ihr die Frage zurückzugeben.

"Ich nicht. Hast du einen Bruder oder eine Schwester?"

"Eine kl-kleine Schhh-wester. Alyssa. S-sie iiist a-acht."

"Oh wie schön. Hast du andere Hobbies?", fragt Ella. Ethan überlegt, ihr zu erzählen, dass er Geschichten schreibt, aber es hört sich schon in seinem Kopf lächerlich an. Niemand hat es je interessiert, dass und was er schreibt.

"I-i-ich lese gerne."

"Und was?"

Ethan und Ella vertiefen sich in ihr Gespräch. Das letzte bisschen Helligkeit verschwindet ganz und lässt die Nacht herein. Die beiden reden und reden, Ethan kann sich schon gar nicht mehr erinnern, über welche Themen sie sprachen. Aber er genießt die Zeit mit Ella. In ihrer Gegenwart fühlt er sich wohl. Und allem traut er sich zu sprechen.

Schon lange hat er sich niemandem mehr so geöffnet. Es entsteht eine kurze Pause zwischen den beiden und Ethan wendet seinen Blick dem Meer zu. Es glitzert im Schein des Mondes. Das Geräusch der sanften Wellen beruhigt ihn. Ella zieht ihr Handy aus ihrer Hosentasche.

"Oh Gott, schon so spät! Ich habe völlig die Zeit vergessen!"

Ethan schielt auf seine Uhr. Es ist tatsächlich schon kurz vor Mitternacht. Auch er hat die Zeit völlig aus den Augen verloren. Mit Ella vergeht die Zeit einfach viel schneller.

"Meine Mutter holt mich um zwölf Uhr ab. Sie hat darauf bestanden, sie war ganz schön sauer, wegen gestern."

"Oh. O-o-okay."

"Tut mir leid. Ich habe unser Gespräch sehr genossen." Sie erhebt sich.

"Ich auch.", sagt Ethan. "Sssoll ich d-dich b-b-begleiten?"

"Gerne. Wenn du möchtest."

Gemeinsam laufen Ella und Ethan schweigend nebeneinander her. Den Faden ihres Gesprächs haben sie irgendwie verloren. Vom Strand wehen Stimmen und Gelächter her. Olivias Lachen ist besonders gut zu hören. Ethan schaut traurig auf den Boden. Ella scheint es zu merken.

"Ethan? Darf ich dich etwas fragen?"

"Ja.", sagt Ethan leise. Ellas Stimme klingt irgendwie bedrückt.

"Warum sind die anderen immer so gemein zu dir?"

Ethan zuckt mit den Schultern. "Ich w-w-weiß es nicht."

"Weil du stotterst?"

"Wahrscheinlich."

"Aber-", Ella stockt. Sie scheint nicht zu wissen, was sie sagen soll.

"Ich rede einf-fach nicht g-g-gerne. Vielleicht st-stört sssie das."

"Aber dafür kannst du doch nichts."

Wieder zuckt Ethan mit den Schultern. Dass es nicht seine Schuld ist, weiß er. Zumindest versucht er sich das immer einzureden. Aber es nicht immer leicht, das zu glauben, wenn man jeden Tag in der Schule genau dafür gehänselt wird.

"Hat es einen Grund, warum du stotterst? Eine Art Auslöser?", fragt Ella und sieht ihn neugierig an. Ethan schluckt hart und wendet seinen Blick ab.

"Hm...", macht er, um Zeit zu schinden und sich eine zufriedenstellende Antwort zu überlegen. "Ich weiß nnnur, d-d-dass Ol-ivia a-aalles anstößt u-und es d-ddurch Rrrronny und die a-and-deren nicht besser wird."

"Das tut mir leid.", sagt Ella. Ethan schaut sie überrascht an.

"W-w-arum? Dir b-braucht das doch n-nicht llleid zu tun."

"Ich weiß. Tut es aber irgendwie trotzdem. Weil ich es einfach unfair finde. Du wirst für etwas gemobbt, wofür du absolut nichts kannst. Du hast ihnen nie etwas getan. Und ich werde ihnen sagen, dass sie damit aufhören sollen." Ella zieht entschlossen die Augenbrauen zusammen. Durch Ethans Kopf schießt ein Gedanke, der ihn leicht erröten lässt. Sie sieht süß aus. Zum Glück ist es schon dunkel.

"N-nein... bitte. Sag n-nichts. D-d-das macht es nnnur noch schli-immer."

Ella öffnet den Mund, als ob sie leidenschaftlich etwas sagen will. Dann schließt sie ihn wieder und sagt stattdessen: "Bist du sicher?"

Er weiß ihre Worte wirklich wertzuschätzen, aber in diesem Fall will er keine Hilfe. Es bringt ja sowieso nichts. Also nickt Ethan. "Danke."

Mehr kann Ella nicht mehr sagen, denn da hält ein großes Auto neben ihnen. Es ist Ellas Mutter.

"Möchtest du mitfahren?", fragt Ella, als sie die Türe öffnet. Überrumpelt von dem Angebot muss Ethan erst kurz überlegen. Aber das wäre zu viel des Guten. Ella hat heute schon genug für ihn getan. Da muss ihre Mutter jetzt nicht auch noch mitten in der Nacht einen Umweg fahren. Er schüttelt den Kopf und lächelt.

"In Ordnung. Dann komm gut nach Hause. Bis Montag.", sagt Ella und lächelt zurück. Ethan mag ihr Lächeln, stellt er in diesem Moment fest. Er nickt ihr zum Abschied zu.

Ella öffnet die Tür und steigt ins Auto. Ethan hebt die Hand, winkt ihr zu und wendet sich dann zum Gehen. Er muss nun zuerst schauen, ob überhaupt noch ein Bus nach Hause fährt. Es ist schon spät.

"Ethan-", hört er da nochmal Ellas Stimme. Überrascht dreht er sich noch einmal um. "Ich fand es echt schön heute Abend. Besser als mit den anderen."

Dann fährt die Fensterscheibe am Auto auch schon wieder hoch und das Auto fährt davon. Völlig perplex bleibt Ethan zurück. Ein plötzliches Gefühl der Wärme breitet sich in ihm aus, als er ein breites Grinsen zulässt.

Der Weg zur Bushaltestelle ist kurz und Ethan hat Glück. Der letzte Bus fährt in wenigen Minuten. Sobald er eingestiegen ist, holt er sein

Handy heraus und öffnet seine Notizen. Automatisch fließen die Wörter aus ihm heraus, seine Finger springen nur so über die Tasten. Die neue, blonde Kommissarin bekommt mehr Text, sie darf mit seinem Detective ermitteln. Unbewusst fließen ein schönes Lächeln und ein entschlossenes "Augenbrauen-Zusammenziehen" mit ein. Sein Detective, der sonst kein Interesse an Frauen und der Liebeswelt hat, wird sogar so langsam warm mit der Kommissarin. Ethan ist so vertieft, dass er fast seine Haltestelle verpasst.

Als er schließlich im Bett liegt, kann er nicht anders, als nochmal an Ella zu denken. Sie ist wirklich einzigartig. Noch nie hat er so jemanden kennengelernt. Jemanden mit so viel Freundlichkeit und Empathie. Sie verurteilt ihn nicht für seine Krankheit, sein Stottern. Sie wollte ihn sogar gegen Olivia und Ronny verteidigen! Obwohl das ihre bisher einzigen Freunde in der neuen Schule sind. Niemand hat so etwas für ihn bisher getan.

Vielleicht wird jetzt alles ein wenig besser. Ein wenig einfacher. Und er weiß, das klingt dramatisch, aber schließlich ist er Autor - Vielleicht beginnt jetzt ein neuer Abschnitt seines Lebens.

-13-

Samstagmorgen muss ich erst einmal alle Kommunikation mit Ben und Flo nachholen, die ich in den letzten zwei Tagen völlig vernachlässigt habe. Ich fühle mich schlecht, dass ich schon in der ersten Woche hier so beschäftigt war, dass ich noch nicht einmal Zeit für meinen Freund und meine beste Freundin hatte.

Flo macht das vielleicht nicht so viel aus, aber auf eine Antwort von Ben warte ich immer noch...

Ich schaue lustlos durch meine Chats auf dem Handy. Plötzlich fällt mir auf, dass ich Ethans Telefonnummer gar nicht habe. Woher auch. Ich weiß aber mit Sicherheit, dass er eins hat. Schließlich habe ich ihn darauf herum tippen sehen. Irgendwie möchte ich seine Nummer haben.

"Ist das der Junge vom Strand gestern?", hatte mich meine Mutter gestern Abend auf der Heimfahrt gefragt. Ich war überrascht, dass sie ihn erkannt hatte. Aber ich bejahte ihre Frage.

"Er heißt Ethan. Er geht in meine Klasse. Und er ist sehr nett."

"Es freut mich, dass du neue Freunde findest. Auch Mädchen?" Der lautlose Vorwurf war kaum zu überhören. Ich schnaubte auf.

"Ja, Mum! Olivia und Kaylee. Sie sind auch nett." Obwohl ich lieber etwas anderes sagen würde. Nach gestern Abend hat sich meine Meinung über die beiden leider gedreht.

"Und wie war das Surfen?"

"Auch gut."

"Wunderbar. Dann ist ja alles gut." Meine Mum klang pampig.

Ich entschied mich, nichts mehr zu sagen. Ich war zu müde, um noch zu streiten. Wenn sie schlechte Laune hatte, sollte sie es nicht an mir auslassen.

Schon eine Straßenecke weiter seufzte sie wieder auf.

"Spätzchen, es tut mir leid. Dein Dad und ich hatten vorhin eine kleine Meinungsverschiedenheit. Das darf ich aber nicht an dir auslassen."

Ich setzte mich aufrecht in meinem Sitz auf. Mum und Dad hatten gestritten?

"Um was ging es?"

"Das ist unwichtig. Ich würde nur gerne wissen, wie es dir in dieser ersten Woche ergangen ist. Hast du dich schon eingelebt?"

"Wenn ich ganz ehrlich sein muss, war es nicht so schlimm, wie ich gedacht habe. Die meisten Leute in meiner Schule, die ich bisher kennengelernt habe, sind in Ordnung. Und mit so schönen Sonnenuntergängen wie hier kann Brisbane tatsächlich nicht mithalten." Meine Mum lächelte. Ich stieß sie schnell an." Aber sag's nicht Dad!"

Zuhause war ich dann nur noch todmüde ins Bett gefallen. Deshalb erwarten mich nun heute Morgen einige ungeliebte Aufgaben.

Hausaufgaben, Kisten ausräumen, Neoprenanzug trocknen und Surfboard wachsen. Letzteres tue ich noch am liebsten.

Zwischendurch schaue ich immer wieder auf mein Handy. Mit Flo chatte ich schon seit dem Morgen. Wir schicken uns solange Nachrichten hin und her, bis ich sie schließlich kurzerhand anrufe. Ich erzähle ihr von meinem Leid mit Ben. Flo gibt ihr Bestes, mich zu beruhigen.

"Genau Ella, bestimmt hat er sich schon eine Neue geangelt und kuschelt jetzt mit ihr im Bett. Weil Ben genau so einer ist." Ihre Beruhigung funktioniert so semi-optimal. "Ich habe ihn in der Schule gesehen, ihm geht es gut. Wir gehen auf die Klausurenphase zu, da hat er vielleicht viel zu tun."

"Aber Zeit mir kurz zu antworten hätte er da doch allemal. Er ist sicher sauer, weil ich ihn zweimal versetzt habe."

"Und dann war gestern noch das Football-Derby gegen die Herston Hawks.", redet Flo einfach weiter. Ich halte abrupt inne.

"Was?!"

"Hm?", macht Flo, die mir nicht folgt.

"Was du gerade gesagt hast. Was war gestern?"

"Das Football-Derby gegen die Herston Hawks. Wir haben gewonnen! Die Jungs waren echt gut. Und danach natürlich die Party. Gwen war ganz gut dabei. Ich musste sie heimbringen."

Doch ich höre ihr nicht mehr zu. Wie paralysiert schaue ich an die Wand. "Scheiße."

"Ella? Ella! Hallo? Ist die Verbindung jetzt weg, oder was?"

"Nein, nein. Ich bin noch da.", stammele ich. So ein Mist. Ich habe das Spiel vergessen. Dabei weiß ich, wie viel Ben das Spiel bedeutet hat. Ich habe es vergessen und ihm noch nicht einmal viel Glück gewünscht. Er hat mir bei unserem letzten Telefonat sogar noch erzählt, wie aufgeregt er ist. Denn hin und wieder kündigen sich Scouts der Australian Football League an, die neue Spieler rekrutieren. Und bei diesem Spiel war so ein Scout da. Ben wollte die Chance nutzen. Ich bin so ein Volltrottel.

"Du hast es vergessen? Na gut, dann kann ich fast verstehen, wenn er etwas böse auf dich ist. Aber vielleicht schläft er auch gerade nur seinen Rausch aus. Mach dir jetzt bitte nicht so viele Gedanken darüber, Baby Girl."

Tatsächlich habe ich nicht viel Zeit, mir darüber den Kopf zu zerbrechen, denn meine Mum ruft mich. Sie und Dad wollen mit mir zum Lunch essen gehen. Kein Widerspruch, keine Ausrede erlaubt. Außerdem kann ich Essen nie wirklich ausschlagen, wenn schon für mich bezahlt wird. Also muss ich Flo abwürgen. Ich verspreche ihr allerdings hoch und heilig mich ab jetzt jeden Tag kurz zu melden.

Es ist warm heute, weshalb ich mir schnell einen Rock mit T-Shirt aus einer der Kisten angele. Toll, und die habe ich auch immer noch nicht ausgeräumt.

Wir fahren zum Mittagessen zu einem kleinen Lokal am Fluss, von dem Perth durchzogen wird. Swan River, wie ich auf einem Schild lese.

"Das Restaurant hat mir mein Kollege Daniel empfohlen.", prahlt Dad. Der "Boatshed" sieht von innen tatsächlich noch besser aus als von außen und ist ganz schön elegant. Ich fühle mich fast ein wenig falsch angezogen. Von der Terrasse kann man über den Fluss die gesamte Skyline von Perths Stadtmitte sehen. Die gar nicht übel ist. Anscheinend soll der Blick bei Nacht noch spektakulärer sein, hat Dads neuer Freund Daniel ihm erzählt.

Das Essen ist gut und mit meinen Eltern kann ich sogar auch reden. Sie scheinen ihren Streit von gestern beiseitegelegt zu haben. Ich bin froh, denn ich kann es nicht leiden, wenn meine Eltern streiten.

Nach dem Essen beschließen wir, noch eine Runde im Park spazieren zu gehen. Ich verlasse gerade den Weg zum Restaurant. Meine Eltern laufen schon voraus.

"BRISSIE!", schreit jemand. "Ella!" Erstaunt drehe ich mich um und sehe Henry auf mich zu laufen.

"Hi! Was tust du denn hier?", frage ich ihn überrascht.

"Ich habe gearbeitet. Und du?"

"Ich war essen. Mit meinen Eltern.", sage ich und zeige mit dem Daumen hinter mich.

"Ach so. Hast du Lust, spazieren zu gehen oder so? Wenn du Zeit hast?", fragt Henry.

"Oh. Eigentlich wollte ich mit meinem Eltern-", beginne ich, aber stoppe mitten im Satz.

Henry hebt sofort entschuldigend die Hände. "Sorry, natürlich."

"Nein, nein.", beeile ich mich zu sagen. "Moment, ich sage nur schnell Bescheid."

Ich eile zu meinen Eltern und erkläre ihnen den neuen Plan. Bevor sie etwas einwenden können, bin ich schon auf dem Rückweg zu Henry.

"Ist das okay für deine Eltern?", fragt Henry. Mich wundert es, dass ihn das überhaupt kümmert.

"Ist ja meine Entscheidung, wie ich meinen Samstag verbringe. Außerdem habe ich die beiden heute schon genug ausgehalten.", lache ich.

Henry grinst und zuckt die Schultern. Gemeinsam gehen wir nebeneinander her.

"Als was arbeitest du im Boatshed? Ich habe dich gar nicht gesehen. ", frage ich.

"In der Küche. Als Hilfskoch."

"Als Koch? Wie cool. Möchtest du das später nach der Schule mal machen?"

Er zuckt lässig die Schultern. "Ach, ich weiß noch nicht. Es macht mir Spaß, aber ich weiß noch nicht, ob es mein zukünftiger Job werden soll."

"Ach so.", sage ich und spreche weiter, bevor ich nachdenken kann. "Ich finde Männer, die kochen können, sexy." Henry springt natürlich sofort darauf an und kommt näher. Er grinst anzüglich und zwinkert.

"Ist das so?"

"Ja. Ben kann auch kochen.", rudere ich schnell zurück.

"Nicht so gut wie ich, wette ich.", stichelt Henry weiter. Ich gebe ein zweifelndes Geräusch von mir.

Plötzlich bleibt Henry stehen. "Komm, wir machen ein Foto."

"Was?", frage ich überrascht, aber er zieht schon sein Handy aus der Hosentasche und öffnet die Kamera. Dann zieht er mich zu sich und legt seinen Arm um meine Schulter. Na gut. Ist ja schließlich nur ein Foto, denke ich, und mache mein typisches, lustiges Fotogesicht. Henry formt mit seiner Hand ein Peace-Zeichen.

"Ist schön geworden.", meinte er, nach dem er ein paar Mal abgedrückt hat und steckt sein Handy wieder weg. Ich runzele die Stirn. Hoffentlich macht er mit dem Foto nichts... Komisches. Aber ich beschließe, nichts zu sagen.

"Du surfst übrigens richtig gut, Brissie.", sagt Henry dann.

"Danke. Du aber auch."

"Das wollte ich dir noch sagen, bin gestern nicht mehr dazu gekommen."

Ich lächele nur, weil ich mich geschmeichelt fühle und nicht weiß, was ich sagen soll.

Auf einmal zögert Henry und schaut mich von der Seite an. "Hattest du- ähm naja, hattest du gestern noch einen schönen Abend?"

Ich schaue Henry an, weil ich wissen will, was hinter der Frage steckt. Will er wissen, ob ich den Abend mit Ethan verbracht habe?

"Ja, hatte ich tatsächlich.", sage ich nach kurzer Überlegung.

"Das freut mich. Dass Stotti da aufgetaucht ist, hat uns schon allen den Abend ein bisschen versaut."

Wie angewurzelt bleibe ich stehen. Meine gute Laune ist wie weggeblasen. Was zur Hölle?! Wut macht sich in meinem Bauch breit.

Hört doch endlich mal auf, ihn die ganze Zeit zu piesaken!, will ich ihn anschreien. Stattdessen entscheide ich mich, etwas anderes zu sagen.

"Was habt ihr eigentlich gegen Ethan?", frage ich in ganz sachlichem Ton. Ich will wissen, was das Problem ist, denn Ethan selbst scheint es nicht zu wissen oder will es mir nicht sagen.

"Wir? Also ich habe nichts gegen ihn.", verteidigt sich Henry sofort. "Er ist einfach..."

"Was?"

"Doof.", murmelt Henry. Es klingt fast wie eine Frage.

"Du merkst selbst, dass das Schwachsinn ist, oder? Das ist Mobbing, was ihr da gestern gemacht habt. Und nicht nur gestern. Vielleicht ist Olivia die "Anführerin", aber Ronny und Kaylee machen auch mit, und du bist auch mit Schuld, weil du es zulässt."

"Ella, hör mal. Das ist nicht so einfach."

"Erkläre es mir bitte. Wenn es nicht so einfach ist, will ich die ganze Situation gerne verstehen."

Seufzend blickt Henry auf den Boden und sucht nach Worten. "Also... Naja-"

"Weißt du-", schiebe ich hinterher- "ich bin neu hier, neu in der Stadt, neu in der Klasse, lerne neue Leute kennen. Und Ethan ist nett, aber er wird von euch geärgert. Ich möchte verstehen warum."

Ich weiß, dass es nicht meine Baustelle ist. Eigentlich geht mich die ganze Sache nichts an. Aber ich hatte schon immer Probleme mit meiner Neugier.

"Also, nur um das klarzustellen. Ich habe kein Problem mit Ethan. Ich mache bei dieser Mobberei auch nicht mit.", verteidigt sich Henry erneut. Da hat er Recht, wie ich nun feststellen muss. Er war bisher immer still und hielt sich im Hintergrund. Trotzdem macht ihn das nicht unschuldig. Aber ich lasse ihn weiterreden.

"Ich weiß nicht genau, was das Problem mit Ethan ist. Ich kenne nicht die Geschichte dahinter. Ich weiß, dass Olivia das Problem ist. Ronny macht mit, weil er ihr Freund ist und Kaylee, weil sie so sein möchte wie Olivia."

"Es gibt also eine Geschichte dahinter...", murmele ich.

"Ja, aber das liegt lange in der Vergangenheit. Mehr weiß ich nicht."

Ich habe also Recht gehabt. Oliva hat ein Problem mit Ethan, etwas aus der Vergangenheit. Ist es Neid? Eine verschmähte Liebe? Das kann ich mir bei Olivia irgendwie nicht vorstellen. In Gedanken versunken laufen wir weiter und ich stecke die Hände in die Taschen meines Rocks.

"So, genug jetzt von diesem Thema.", ruft Henry plötzlich und schlägt mir spielerisch auf den Arm. "Was möchtest du später mal werden?"

"Ugh, Henry. Das will doch niemand wissen. Außerdem weiß ich das noch nicht."

"Na gut... Dann stelle ich dir eine neue Frage. Wie stellst du dir ein perfektes Date vor?"

Ich lache auf. Henry ist plötzlich wieder sehr gut gelaunt und grinst mich schelmisch an. Ich zögere kurz mit der Antwort. Gestern schon hat Henry einige Dinge gesagt, die unpassend waren für Freunde.

Wir sind schließlich Freunde, finde ich. Aber ich beschließe, mich auf den Spaß einzulassen.

"Das ist einfach. Ein Picknick oder gutes Essen, ganz viel Reden und danach einen guten Film."

"Ah, Netflix und Chill also?"

Ich stoße ihm empört den Ellenbogen in die Seite. "Henry!"

"Was denn? Also ganz viel Reden haben wir ja schon abgehakt. Wenn du willst, können wir zurück zum Boatshed und ich zaubere dir was Schönes."

"Denkst du etwa, das hier wäre ein Date?"

"Ein spontanes. Aber ja." Ich bleibe stehen und Henry dreht sich zu mir. Hinter mir nehme ich Kindergeschrei von dem nahegelegenen Spielplatz wahr. Ich sehe zu Henry auf, in seine wirklich schönen Augen. Sofort schäme ich mich für den Gedanken. Ich habe Ben! Henry ist nett, aber er ist nicht mehr als ein Freund und das muss er wissen!

"Henry- Hör mal. Das ist kein Date. Ich habe einen Freund. Ben." Und trotzdem fühle ich mich auch ein bisschen schlecht, als ich ihm die Abfuhr erteile.

"Einen Freund in Brisbane, Brissie.", widerspricht er. Dann lehnt er sich plötzlich nach vorne und überwindet den Abstand zwischen uns. Ich kann nicht schnell genug reagieren, da liegen seine Lippen auf meinen. Überrascht bleibe ich stocksteif stehen, bevor ich mich fassen kann und ihn von mir drücke.

"Henry, nein."

"Aber-"

Mitten im Satz wird er unterbrochen, als plötzlich mein Handy klingelt. Erleichtert gehe ich auf Abstand und fische es aus meiner Tasche. Irgendwie habe ich es noch nicht geschafft, mein Handy wieder lautlos zu stellen.

Mir wird gleichzeitig heiß und kalt, als ich auf dem Display den Anrufer sehe.

"Hey, Ella. Wie geht's dir?", höre ich Bens Stimme, als ich den Anruf annehme. Dann erscheint sein Bild oben und mein Bild unten auf dem Bildschirm. Schnell halte ich das Handy auf eine gute Höhe. Ich bin froh ihn zu sehen, denn er rettet mich aus der wirklich unangenehmen Situation mit Henry. Gleichzeitig ruft er aber zum denkbar unpassendsten Zeitpunkt an.

"Hi! Mir geht es gut. Und dir?"

"Mir auch. Wo bist du?", fragt er weiter und kneift die Augen zusammen, als würde er versuchen, etwas im meinem Hintergrund zu erkennen.

"Ich... Ähm... Ich bin in einem Park... in der Stadt." Schnell drehe ich die Kamera herum, um Ben die Skyline von Perth zu zeigen, die man von hier immer noch wunderbar betrachten kann.

"Oh schön. Was tust du?"

Warum fühlt es sich an, als würde Ben ein kleines Interview mit mir führen?

"Ich-"

"Hi, Ben. Brissie ist mit mir unterwegs." Henry drängt sich ins Bild und wedelt wie ein Vollidiot in die Kamera. Ich versuche noch, das Handy wegzudrehen, aber Ben hat Henry schon gesehen und gehört.

"Brissie?!", fragt er fassungslos. "Wer ist das?!"

Wieder versucht sich Henry ins Bild zu drängen, aber ich halte ihn auf Abstand und zeige ihm warnend den Zeigefinger. Er findet die Situation wohl sehr komisch und lacht sich kaputt.

"Ich- das ist Henry. Ben, können wir zu Hause weiter sprechen? Ich gehe sofort nach Hause und rufe dich dann an, okay?"

Und bevor er widersprechen kann, lege ich auf.

"Sag mal, geht's noch, Henry?! Was soll die Scheiße?"

"Jetzt stell dich doch nicht so an. War doch nur Spaß." Abwehrend hebt er die Hände.

"Ja klar.", schnaube ich sauer. Ich werde jetzt nach Hause gehen, wie ich es Ben versprochen habe. Ich drehe mich auf dem Absatz herum und laufe zurück zum Restaurant. Wenn ich Glück habe, erwische ich meinen Eltern noch.

"Hey Brissie, warte doch mal. Ella!", ruft Henry.

"Lass mich in Ruhe. Das gerade eben war einfach nur - argh." Ich habe gar keine Worte, so wütend bin ich. Ich möchte nicht, dass Henry mir folgt. Aber wie es scheint, bleibt er tatsächlich stehen. Auf dem Parkplatz des Boatsheds suche ich das Auto meiner Eltern, aber ich kann es nicht mehr sehen. Na toll, dann muss ich mir jetzt noch ein Uber rufen.

Und das kommt erst in acht Minuten. Genug Zeit, um mir zu überlegen, was ich Ben alles sagen muss.

-14-

Ethan erwacht am Samstagmorgen exakt um 7.30 Uhr. Sein Wecker klingelt. Wie jeden Morgen zieht er sich an, putzt sich die Zähne, kämmt sich die Haare und geht dann hinunter zum Frühstück.

"Guten Morgen, Ethan.", begrüßt ihn seine Mutter, die gerade den Frühstückstisch deckt.

"M-morgen."

"Wie war es gestern Abend? Hattest du Spaß?"

"Hm.", bejaht er und schenkt sich eine heiße Tasse Kaffee ein. Er hatte tatsächlich Spaß gestern Abend. Allein beim Gedanken daran, schleicht sich ein kleines Lächeln auf sein Gesicht. Seine Mutter hat es schon entdeckt, bevor er es verbergen kann. Sie zwinkert ihm vielsagend zu. Ethan schüttelt nur den Kopf. Sie soll nicht so etwas annehmen. Das würde sowieso nie etwas werden.

Ein bisschen ist Ethan erschrocken über seine Gedanken. Seit wann macht er sich überhaupt Gedanken, ob irgendetwas werden würde? Das ist ja Schwachsinn.

Um nicht weiter darüber nachdenken zu müssen, verteilt Ethan Besteck am Tisch und schneidet dann das Brot. Sein Vater und seine kleine Schwester Alyssa kommen gerade gähnend die Treppe hinunter. Die Achtjährige trägt wie immer ihren Lieblingsschlafanzug mit dem Disney-Hades-Aufdruck. Lizzy hat nämlich eine Vorliebe für Bösewichte, anstatt für Disney-Prinzessinnen. Ethan wuschelt Lizzy durch die Haare. Sie sieht wirklich süß aus, wenn sie am Morgen noch so verschlafen ist. Lizzy dagegen murrt und schlägt seine Hand weg.

Das gemeinsame Frühstück am Wochenende ist Tradition in Ethans Familie. Seit er zum ersten Mal bei dieser Tradition dabei sein durfte, liebt er sie. Er genießt es einfach, diese Zeit mit seiner Familie zu verbringen.

"Ethan, kannst du heute mit Lizzy auf den Spielplatz gehen?", fragt seine Mutter plötzlich. "Wir müssen heute in den Baumarkt."

"I-ich muss E-E-Erdkunde lernen.", widerspricht Ethan.

"Das kannst du doch nach dem Frühstück tun. Außerdem tut euch beiden frische Luft gut."

Ethan schnaubt. Frische Luft ist immer das schlagende Argument seiner Mutter. Frische Luft war wie das Allheilmittel. Kopfweh? Frische Luft. Krank? Frische Luft. Liebeskummer? Frische Luft.

Nicht dass er schon jemals wegen Liebeskummer an die frische Luft geschickt worden wäre. Aber er weiß, dass er mit seiner Mutter nicht diskutieren kann. Und Lizzy schaut ihn bettelnd aus so großen Augen an, dass er nicht Nein sagen kann.

"Auf w-welchen Spielpl-platz willst d-du denn?", fragt er Lizzy.

"Den mit dem großen Klettergerüst!", kräht die Kleine. Ethan seufzt auf. Natürlich kann es nicht der Spielplatz neben der Schule sein. Sondern der Große. Der weit Entfernte. Wenigstens hat man von dort einen schönen Blick über den Swan River und Perths Skyline.

Kurz nach dem Mittagessen setzt sich Ethan mit Alyssa in den Bus und fährt den Weg zum Spielplatz. Es ist zu weit zum Laufen. Dann wäre Lizzy schon erschöpft, bevor sie überhaupt ankämen. Lizzy will unbedingt "Ich sehe was, was du nicht siehst" spielen. Also sucht Ethan sich etwas aus und Lizzy rät. So muss Ethan nicht so viel sprechen und kann einfach nur den Kopf schütteln oder nicken. Es sind einige Leute im Bus und er hat keine Lust, komisch angeschaut zu werden.

Fröhlich hüpft Lizzy aus dem Bus und den Weg zum Spielplatz, während Ethan sich ihren bunten Kinder-Rucksack über die Schulter hängt und ihr folgt. Aber Ethan macht das ja nichts aus. Der einzige Nachteil ist, dass manche Menschen ihn manchmal für den Vater von Lizzy halten. Er ist nicht alt und sieht - seiner Meinung nach - auch noch nicht so aus. Trotzdem war da ein großer Altersunterschied zwischen ihm und Lizzy, weshalb er den Leuten Kommentare wie "Sie haben aber ein hübsches Mädchen", nicht übel nimmt.

Lizzy ist ein ungeplantes Kind. Seine Eltern hatten eigentlich geglaubt, keine Kinder bekommen zu können. Doch durch irgendein Wunder war seine Mutter doch schwanger geworden. Vielleicht lag es ja an der frischen Luft. Ethan war zu dem Zeitpunkt selbst erst neun gewesen. Doch seit Lizzy auf der Welt ist, hat er sie stets beschützt, und das wird auch so bleiben.

Jetzt muss er sich beeilen, damit er Lizzy nicht aus den Augen verliert. Diese hat schon das Tor zum Spielplatz geöffnet und zieht noch im Gehen ihre Schuhe aus. Ethan grinst. Sie ist ein kleiner Wirbelwind. Voller Energie, nicht zu stoppen. Und sie liebt es, zu reden.

Also das genaue Gegenteil von Ethan.

"Ethan, kommst du rutschen?", ruft Lizzy. Ethan verzieht gequält das Gesicht. Aber er stellt dem Rucksack neben einer Bank ab und klettert das enge Gerüst nach oben. Lizzy wartet oben auf ihn und klatscht ihn ab. "Du bist!"

Dann rutscht sie lachend davon. Ethan beeilt sich, ihr hinterher zu kommen. Für eine kurze Weile jagt er sie über den Spielplatz, aber Lizzy ist zu flink und Ethan zu unsportlich, als noch länger Fangen spielen zu können.

Lizzy lässt ihn gehen. Sie hat schon eine neue Freundin gefunden. Ethan setzt sich auf die Bank und atmet tief durch. Er findet es faszinierend, dass Lizzy so einfach neue Freunde findet. Vielleicht ist es ihre fröhliche, offene Natur, vielleicht ist es auch einfach nur, weil sie noch ein Kind ist.

Aber Ethan wünscht sich dennoch manchmal, auch neue Freunde finden zu können. Gut, genau betrachtet hat er das sogar. Ella ist schließlich eine neue Freundin.

Er versinkt ein wenig in seinen Gedanken an gestern Abend und lässt seinen Blick über den Spielplatz und den angrenzenden Park schweifen. Plötzlich stockt er und blinzelt überrascht. War das nur eine Einbildung gewesen oder hatte er gerade Ella vorbei laufen sehen? Wie kommt sie denn hierher? Neugierig reckt er den Hals, um noch einmal einen Blick auf sie zu erhaschen. Ja, sie ist es tatsächlich!

Eilig erhebt er sich, um sie zu begrüßen. Da entdeckt er noch jemand anderen, der neben Ella läuft. Henry...

Genervt setzt sich Ethan wieder hin. Den Kopf gesenkt, linst er unter seinen Wimpern hindurch, um die beiden zu beobachten. Er würde zu gerne wissen, was Henry und Ella gemeinsam hier im Park machen. Haben sie etwa ein Date? Der Gedanke gefällt ihm irgendwie nicht.

Er beobachtet, wie die beiden ein Selfie machen und dann weiterlaufen. Henry scheint einen Witz zu reißen, denn Ella lacht und zeigt ihr wunderschönes Lächeln.

Plötzlich wird sie wieder ernst. Ethan sieht, wie Henry ihr näher kommt. Was macht der aufgeblasene Arsch denn da?

Ethan hört einen Schrei und wendet den Blick kurz ab. Aber Alyssa geht es gut, sie hat nicht geschrien. Als Ethan zurück zu Ella schaut, erschrickt er heftig. Die Spucke bleibt ihm im Hals stecken und er muss husten. Ella und Henry küssen sich. Er will seinen Augen nicht trauen. Der Anblick versetzt ihm einen Stich in die Brust.

Er will das nicht mehr sehen. Außerdem will er nicht, dass Henry oder Ella ihn noch entdecken. Ethan schaut schnell weg und sucht Alyssa. Da hilft nur eine Runde Verstecken spielen.

*** Ella ***

Sobald ich zu Hause die Türe aufschließe, drücke ich auf die Wahlwiederholung. Mit zitterndem Atem warte ich darauf, dass Ben meinen Anruf annimmt.

"Hi."

Erleichtert seufze ich auf, als er abnimmt und sein Gesicht auf meinem Bildschirm erscheint. Er lächelt nicht und sieht ernst aus, was meine Angst noch ein bisschen mehr befeuert. Ich kann nicht sagen, was er denkt, obwohl ich das sonst immer in seinem Gesicht lesen konnte. Also gebe ich ihm gar nicht erst die Chance, etwas zu sagen, sondern rede los.

"Ben. Es tut mir so leid. Dass ich dich vorhin einfach weggedrückt habe. Ich wollte in Ruhe mit dir sprechen. Ich muss mich bei dir entschuldigen. Ich habe dich zwei Mal versetzt und dein wichtiges Footie-Spiel habe ich auch vergessen. Ich fühle mich so schlecht, ich weiß schließlich, wie wichtig dir dieses Spiel war! Ich kann total verstehen, wenn du sauer auf mich bist."

"Ella!", unterbricht er mich so laut und deutlich, dass ich zusammen zucke und ängstlich in die Kamera starre.

"Jetzt beruhige dich mal wieder. Atme durch. Es ist alles gut. " Ich versuche es, aber die Wörter sprudeln weiter aus mir heraus.

"Es ist nicht alles gut. Ich habe dich versetzt, weshalb ich verstehen kann, dass du mir nicht geantwortet hast. Es tut mir so leid, das ist alles meine Schuld." Tränen steigen mir in die Augen, bevor ich es verhindern kann. Meine Gefühle überrollen mich einfach. Ich will nicht, dann Ben mir böse ist, ich will nicht, dass wir streiten, wo wir doch erst eine Woche voneinander getrennt sind.

"Es ist nicht deine Schuld. Hör mir bitte zu. Mein Handy war kaputt. Ich musste mir ein neues zulegen und war deshalb die letzten zwei Tage nicht erreichbar."

Meine Tränen versiegen auf der Stelle und ich schaue ihn hoffnungsvoll an.

"Außerdem warst du diese Woche sicher sehr beschäftigt mit deiner neuen Schule, hast hoffentlich neue Freunde kennengelernt. Da wollte ich dich nicht stören. Ich will doch, dass du dich dort wohlfühlst."

"Wirklich?", hauche ich überwältigt. Damit habe ich nun wirklich nicht gerechnet. Ich habe gedacht, Ben ist sicher wütend auf mich, oder zumindest enttäuscht.

"Ja, wirklich. Ich liebe dich doch, Ella."

"Bei dir fühle ich mich aber wohler als hier.", murmele ich.

"Ich wünschte auch, dass du hier wärst." Ben schenkt mir ein Lächeln, dass mich sofort besser fühlen lässt.

"Wie habe ich dich nur verdient?", rutscht es mir raus, obwohl ich es nur denken wollte.

Er lacht. "Das frage ich mich auch manchmal.", sagt er und zwinkert mir spielerisch zu. Endlich kann ich mich beruhigen. Ich höre auf, wie eine Gestörte in meinem Zimmer auf und ab zu laufen, sondern setze mich stattdessen aufs Bett.

"Erzähl mir von deiner Woche.", bittet Ben. Also tue ich das. Ich erzähle von den Lehrern - wobei mir siedend heiß die Erdkunde-Klausur nächste Woche wieder einfällt -, von Olivia und Kaylee und meiner ersten Surfsession im Indischen Ozean. Die ganze

Sache mit Ethan lasse ich jedoch aus. Außerdem berichte ich ihm, was ich von Perth bisher schon gesehen habe und vom heutigen Lunch mit meinen Eltern.

"Und mit wem warst du vorhin unterwegs? Henry?", fragt Ben, als ich geendet habe. Sofort überkommt mich das schlechte Gewissen wieder, vor allem, wenn ich an Henrys Kuss denke. Soll ich Ben davon erzählen?

"Ja, Henry. Er geht auch auf meine Schule und ist mit Olivia befreundet. Wir haben uns zufällig getroffen, er arbeitet in dem Restaurant, in dem wir gegessen haben." Ben nickt. Ich schlucke und sehe weg.

"Er-", beginne ich, kann mich aber kaum überwinden weiterzusprechen. "Ben, er hat mich geküsst. Ich wollte das nicht, ich habe ihn sofort weggedrückt. Ich will, dass du das weißt, keine Geheimnisse!", presse ich dann ganz schnell heraus. Jetzt ist es gesagt. Erst nun schaue ich Ben wieder an, bis ich bemerke, dass sein Bild bewegungslos geworden ist.

Ich schüttelte mein Handy, als würde das irgendwas besser machen. Tatsächlich wird die Verbindung wieder besser und Bens Stimme erreicht mich wieder.

"Sorry, meine Verbindung war gerade ganz schlecht. Was hast du gesagt?"

Ich atmete tief aus. Und wieder ein.

"Ähm... Ach nichts. Jetzt erzähl du, wie war deine Woche? Und wie war das Spiel? Ich will alles wissen."

Ben beginnt zu erzählen und ich genieße es, seine Stimme zu hören. Ich bin froh, dass er nicht sauer auf mich ist. Dabei hätte ich es wirklich verdient. Aber so ist Ben und deshalb liebe ich ihn auch.

Allerdings weiß ich selbst nicht genau, warum ich ihm nicht von Ethan erzählt habe. Ich glaube, ich habe Angst, dass er es nicht verstehen würde. Ben ist nicht schnell eifersüchtig, doch als er Henry gesehen hat, hat er auch nachgehakt. Und warum ich Ben nicht noch einmal von Henrys Kuss erzählt habe, weiß ich auch nicht. Wir haben uns eigentlich geschworen, keine Geheimnisse voreinander zu haben. Aber erstens hätte ich nie gedacht, ihm so etwas einmal beichten zu müssen und zweitens ist es vielleicht doch besser, wenn er nicht alles weiß. Denn wenn ich eines hasse, dann ist es Streit mit Ben.

"Und liebe Grüße von Jeannie.", sagt Ben und holt mich damit aus meinen Gedanken. Ich muss lächeln. Jeannie ist Bens kleine Schwester und damit auch fast meine. Ich habe sie fast so lieb wie Ben.

"Danke. Grüß sie bitte von mir zurück."

"Das mache ich. So, jetzt muss ich leider aufhören, wir haben nächste Woche die letzten Klausuren vor den Ferien. Dafür muss ich noch lernen. Aber ich kann es nicht erwarten, dich nächstes Wochenende wiederzusehen!"

Erst als Ben es erwähnt, fällt es mir wieder ein. Er würde mich nächste Woche besuchen kommen. Das hatte er mir versprochen! Und ich habe es schon fast wieder vergessen. Aber das tut nichts zur

Sache. Denn ich kann es auch kaum erwarten, ihn wieder in die Arme zu schließen. Wir beenden das Gespräch.

Und dann muss ich mich an meinen Schreibtisch setzen, denn ich habe unbedingt für Erdkunde zu lernen!

-15-

Eine Tür knallt. Erschrocken fahre ich aus meinem Schlaf hoch. Was soll das denn? Gequält drehe ich mich zur Seite und sehe auf die Uhr. Es ist 6:10 Uhr. Ich bin sogar vor meinem Wecker wach geworden. Na toll, jetzt werde ich für den Rest des Tages schlechte Laune haben.

"Das wäre jetzt wirklich nicht nötig gewesen. Du weckst Ella noch auf!" höre ich plötzlich eine laute Stimme. Ich runzele die Stirn.

"Das wäre das erste Mal, dass du dich um deine Tochter sorgst, seit wir hier sind!", ruft meine Mum. Jetzt bin ich neugierig. Ich schlage eilig meine Bettdecke zurück und laufe zur Tür. Oben an der Treppe bleibe ich stehen und lausche. Meine Eltern stehen im Hausflur und starren sich gegenseitig wütend an.

"Jane, ich kann doch auch nichts dafür!"

"Du hättest es mir wenigstens früher sagen können!"

"Es ist ja nur für fünf Tage. Am Wochenende bin ich wieder da."

"Meinst du etwa, das macht es besser?! Erst schleppst du mich und Ella einmal durchs ganze Land und jetzt ganz plötzlich fällt deinen Chefs ein, dass sie dich dort doch noch brauchen? Das soll doch wohl ein Witz sein!" Die unterdrückte Wut in der Stimme meiner Mutter ist nicht zu überhören. Sie versucht zwar leise zu sprechen, aber es gelingt ihr nicht.

"Mir macht das ja auch keinen Spaß.", versucht sich mein Vater zu rechtfertigen. "Aber meine Chefs-"

"Ja, Hauptsache, die sind glücklich!", faucht meine Mum. So sauer habe ich sie schon lange nicht mehr erlebt.

Auf einmal beginnt mein Wecker zu klingeln und ich haste so leise wie möglich zurück zum Bett. Meine Eltern verstummen augenblicklich.

"Hau jetzt bloß ab. Und während deinem Flug kannst du dir ja mal überlegen, ob das fair ist, was du hier tust.", zischt meine Mutter noch.

"Ich-", beginnt mein Vater noch, doch er bricht ab. Dann höre ich die Haustüre zu knallen und meine Mutter, die leise flucht. Vorsichtig traue ich mich die Treppe nach unten. So viel Tumult und Streit am frühen Morgen bin ich nicht gewohnt. Normalerweise streiten sich meine Eltern nicht. Zumindest habe ich so einen Streit noch nicht miterlebt.

"Guten Morgen.", sage ich leise.

Meine Mum schreckt aus ihren Gedanken auf. "Oh, guten Morgen, Spätzchen. Gut geschlafen?"

Ich nicke mit dem Kopf. Dann sehen wir uns beide zögernd an. Meine Mum ahnt, dass ich den Streit mitbekommen habe und ich weiß nicht, ob ich sie darauf ansprechen soll.

"Wo ist Dad denn hin?", frage ich dennoch.

Mum gibt ein abwertendes Geräusch von sich und geht in die Küche. Dort stehen schon eine Tasse Tee und eine Schale Müsli für mich bereit.

"Dein geehrter Herr Vater ist auf dem Weg nach Brisbane.", sagt sie schließlich. Mir bleibt der Tee im Hals stecken.

"Brisbane? Warum das denn?"

"Das wüsste ich auch gern." Meine Mum sieht aus, als würde sie nur zu gern noch mehr sagen, um ihrem Ärger Luft zu machen, aber sie reißt sich zusammen. Stattdessen zwingt sie sich ein Lächeln auf. "Aber egal. Bist du bereit für deine zweite Woche? Freust du dich?"

Ich nicke, obwohl ich mir da selbst nicht ganz sicher bin.

Eine halbe Stunde später sitze ich neben meiner Mutter im Auto auf dem Weg zur Schule. Mir fällt auf, dass ihre Hände das Lenkrad fest umklammern. Sie wirkt irgendwie abwesend.

"Mum, geht es dir gut?", frage ich. Aber ich kriege keine Reaktion. Sie schaut starr auf die Straße.

"Mum?"

"Hm? Ja... Ja ja, mir gehts gut. Alles bestens."

Das glaube ich ihr nicht. Besorgt sehe ich sie von der Seite an. Plötzlich wird mir klar, dass ich keine Ahnung habe, was meine Mutter in der letzten Woche gemacht hat. Mein Vater war arbeiten, ich in der Schule. Meine Mum hat aber keine Arbeit oder Schule, bei der sie neue Leute kennenlernen kann. Sie ist alleine.

"Mum, sollen wir... diese Woche vielleicht mal Yoga zusammen machen? Oder was anderes?"

Überrascht schaut meine Mum zu mir rüber. "Danke, Ella. Das ist nett von dir. Aber mach dir keine Sorgen um mich."

"Na gut. Donnerstag habe ich Zeit. Da machen wir das.", sage ich trotzdem und grinse sie an. Heute drücke ich meiner Mutter sogar einen Kuss auf die Wange, bevor ich aus dem Auto steige.

"Hab einen schönen Tag!", ruft sie noch, dann schließe ich die Tür und wende mich zur Schule. Plötzlich bleibe ich stocksteif stehen. Denn mir wird auf einmal etwas klar.

Ich habe keine Freunde mehr.

Gut, das klingt jetzt vielleicht etwas dramatisch. Aber mit Olivia und Kaylee habe ich mich am Freitag gestritten, ich habe ihnen die Meinung gesagt, und irgendwie habe ich das Gefühl, dass ihnen das nicht gefallen hat. Und Henry habe ich auch noch nicht verziehen, dass er mich am Samstag ungefragt geküsst hat.

Also muss ich wohl direkt ins Klassenzimmer gehen. Natürlich sehe ich die Gruppe um Olivia sofort, aber ich mische mich unter ein paar andere Schüler und laufe mit gesenktem Kopf an ihnen vorbei.

Als ich aber Ethan auf seinem Platz im Klassenzimmer sitzen sehe, macht sich ein Lächeln auf meinem Gesicht breit. Ich hätte ihn fast vergessen.

Ethan hebt kurz den Kopf und senkt ihm genauso schnell wieder, als er mich in der Tür sieht.

"Guten Morgen!", sage ich und lasse mich mit Schwung auf den Stuhl neben ihn fallen. Er zuckt zusammen, als ich ihn aus Versehen an der Schulter berühre.

"Wie war dein Wochenende?", frage ich dann. Ethan aber antwortet nicht. Stattdessen schaut er demonstrativ auf die Seite und steckt sich einen Kopfhörer ins Ohr. Ich stutze. Irgendwie fühle ich mich vor den Kopf gestoßen. Was hat Ethan? Warum redet er nicht mit mir? Eigentlich dachte ich, er wäre etwas aufgetaut, nachdem wir uns am Freitag so gut verstanden haben.

Ich will nicht locker lassen, doch da klingelt es zur ersten Stunde. Mrs. Wilde stolziert schon zur Englischstunde herein. Die anderen Schüler folgen mürrisch. Olivia schaut zuerst überrascht, als sie mich entdeckt, dann wird ihr Blick kalt. Als sie an mir vorbei läuft, schnalzt sie vielsagend mit der Zunge. Oh je, sie ist wohl wirklich beleidigt.

"Ruhe! Guten Morgen, liebe Klasse.", ertönt Mrs. Wildes Stimme in perfektem britischen Akzent. Und das in Australien, wo doch alle so viel Wert auf ihren Akzent legen.

"Ich habe hier eure Hausaufgaben. Diese werde ich jetzt austeilen und dann werden wir sie besprechen. Ich kann manchmal wirklich nicht glauben, dass ihr den ganzen Tag Englisch sprecht und trotzdem keine korrekte Satzstellung könnt."

Ethan hebt seinen Blick, als Mrs. Wilde die Hausaufgaben erwähnt. Meine Aufmerksamkeit ist sofort wieder bei ihm. Es stört mich, dass er nicht mit mir redet. Beziehungsweise stört es mich mehr, dass ich nicht weiß, warum. Ich muss das rausfinden.

Kurzentschlossen reiße ich ein Stück Papier ab und schreibe darauf meine Nachricht. Dann, als Mrs. Wilde nicht hinsieht, schiebe ich Ethan den Zettel zu.

*** Ethan ***

Aus dem Augenwinkel sieht er das kleine Stück Papier, dass sich unter Ellas Hand zu ihm hinüber schiebt.

Er nimmt es entgegen, aber liest es nicht. Er versucht stattdessen, konzentriert nach vorne zu blicken.

Ein weiteres Zettelchen kommt in sein Blickfeld. Wieder schiebt er es ungelesen unter seinen Block. Er sieht, wie Ella verwirrt die Stirn runzelt.

Er weiß, dass sein Verhalten komisch ist. Und unfair. Er weiß selbst nicht genau, was mit ihm los ist. Aber seit Samstag geht ihm ein Bild nicht mehr aus den Kopf. Ella, wie sie Henry küsst. Seine Gedanken sind durcheinander und seine Gefühle spielen verrückt.

Er versteht selbst noch nicht genau, warum er einen kleinen Stich verspürt hat, als er Ella beobachtet hat. Auch als sie heute Morgen in den Raum gekommen ist, so ganz ohne Olivia und Kaylee, hat sein Herz einen Schlag ausgesetzt.

Er redet sich ein, dass das nicht von der letzten Szene seines Buches kommt, in der sich die Kommissarin und sein Detective näher gekommen waren.

Ein dritter Zettel findet seinen Weg über den Tisch. Ethan schluckt. Er will nicht unhöflich sein und Ella ignorieren. Das hat sie nicht verdient.

Also liest er sie. Natürlich so, dass Mrs. Wilde es nicht sieht.

Hey, hast du Lust mir heute vielleicht den Kings Park zu zeigen? Ich habe gehört, der soll ganz schön sein...

Ist alles in Ordnung bei dir?

Bist du sauer?

Ethans Herz klopft. Sie will etwas mit ihm unternehmen. Nochmal. Und ausgerechnet Kings Park, sein Rückzugsort.

Er nimmt seinen Stift und überlegt sich, was er zurück schreiben soll. Natürlich ist alles in Ordnung. Und sauer ist er auch nicht. Oder?

Er freut sich. Ein wilder Gedanke schießt ihm durch den Kopf. Er könnte ihr so vieles im Kings Park zeigen. Den DNA-Tower, den Lottery Walkway oder... seinen geheimen Lieblingsplatz.

Aber würde Ella diesen Ort auch zu schätzen wissen? Würde sie ihn geheim halten? Oder würde sie am nächsten Tag mit Henry wiederkommen und ihm den Platz zeigen. Eine plötzliche Welle der Wut überfällt ihn und er kritzelt eine Antwort auf den Zettel.

Lass dir doch von Henry den Kings Park zeigen!

Ella fällt das leichte Lächeln aus dem Gesicht, als sie seine Nachricht liest. Nun wirkt sie verwundert und vor den Kopf gestoßen. Ethan bereut seine Nachricht sofort. Warum hat er das nur geschrieben? Er hat doch gar keinen Grund, sie so anzufahren. Und das nur, weil er seine Gefühle nicht im Griff hat.

Ella zögert mit einer Antwort. Ethan sieht, wie sie etwas schreibt und es wieder durchstreicht. Dann wieder etwas hinschreibt und wieder durchstreicht.

Was meinst du?, schreibt sie zurück.

Jetzt runzelt Ethan die Stirn. Wie kann sie nicht wissen, was er meint? Oder macht die das absichtlich, um davon abzulenken?

Du hast Henry doch geküsst. Am Samstag, im Park am Swan River.

Ellas Augen werden groß. Sie öffnet ihren Mund und schließt ihn wieder, wie ein Fisch. Ethan sieht, wie sie überfordert blinzelt und nach Worten sucht.

"Ethan, ein sehr solider Text. Das hast du sehr gut gemacht." Plötzlich steht Mrs. Wilde vor ihm und streckt ihm seine Hausaufgaben hin. Aber Ethan hat gerade keinen Kopf dafür. Kommentarlos nimmt er das Blatt entgegen. Normalerweise würde er sich über die Eins freuen.

"Streber.", ruft jemand aus der vierten Reihe. Auch das kümmert Ethan nicht. Ella legt schnell die Hände über die kleinen Zettel, auf denen ihre Nachrichten stehen. Mrs. Wilde wirft ihr einen warnenden Blick zu. Ella grinst nur breit. Als die Lehrerin weiter geht, senkt sie ihren Kopf schnell wieder und schreibt hastig eine Nachricht auf.

Erstens: Nicht ich habe Henry geküsst. Er hat mich geküsst. Ich wollte das nicht.

Zweitens: Woher weißt du das? Bist du mir etwa gefolgt?

Ethan atmet erleichtert aus. Er ist so froh, dass Ella Henry nicht aus eigenem Antrieb geküsst hat. Und dass sie das gar nicht wollte.

Trotzdem muss sie ihm nicht gleich unterstellen, dass er ein Stalker ist! Es war schließlich reiner Zufall, dass er sie gesehen hat.

Ich war mit meiner kleinen Schwester auf dem Spielplatz. Da habe ich dich zufällig gesehen.

Oh okay. Entschuldige.

Ethan überfällt erneut das schlechte Gewissen. Es ist nicht fair, Ella damit zu konfrontieren. Sie kann ja nichts dafür. Ethan hat doch kein

Recht, ihr vorzuschreiben, wen sie küssen soll. Dafür mag er sie zu sehr.

Nein, mir tut es leid. Ich hätte das nicht ansprechen dürfen.

Alles okay. Zeigst du mir trotzdem den Kings Park? Mit dir macht es sicher mehr Spaß als mit Henry.

Ethan muss lächeln. Das kann er ihr jetzt nicht ausschlagen. Außerdem wäre es eine Lüge, zu sagen, dass er ihr den Kings Park nicht zeigen will. Also nickt er leicht, sodass Ella es sehen kann. Sie lächelt zurück und Ethans Magen macht einen kleinen Salto.

*** Ella ***

Nach den ersten zwei Stunden Englisch müssen wir den Raum wechseln. Ich räume meine Sachen zusammen und stehe auf. Da sehe ich die Zettel, die Ethan und ich uns hin und her geschrieben haben. Es ist besser, wenn ich sie wegwerfe. Nicht, dass jemand auf dumme Gedanken kommt. Ich knülle die Papierfetzen zusammen und schmeiße sie beim Hinausgehen in den Mülleimer.

Ich bemerke nicht, wie ein Zettel neben dem Eimer auf dem Boden landet.

Meine Pause will ich heute ausnahmsweise draußen verbringen, denn es ist angenehm warm. Außerdem will ich nicht in die Cafeteria. Zu Olivias Clique kann ich mich schließlich nicht setzen.

"ELLA!", höre ich eine schrille Stimme. Es ist Olivia. Überrascht drehe ich mich um. Olivia kommt elegant auf mich zu, ein breites Lächeln im Gesicht.

"Ella! Wo willst du denn hin?"

Verwirrt zeige ich auf die Tür hinaus auf den Schulhof. "Raus. Es ist Pause."

"Alleine etwa?"

"Ja?"

"Aber nein, du kommst mit. Ich habe doch gesagt, du kannst bei uns sitzen."

"Ähm...", mache ich überfordert. Da greift Olivia schon nach meinem Arm und reißt mich mit sich. Halt, will sie etwa so tun, als wäre da am Freitag nichts passiert?

"Olivia-", sage ich und stemme meine Fersen in den Boden- "was ist mit Freitag?!"

Fragend zieht die Blondine ihre Augenbrauen hoch. "Mit Freitag?" Dann läuft sie einfach weiter. Aber ich brauche eine Antwort und deshalb folge ich ihr.

"Ja! Was mit Ethan passiert ist. Was ihr zu ihm gesagt habt. Und was ich gesagt habe."

"Keine Sorge, Ella. Entschuldige dich nachher einfach bei den anderen, dann werden sie dir schon verzeihen."

"Mir verzeihen?!" Das hat sie nicht gesagt! Sie sollen mir verzeihen? Ich soll mich entschuldigen? Für was denn? Ich habe nur Ethan verteidigt, weil Olivia, Ronny und Kaylee ihn gemobbt und verletzt haben! Und Olivia tut einfach unwissend, um das Ganze unter den Teppich zu kehren. Das glaube ich einfach nicht!

"Ihr solltet euch bei Ethan entschuldigen! Ihr habt ihm weh getan!"

"Ach Liebes, jetzt mach doch nicht so ein Drama daraus. Wir haben das schon längst vergessen. Und jetzt komm."

Fassungslos stehe ich mit offenem Mund vor Olivia. Mit ihren letzten Worten tätschelt sie mir noch leicht die Wange. Ich bin zu keiner Reaktion fähig, so starr stehe ich da.

Doch im nächsten Moment fasse ich einen Entschluss. Ich würde sicher nicht mehr mit Olivia in der Cafeteria sitzen. Lieber sitze ich draußen alleine auf dem Pausenhof. Aber auf solche Menschen reagiere ich einfach allergisch.

Und leider bin ich Sturkopf genug, um aus dieser Situation ein kleines Drama zu machen.

-16-

"Und dann meinte sie einfach, ich solle mich entschuldigen. Ich! Sie sollten sich bei dir entschuldigen. Das ist so eine Frechheit. Ich weiß ja, dass du gesagt hast, ich soll mich nicht einmischen. Aber ich konnte einfach nicht anders. Was meinst du dazu?"

Ich sitze gerade mit Ethan im Bus auf dem Weg zum Kings Park und rege mich noch immer über Olivia auf. Ethan sitzt stumm neben mir und sieht auf seine Hände.

"Warum sagst du denn nichts? Sie haben dich schließlich beleidigt. Du solltest dich wehren!"

Doch Ethan schüttelt den Kopf. "Br-bringt doch n-n-nichts."

"Wenn man nichts dagegen tut, bringt es nichts. Im Gegenteil, es wird immer schlimmer.", halte ich vehement dagegen.

"I-i-ist doch eg-egal...", winkt Ethan ab. Aber ich kann es immer noch nicht gut sein lassen. Die ganze Situation macht mich so wütend. Ich kann nicht glauben, dass eine ganze Klasse diese offensichtlichen Mobbereien einfach hinnimmt. Und allen voran Ethan. Er hat es einfach akzeptiert, anstatt sich dagegen zu wehren.

Aber ich kann sehen, wie die Worte der Mitschüler ihn verletzen. Mich würden sie genauso treffen. Und deshalb hat sich Ethan auch in eine Art Schneckenhaus zurück gezogen.

Ich fühle mich nur so hilflos. Olivia tut so, als gäbe es kein Problem, und Ethan tut es ab, als würde es ihm nichts ausmachen.

"Es ist nicht egal! Wir müssen etwas dage-", beginne ich erneut. Doch Ethan legt mir plötzlich seine Hand auf meinem Arm und bringt mich zum Schweigen.

"Ella, d-d-danke, abbbber lass gut s-sein."

Ergeben seufze ich. Ethan will sich wohl nicht von mir helfen lassen. Das muss ich akzeptieren. Plötzlich wird mir eines klar... Ich mische mich in eine Sache ein, die mich eigentlich gar nichts angeht. Ich rede auf Ethan ein und sage ihm, was er tun soll. Nachdem er mir am Freitag gesagt hat, ich soll es auf sich beruhen lassen.

Auf einmal fühle ich mich schlecht. Das ist Ethans Leben, nicht meins. Er entscheidet, was er wann tut oder was nicht. Trotzdem drängt sich eine quälende Frage bei mir immer wieder an die Oberfläche. Ich versuche sie noch zu unterdrücken.

"Aber eines frage ich mich immer noch. Warum hat Olivia es auf dich abgesehen?"

Ich habe schon immer Probleme damit, dass mein Mund schneller als mein Kopf ist.

"Gab es einen Vorfall? Früher vielleicht? Ist sie neidisch? Ich kann nicht glauben, dass es nur an deinem Stottern liegt."

Ethan seufzt leise und drückt den Halteknopf, damit der Bus an der nächsten Haltestelle anhält.

"W-wir mmmüssen hier r-ra-raus."

Er sagt nichts zu meinen Fragen. Doch ich kann sie nicht weiter verfolgen, denn schon als wir aussteigen, kann ich den wunderbaren Ausblick sehen, der sich hier vom Kings Park bietet. Ich kann nicht anders als zu staunen.

"W-wusst-test du, dass K-kingsp-p-Park der größte P-park iiin einer Stadt issst? Er ist sog-gar größer a-als der Ce-central Park iin New York."

"Wow, echt?", frage ich, ehrlich beeindruckt. Es ist wirklich schön hier. Wir laufen auf einer breiten Straße, die rechts und links von hohem Bäumen gesäumt ist. Vor uns liegt der Eingang zum Park.

Ich sehe einige Kioske, wobei es mich schon wieder nach Eiskaffee gelüstet, sowie ein kleines Infocenter und ein Museum.

Ethan und ich stehen am Anfang einer großen Grünfläche, in deren Mitte sich ein Denkmal befindet. Vermutlich hat es irgendwas mit Krieg zu tun. Wie jedes Denkmal. Sonst wäre es ja keins. Kleine Gehwege erstrecken sich überall, auf denen Menschen unterwegs sind. Manche joggen, andere flanieren nur und einige Touristen kann ich auch entdecken.

Doch das Highlight des Parks ist der Ausblick. Von hier oben hat man einen wunderbaren Blick auf Perth. Die Hochhäuser der Innenstadt strecken sich in den Himmel und trotzdem wirken sie von hier oben klein. Außerdem hat man fast einen Panoramablick über den Hafen und den Swan River.

Ich zücke mein Handy und mache ein Bild.

"Ich fühle mich ein bisschen wie ein Tourist.", lache ich und drehe mich zu Ethan. Dieser schaut mit gedankenverlorenem Blick in die Ferne.

"Es iiist sehr sch-schön hier."

"Ja..." Ich kann mich kaum satt sehen. Perth ist doch schöner, als ich es mir eingestehen will.

"Mmmöchtest du ein w-wenig sp-spaz-spazieren gehen?", fragt Ethan dann.

Ich nicke begeistert. Normalerweise halte ich nicht sehr viel von Parks, aber dieser hier ist einfach jetzt schon wunderschön. Das kann ja nur besser werden. Ethan geht voraus und führt mich durch einen silbernen Torbogen in den Botanischen Garten. Überall blühen kleine und große Blumen in allen möglichen Farben. Gemeinsam wandern wir kleine Wege entlang. Neugierig betrachte ich die vielen unterschiedlichen Pflanzen, die rechts und links von uns den Weg säumen. Ich entdecke sogar eine Kangaroo Paw, die berühmte australische Blume. Sie trägt ihren Namen, weil ihre rote Blüte aussieht wie die Pfote eines Kängurus.

Dann kommen wir an eine Brücke. Zögerlich bleibe ich stehen. Ethan dreht sich überrascht zu mir um.

"Das i-ist der Tree T-top Walk. A-a-also der Weg ü-ü-über den Bäumen."

Ich lächle ihn unsicher an. "Wollen wir nicht lieber umdrehen?"

"Hast d-d-du etwa H-höhenangst?",fragt Ethan erstaunt, und auch ein wenig belustigt. Ich nicke beschämt. Schon seit meiner Kindheit habe ich Angst vor Höhen. Unter anderem versuche ich Brücken so gut es geht zu meiden. Ich weiß nicht woher es kommt, es ist einfach so.

Doch nun sieht Ethan plötzlich enttäuscht aus. Er senkt den Kopf und nickt.

"Was ist los?", frage ich. Ich hoffe er ist nicht traurig wegen mir.

"N-n-nichts. I-ich hä-ätte dir nur gerne wwwas gezeigt."

Da ist sie wieder, meine Neugierde. Ethan will mir etwas zeigen. Das muss ich unbedingt sehen. Ich werfe einen Blick auf die Brücke. Mir wird klar, dass ich vermutlich darüber muss, wenn ich sehen will, was Ethan mir zeigen will. Ich betrachte sie noch einmal genauer. Die Brücke ist breit und sieht stabil aus. Und der Boden ist nicht durchsichtig, ich kann also nicht in die Tiefe nach unten sehen. Na gut.

Entschlossen gehe ich zu Ethan und hake meinen Arm bei ihm unter. Alleine schaffe ich das nicht. Überrascht sieht er mich an.

"Ich gehe mit dir rüber. Aber ich muss mich an dir festhalten. Sonst drehe ich mich um und renne schreiend davon."

Ethan bringt ein schwaches Grinsen zustande. Er scheint mehr mit der Situation überfordert zu sein. Bin ich wieder zu aufdringlich?

Da muss er jetzt durch, wenn ich mit ihm über diese Brücke soll. Gemeinsam gehen wir los und mir klopft das Herz jetzt schon bis zum Hals.

Nach vorne schauen, Ella. Nur nicht runter schauen, erinnere ich mich selbst.

Je weiter wir laufen, umso stärker klammere ich mich an Ethans Arm. Als uns jemand entgegen kommt, wackelt die Brücke sogar ein wenig und mir rutscht das Herz in die Hose. Ich schnappe nach Luft und schließe gleichzeitig meine Augen, damit ich bloß nicht in die falsche Richtung schaue.

"A-alles ok?", fragt Ethan.

"Können wir etwas schneller laufen? Damit wir schnell hier runter kommen?"

Ich spüre, wie Ethan sofort seine Schritte beschleunigt und lasse mich einfach von ihm leiten. Vorsichtig linse ich unter meinen Lidern hervor.

Plötzlich tritt mein Fuß für einen Moment ins Leere. Erschrocken schreie ich auf und ducke mich. Doch ich falle nicht. Ich stehe immer noch auf der Brücke. Die bergab verläuft!

"Welche Brücke geht bitte bergab?!", beschwere ich mich bei Ethan, an dessen Arm ich mich immer noch klammere. Er lacht leise.

Sein Lachen klingt schön, wie ich nebenbei bemerke.

"N-n-nachher geht sie auch w-wieder bergauf."

"Na super.", sage ich sarkastisch. Doch jetzt sind meine Augen wenigstens auf. Ich lasse meinen Blick schweifen. Der Ausblick ist wieder wunderschön. Man kann zwar die Stadt nicht mehr sehen, dafür aber den Swan River und die Vororte Perths.

"Geht es wieder?", fragt Ethan. Er klingt fast ein wenig besorgt. Aber ich nicke. Wir können weitergehen und ich lasse meine Augen offen. Ich schaue sogar in die Ferne und plötzlich stehen wir auf der anderen Seite der Brücke. Erleichtert atme ich auf.

"Danke. Für deinen Arm."

Ethan führt mich weiter einen Weg entlang. Wir biegen einige Male ab, bis wir nur noch auf einem Trampelpfad laufen. Dann streicht Ethan einen Ast zur Seite und gibt den Blick frei auf eine kleine Bank. Sie ist vollkommen abgeschirmt von jeglichen Blicken und Wegen. Vom Ausblick fange ich gar nicht mehr an...

Fasziniert setze ich mich hin.

"Was ist das hier?"

"Mein Lieb-lingsplatz."

Als Ethan das sagt, wird mir ganz warm. Ich fühle mich geehrt, dass er mir seinen Lieblingsplatz zeigt.

"Es ist wunderschön."

"U-und ruhig. Ich k-k-komme immer hier her, w-wenn die Welt z-zu lllaut wird.", sagt er leise.

"Wann wird dir denn die Welt zu laut?", frage ich vorsichtig. Ich will wissen, was Ethan damit meint, aber ich will nicht zu aufdringlich sein.

"W-weißt du, i-ich bin nicht sehr kom-k-k-kommun-n-", er schnalzt ärgerlich mit der Zunge- "Ich re-rede nicht gerne. U-und nach e-einem anstrengenden Tag f-finde ich hier mmmeine Ruhe."

"Das klingt schön.", sage ich, weil mir sonst nichts Besseres einfällt. Irgendwie finde ich es traurig, dass Ethan der Welt hierher entfliehen muss.

Ethan nickt nur und blickt dann in die Ferne. Wir schweigen.

"Aber wieso-", will ich wieder etwas fragen, als Ethan leise zu lachen beginnt. Verdutzt schaue ich ihn an.

"Was ist?"

"Du m-m-magst die Ruhe n-nicht ssso gerne, oder?"

"Was? Warum?" Ich verstehe nicht, was er damit meint.

"Naja, i-ich glaube, dass d-d-du gerne Mmmenschen um dich hast. U-und du re-r-redest sehr gerne." Er grinst mich schelmisch an und ich kann nicht anders als zurück zu grinsen. Seine stahlblauen Augen blitzen hinter seiner Brille hervor.

"I-ich bin nicht so. Im G-geg-gegenteil. Die Ruhe hat etwas Tröstliches. Wenn ich nicht rede, schauen die L-leute nicht blöd. Und i-ich biete Leuten wie Olivia nicht noch mehr Angriffsfl-fläche. Deshalb w-w-wehre ich mich nnnicht und rege mich auch nicht auf. I-irgendwann wird es ihnen l-l-langweilig."

"Und wie lange geht das alles schon? Seit wann ärgern und mobben sie dich?", frage ich ihn. Ich bin nicht seiner Meinung. So etwas wird nicht besser, wenn man dem Problem immer nur aus dem Weg geht. Man muss sich dem stellen.

"S-s-seit ich auf dieser Schule b-bin... Sechs Jahre?" Ethan spielt nervös mit seinen Fingern. Er sieht mich nicht an. Mir dagegen fällt die Kinnlade herunter. Seit sechs Jahren wird Ethan gemobbt? Und er nimmt es seit jeher hin? Mir blutet das Herz. Ich weiß gar nicht, was ich nun sagen soll. Ob ich Ethan trösten soll? Mich entschuldigen? Sagen, dass es mir leid tut?

Doch da spricht er weiter.

"Ich h-habe n-nicht immer gest-st-o-tt-tt-ert, weißt du?" Eine Pause entsteht, als Ethan nach den richtigen Worten sucht. "A-als Kind hatte ich das n-nicht. Aber m-mmein Vater w-w-war sehr ag-aggre-immer sehr wütend. Er mochte auch li-lieber Ruhe. I-ich ha-habe wohl eines Tages z-zu laut m-mit meinen Autos gespielt. Da hat e-er m-mich am Ha-hals rückwärts auf den Boden gestoßen. I-ich habe m-mir den Kopf gest-gestoßen. Ich habe k-keine Luft mehr ge-gekriegt."

Ich bin fassungslos. Dass Ethan so etwas schreckliches widerfahren ist. Und erstaunt, dass er mir seine Geschichte anvertraut.

"Was ist mit deiner Mutter?", frage ich.

"Die war b-be-betrunken. Hat sich n-nie wirklich um mich gekümmert. Eine Nachb-barin hat m-mich ins Kr-krank-kenhaus gebracht. S-seit dem war ich nicht mehr zu Hause."

"Was meinst du damit?", will ich weiter wissen. Mir ist aufgefallen, dass Ethan nur in der Vergangenheit von seinen Eltern spricht.

"Ich wurde adoptiert. Von einer s-s-sehr netten F-familie."

Das habe ich nun wirklich nicht erwartet. Ich wäre nie darauf gekommen, dass Ethan adoptiert ist. Andererseits ist es auch nichts, mit dem man groß hausieren geht.

"Aber seitdem ha-habe ich die Kr-krankheit. Die Ärzte haben ges-s-sagt, es ko-kommt von einem starken T-trauma auf den Kehlkopf. U-und weil ich m-mir den Kopf gestoßen habe, arbeitet meine l-linke H-hirnhälfte etwas langsamer."

"Ich- Ethan, ich weiß gar nicht, was ich sagen soll."

"Gar nichts. Ich h-habe das n-nicht erzählt, w-weil ich Mitleid will. S-sondern weil ich das Gef-gefühl habe, dass ich d-dir vertrauen kann."

Ich bin überrumpelt. Seine Worte bedeuten mir viel. Er vertraut mir. Dabei kennen wir uns gerade mal eine Woche.

"Danke."

"Du bist die erste, der ich diese Geschichte erzählt habe."

Dann herrscht Stille zwischen uns. Jeder scheint die gesagten Worte verarbeiten zu müssen. Ich greife nach Ethans Hand. Eine Sache muss ich ihm noch sagen.

"Eins muss ich noch loswerden. Dein Stottern ist keine Krankheit, okay? Es gehört zu dir. Es macht dich aus. Und es macht dich interessant."

"Ich danke dir." Ethans Wangen werden ganz rot.

"Und weißt du noch etwas? Die letzten zwei Sätze hast du völlig ohne Stottern gesprochen!"

Sämtliche Mimik fällt Ethan aus dem Gesicht, als er über meine Worte nachdenkt. Und merkt, dass ich Recht habe. Ich lache ihn begeistert an.

"Ich- tatsächlich!", bringt er völlig überrumpelt heraus. Er drückt meine Hand.

Nun schweigen wir wieder, diesmal aber genießen wir es beide. Ich habe keine Fragen mehr. Zumindest nicht für den Moment. Und Ethan strahlt glücklich vor sich hin. Ich freue mich für ihn.

Es ist schließlich ein gutes Zeichen, wenn er, ohne zu stottern sprechen kann. Ich kann mir wahrscheinlich gar nicht vorstellen, wie lange er sich das schon gewünscht hat. Und das ich dabei war, macht auch mich wiederum stolz.

Nach einer Weile beschließen wir heimzugehen. Ethan zeigt mir noch den DNA-Tower, der sich mit zwei umeinander rankenden Treppen in den Himmel reckt.

Als wir an der Bushaltestelle stehen, wirkt Ethan wieder nervös. Mehrere Male höre ich ihn Luft holen, als würde er etwas sagen wollen und sich nicht trauen.

"Alles in Ordnung?", spreche ich ihn also an.

"Ich- ich wollte nur-"

Plötzlich umgeben mich seine Arme und drücken mich fest. Überrumpelt bleibe ich zuerst stocksteif stehen, doch dann erwidere ich seine Umarmung.

"Vielen Dank!", murmelt er ganz leise.

Vorsichtig nimmt er etwas Abstand von mir, sodass er mir in die Augen sehen kann. Ich blicke zurück und bin völlig gefangen. Wie kann jemand nur so schöne Augen haben?

Ich spüre seine Hände auf meinem Rücken. Ich kann die Wärme durch meine Jacke spüren.

Mein Herz klopft und mir zuckt ein wilder Gedanke durch den Kopf. Schnell verdränge ich ihn. Das hat hier nichts zu suchen.

Ethan lächelt vorsichtig. Meine Augen mustern sein Gesicht. Ich nehme seine etwas krumme Nase wahr, die langen Wimpern, die seine blauen Augen umrahmen und seine Lippen...

Aus dem Augenwinkel nehme ich den Bus wahr, der neben uns hält. Das ist meiner. Endlich kann ich mich aus meiner Starre befreien und schultere meine Tasche neu.

Dann steige ich schnell in den Bus.

"Bis morgen, Ethan."

Die Türen schließen sich und der Bus fährt los. Ethan bleibt alleine auf dem Gehweg zurück. Erschöpft lasse ich mich auf einen Sitz fallen.

Das war knapp.

-17-

Eine Stunde später kommt Ethan zu Hause an. Die ganze Busfahrt über hat ein leichtes Lächeln seine Lippen geziert.

Seine Mutter wartet schon zu Hause auf ihn. Sie hat wohl bemerkt, dass es ungewöhnlich ist, dass Ethan nach der Schule nicht direkt nach Hause kommt. Sie kann so etwas spüren. Außerdem ist das schon das zweite Mal.

Sie ist natürlich nicht Ethans leibliche Mutter, wie Ella jetzt auch weiß. Aber sie ist für ihn die Einzige und die Beste!

"Ethan, Schatz! Wie war dein Tag?", fragt sie schon, noch bevor Ethan seine Schuhe ausziehen kann.

"Gut.", antwortet er knapp. Sofort muss er an Ella denken und wieder schleicht sich ein Lächeln auf sein Gesicht.

"Komm, trink einen Tee mit mir und erzähl mir ein bisschen. Wir haben in letzter Zeit kaum geredet."

Obwohl Ethan lieber in sein Zimmer und schreiben will, gibt er nach. Der Tee steht schon dampfend auf dem Tisch, als hätte seine Mutter das Gespräch geplant. Hat sie vermutlich auch.

"Wie läuft es in der Schule?"

"Gut."

"Ethan! Herrgott, streng dich wenigstens ein bisschen an, wenn du mit mir sprichst.", tadelt ihn seine Mutter. Sie kann es nicht leiden, wenn Ethan ihr absichtlich knappe Antworten gibt.

"Hab e-eine Eins innn Englisch."

Da ist das Stottern wieder. Da war es ja nicht lange verschwunden. Aber Ethan darf sich nicht wundern und vor allem nicht zu viel erwarten. Nur weil er mit Ella zwei normale Sätze gesprochen hat, bedeutet das nicht, dass sich sein Stottern in Luft aufgelöst hat. Trotzdem ärgert es ihn.

"Das ist super! Das freut mich für dich! Und wie fühlst du dich sonst?"

"Gut."

"Ethan. Was macht dein Stottern? Und sei ehrlich mit mir!"

"Gut. Heute w-war es n-nicht ssso schlimm."

"So? Und an was liegt das?"

Ethan zuckt ahnungslos die Schultern.

"Wo warst du heute eigentlich? Hattest du nicht schon um zwei Uhr Schule aus?"

"Im K-k-kings Park."

"Oh Schatz, dann geht es dir also doch nicht gut. Wir haben doch ausgemacht, dass du mit mir oder deinem Therapeuten sprichst, wenn du dich schlecht fühlst."

"Mum. M-mir geeht es n-nicht schlecht. I-ich war ja n-nicht alleine da."

Ertappt beißt sich Ethan auf die Unterlippe. Jetzt hat er sich verplappert. Mist! Und das nur, weil seine Mutter mit dem Therapeuten angefangen hat. Da will er nie wieder hin. Da braucht er gar nicht mehr hin.

Er war nur einmal dort, als er eine dunkle Phase hatte und das Mobbing durch Olivia besonders schlimm war. Ethan wollte damals nicht darüber reden, aber der Therapeut hat ihn so lange weich geredet, bis Ethan alles erzählt hat. Es hat alle Mühe und Überredungskraft gekostet, seine Mutter in Zaum zu halten, damit sie nicht auf Olivia losging. Dafür hat Ethan den Therapeuten erstmal ertränkt. In seinem Buch natürlich.

Seitdem erzählt Ethan auch nie wieder etwas über Olivia oder die Schule. Seiner Mutter hat er Glauben machen können, dass das Mobbing aufgehört hat.

Seine Mutter setzt sich nun kerzengerade auf, als sie seine Worte hört. Sie grinst vielsagend.

"Und? Mit wem warst du dort?"

"Niemand."

"War es ein Mädchen?"

Ethan sagt nichts, er will dieses Gespräch nicht führen. Doch seine Körpersprache verrät ihn. Blut schießt ihm in die Wangen und ihm wird ganz warm.

"Es ist also ein Mädchen. Wie heißt sie? Geht sie in deine Klasse?"

"Mum!"

"Jetzt komm schon, Ethan! Sag es deiner alten Mama. Wie heißt sie?"

Mit ihrem Finger piekst sie Ethan in den Arm. Ethan verdreht die Augen. Seine Mutter war wirklich nervtötend und hartnäckig.

"Ella. S-sie heißt Ella. Hör sch-schon auf jetzt!", ruft er aus und schlägt ihre Hand weg. Grinsend lehnt sich seine Mutter in ihrem Stuhl zurück. Ihre Augen glitzern mit einem seltsamen Schein, den Ethan nicht deuten kann.

"Ella. Das ist ein sehr schöner Name. Magst du sie?"

Sofort schüttelt Ethan den Kopf, dass seine Locken nur so fliegen. Doch sein Gesicht ist knallrot und spricht andere Wahrheiten.

"Du... kannst sie ja mal zum Essen einladen, wenn du willst?"

Ethans Blick fährt überrascht hoch. "Wirklich?"

"Aber ja! Gar kein Problem! Wir benehmen uns auch.", zwinkert seine Mum ihm zu. Doch Ethan schüttelt wieder den Kopf.

"N-nnein. D-das würde s-sie sicher n-nicht wo-wollen.", wehrt er ab.

Seine Mutter zuckt die Schultern und trägt die leeren Tassen in die Küche.

"Du kannst es ihr ja mal vorschlagen. Fragen kostet schließlich nichts."

Nein. Er würde sie nicht fragen, ob sie zum Essen kommen wollte. Das ist ja völlig verrückt. Nein, das kommt auf keinen Fall in Frage!

***

Möchtest du Donnerstagabend vielleicht zum Abendessen kommen?

Vorsichtig schiebt er ihr das Zettelchen rüber. Sie nimmt es erfreut an sich. Ihr Gesicht nimmt einen überraschten Ausdruck an. Mit dieser Frage hat sie wahrscheinlich nicht gerechnet. Ethan hat lange überlegt. Um genau zu sein, die ganze Nacht. Er hat sich ein Essen vorgestellt. Mit seiner Familie und Ella. Und diese Vorstellung findet er irgendwie sehr schön.

Bei dir zu Hause?, kommt der Zettel zurück.

Scheiße. Das war eine dumme Idee. Er muss zurück rudern. Sagen, dass er sich verschrieben hat.

Ähm, nein. Vergiss es, war eine dumme Id-

Da zieht Ella ihm das Papier unter dem Stift weg. Er will noch danach greifen, aber er ist zu langsam. Panisch sieht er zu, wie sie ein weiteres Wort auf den Zettel schreibt.

Gerne.

Ethans Herz hüpft und klopft in seiner Brust, so laut, dass er glaubt, Ella müsse es hören. Fröhlich lächelt er sie an.

"Ella, Ethan! Augen nach vorne und aufpassen!"

Ethan zuckt zusammen, als er seinen Namen hört. Der Lehrer sieht ihn warnend an. Schnell senkt er schuldbewusst seinen Blick. Er wurde noch nie von einem Lehrer ermahnt. Normalerweise redet er in den Stunden auch nicht, sondern hört zu und konzentriert sich auf den Stoff.

Aber seit Ella hier ist, ist er abgelenkt. Und er muss feststellen, dass er nicht weiß, über was der Lehrer überhaupt gerade redet. Im Moment ist ihm das aber egal. Es ist die richtige Entscheidung gewesen, sie einzuladen. Jetzt muss er sich nur über eine Sache noch Gedanken machen... Was wird es zum Essen geben?

*** Ella ***

Verärgert gebe ich meine Klassenarbeit ab. Die Erdkunde-Klausur war viel zu schwer. Vor allem für jemanden wie mich, der sich den Stoff noch selbst besorgen und beibringen musste. Ich mag diesen blöden Lehrer McCain nicht. Er mich aber anscheinend auch nicht, also beruht unsere Abneigung auf Gegenseitigkeit.

Wenigstens bin ich nun früher fertig und kann früher nach Hause. Ich hole mein Handy aus dem kleinen Schuhkarton, der neben Mr. McCain auf dem Pult steht. Dann verlasse ich schnell den Klassenraum. Ich muss meiner Mum schreiben, ob sie mich auch schon früher abholen kann. Ansonsten fahre ich mit dem Bus.

Doch ich komme gar nicht dazu, meine Nachricht abzuschicken, als ich am Arm grob beiseite gezogen werde. Ich muss gar nicht hinsehen, wer es ist, ich spüre die langen Fingernägel, die sich in meine Haut bohren.

"Olivia...", seufze ich, während sie mich mit sich aus dem Gebäude schleift. "Was willst du?"

Sie antwortet mir erst, als wir auf dem Schulhof hinter einem Gebüsch stehen. Olivia zündet sich eine Zigarette an und schaut mich herausfordernd an.

"Was redest du da im Unterricht als mit Ethan?!"

Ich schaue sie verwirrt an und verschränke die Arme vor meiner Brust.

"Ich wüsste nicht, was dich das angeht."

"Und wie es mich angeht. Ich kann euch doch sehen, wie ihr Zettel hin und her schiebt."

"Dann weißt du also doch, was wir machen. Ich wüsste trotzdem nicht, warum dich das interessieren sollte."

So langsam werde ich wütend. Olivia steht hier vor mir, pafft mir ihren kalten Rauch ins Gesicht und stellt mir Fragen, die sie nichts angehen. Es ist schließlich nicht ihre Sache, was ich mit Ethan rede und schreibe.

"Du lässt das sofort sein." Olivia lehnt sich lässig zurück und nimmt einen Zug aus ihrer Zigarette. Ich blinzele mehrmals, um zu verarbeiten, was sie gerade eben gesagt hat.

"Wie bitte?!"

"Du wirst nicht mit Stotti Zettelchen schreiben. Du wirst auch nicht mehr neben ihm sitzen, verstanden?"

"Ach, und warum sollte ich das tun?"

"Weil ich es dir sage!", faucht Olivia und kommt mit ihrem Gesicht ganz nah. Ich will instinktiv ausweichen, zum einen, weil sie etwas bedrohlich wirkt und zum anderen, weil ich ihren Gestank nicht aushalten kann. Doch ich bleibe standhaft und schaue ihr herausfordernd in die Augen.

"Und weil ich dich nicht in meine Gruppe aufgenommen habe, nur damit du dich jetzt mit dem Feind verbündest!"

Ich muss auflachen. Diese Situation ist doch absurd.

"Feind? Ethan ist kein Feind. Ich versuche, Freunde zu finden."

"Du hast Freunde. Ich habe dir welche gegeben."

"Ich habe dich nicht darum gebeten!", schieße ich zurück und balle die Fäuste. Jetzt wird mein Gesicht ganz heiß. Ich kann meine Wut nur mit Mühe unter Kontrolle halten!

Olivia bläht ihre Nasenflügel auf. Sie sieht fast ein wenig gefährlich aus. Ich besinne mich eines Besseren und versuche mich zu beruhigen, bevor Olivia mir ihre Nägel noch ins Gesicht krallt.

"Olivia, hör zu. Ich bin dir dankbar, dass du mich so herzlich aufgenommen hast. Das hat mir den Einstieg hier wirklich erleichtert. Ich glaube nur, dass unsere Interessen auseinander gehen. Ich gehöre nicht zu euch, das klappt nicht."

"Gut.", sagt Olivia knapp und schnippt ihren Kippenstummel weg. Sie wirkt trotzdem beleidigt. "Du kannst dir gerne neue Freunde suchen. Alle, aber nicht Ethan."

Verzweifelt schüttele ich den Kopf. "Was hast du denn für ein Problem mit ihm, Olivia?"

Ich verstehe es einfach nicht.

"Das ist nicht wichtig.", tut sie es ab.

"Doch, natürlich ist es wichtig. Weißt du überhaupt, was du hier gerade von mir verlangt hast? Ethan ist nett zu mir und dir hat er doch nie etwas getan. Er stottert, ja, aber das ist kein Grund, jemanden so zu ärgern, wie du es tust."

"Ella, du hast einfach keine Ahnung."

"Bist du eifersüchtig? Ist es das? Bist du in ihn verliebt? In Ethan?", frage ich. Ich weiß, dass diese Frage riskant ist. Wie wird Olivia reagieren? Entweder ich habe Recht oder sie wird gleich richtig wütend.

Doch Olivia wirft den Kopf in den Nacken und lacht schallend. Erst nach einer Minute beruhigt sie sich wieder und wischt sich die fiktiven Lachtränen aus den Augenwinkeln. Ich verlagere währenddessen ungeduldig mein Gewicht. Ich kann es nicht leiden, wenn jemand die Antwort extra lange hinauszögert.

"Oh Schätzchen, du hast ja wirklich keinen Plan."

"Dann erklär es mir, Olivia! Kläre mich auf! Was ist das Problem?"

Langsam bin ich mit meinen Nerven wirklich am Ende. Ich lasse mir von Olivia nichts vorschreiben. Ich will endlich Klarheit. Den Grund hinter alldem erfahren.

Olivia schaut mich stumm an, mustert mein Gesicht. Als ob sie überlegen würde, was sie mir sagen soll. Ich ziehe erwartungsvoll die Augenbrauen hoch.

"Hm?", mache ich, um nochmal klar zu machen, dass ich auf eine Antwort warte.

Doch stattdessen schultert Olivia ihre Tasche neu und wendet sich zum Gehen.

"Ich kann dir nicht mehr sagen. Alles, was ich dir sagen werde, ist: Halte dich von Ethan fern!"

"Und wenn ich das nicht tue?", rufe ich ihr erzürnt hinterher. Blitzschnell dreht sie sich noch einmal um und kommt mir ganz nahe.

"Dann werde ich dich ruinieren. Ich weiß Dinge über dich. Also stelle mich besser nicht auf die Probe.", zischt sie mir ins Gesicht. Dann geht sie mit rauschenden Haaren davon.

Ich bleibe perplex zurück. Sie hat mir gerade gedroht, oder? Dieses ganze Gespräch muss ich erst einmal verarbeiten.

***

Ich bin ganz still, als ich kurz darauf im Auto nach Hause sitze. Das Gespräch mit Olivia ging so lange, dass meine Mutter gar nicht früher kommen musste.

Doch die Unterhaltung beschäftigt mich. Ich glaube, nein ich weiß, dass hinter dieser Aktion mehr steckt. Olivia würde mir so etwas nicht ohne Grund sagen. Sie hat ein Problem mit Ethan, auch wenn sie es mir nicht sagen will.

Es muss etwas sein, das in der Vergangenheit liegt. Schließlich hat Henry das gesagt.

Ethan scheint jedoch nicht zu wissen, was der Grund ist. Das hat er mir zumindest gesagt. Oder lügt er…? Aber das will ich ihm eigentlich nicht unterstellen. Er hat nichts falsch gemacht, er war immer sehr nett zu mir. Außerdem wirkt er nicht wie jemand, der lügt.

Eine Sache ist auf jeden Fall klar. Ich muss herausfinden, warum Olivia Ethan so hasst. Warum sie verhindern will, dass ich mich mit ihm anfreunde. Aber vorschreiben lasse ich mir von ihr nichts.

Doch was meinte sie mit ihrer Drohung? Sie will mich ruinieren. Ha, ja klar. Wie denn? Ich habe ja keinen Ruf oder so zu verlieren, schließlich bin ich gerade mal eineinhalb Wochen hier. Sie weiß

Dinge über mich. Was für Dinge meint sie? Was will sie über mich wissen, das so skandalös ist-

Aufrecht setze ich mich in meinem Sitz auf. Ach du Scheiße. Henry. Der Kuss. Das könnte sie gemeint haben. Aber woher weiß sie das? Mein Gehirn rattert und raucht, während sich in mir eine leichte Panik breitmacht.

Es gibt nur zwei Personen, die außer mir noch davon wissen. Ethan und Henry.

Ethan würde nie mit Olivia sprechen, auch wenn er verletzt schien, als er den Kuss gestern angesprochen hat. Was hätte er davon? Dass Olivia nun auf mir rumhackt anstatt auf ihm? Doch das Gespräch mit ihr vorhin, spricht dagegen.

Also muss es Henry gewesen sein. Aber warum? Ich bin verletzt, dass er das einfach weiter erzählt. Er ist vermutlich eifersüchtig oder verletzt, weil ich ihn im Park habe stehen lassen. Doch ich war mit dem Kuss nicht einverstanden und Henry hatte nicht das Recht, mich einfach ungefragt zu küssen!

Oder er arbeitet mit Olivia zusammen. Plötzlich macht auch das Bild Sinn, dass er unbedingt mit mir machen wollte.

So oder so, ich muss ihn dringend zur Rede stellen. Henry muss dann mit Olivia reden und die Sache aufklären.

Aber, so beschließe ich, bis dahin werde ich weiter mit Ethan sprechen. Und ich werde auch zu seinem Abendessen kommen. Auch wenn mich diese Einladung wirklich sehr überrascht hat, freue ich mich riesig. Und ich kann es kaum erwarten, dass es Donnerstag wird.

-18-

Leider kommt vor dem Donnerstag erst der Mittwoch, ein weiterer Tag, den ich irgendwie rumkriegen muss.

Die halbe Nacht habe ich wachgelegen und mir das Gespräch mit Henry zurechtgelegt. Was ich sagen werde. Nun bin ich also perfekt vorbereitet und habe auf jedes Wort von Henry eine passende Antwort. Das hoffe ich zumindest.

Trotzdem stehe ich jetzt vor der Schule und bis unfassbar nervös. Ich gehe Konflikten normalerweise nicht aus dem Weg, ich fordere sie aber auch nicht unbedingt heraus. Ich zögere. Soll ich Henry wirklich damit konfrontieren? Was, wenn er es doch nicht war?

Ich schüttele den Kopf und ärgere mich über meine eigenen Gedanken. Ich muss aufhören, jetzt alles zu überdenken. Und es einfach hinter mich bringen.

Entschlossen gehe ich auf die Gruppe zu, die wie jeden Morgen vor den Schließfächern steht. Mein Herz klopft. Olivia wirkt zufrieden, Kaylee angewidert und Henry überrascht, als ich mich zu ihnen stelle und so lässig wie möglich sage: "Morgen!"

Keiner antwortet mir, ich kriege nur ein leichtes Lächeln und Kopfnicken. Ich atme noch einmal tief durch und bereite mich innerlich darauf vor, das Gespräch mit Henry hinter mich zu bringen. Ich greife ihn kurzentschlossen am Arm.

"Henry. Ich muss mal mit dir reden."

"Ähm.. okay.", sagt er überrascht, doch er folgt mir, als ich ihn mit mir ziehe.

Hinter mir höre ich Kaylee abwertend flüstern. "Was will sie von Henry?" Und Olivia, die genüsslich mit der Zunge schnalzt und sagt: "Ich habe keine Ahnung."

Miststück. Ich versuche trotzdem, die Worte zu ignorieren und gehe mit Henry hinaus auf den Schulhof. Ich baue mich groß vor ihm auf, und dann traue ich mich endlich, ihm ins Gesicht zu sehen.

"Henry-"

Doch weiter komme ich nicht.

"Ella, es tut mir so leid. Ich hätte dich nicht ungefragt küssen sollen."

"Richtig. Du hättest mich gar nicht küssen sollen. Ich muss aber wegen etwas anderem mit dir reden. Hast du Olivia davon erzählt?"

"Olivia von was erzählt? Von dem Kuss?", fragt Henry verwirrt. Ich nicke.

"Steckst du gemeinsam mit ihr dahinter? Deshalb das Bild, das du von uns gemacht hast? Um es gegen mich zu verwenden?"

"Nein! Und nein! Warum sollte ich das tun?"

"Sie hat mir gedroht."

"Wie bitte?"

"Sie meinte, ich solle mich von Ethan fernhalten. Nicht mehr neben ihm sitzen, nicht mehr mit ihm reden. Und wenn ich es doch tun würde, würde sie mich ruinieren. Sie wüsste etwas. Ich habe überlegt, was sie damit gemeint hat. Und der Kuss ist das Einzige, was zu Olivias Worten passt. Aber wenn ich es ihr nicht erzählt habe, und Ethan war es sicher auch nicht, dann bleibst nur du übrig."

"Woah, woah. Bevor du mich beschuldigst, woher weiß Stot- ich meine, Ethan, davon? Hast du es ihm erzählt?"

"Nein, er war zufällig am Samstag mit seiner Schwester auf dem Spielplatz und hat uns gesehen."

"Zufällig, ja? Warum bist du dir so sicher, dass er es nicht war?"

"Weil er keinen Grund dazu hat. Olivia mobbt ihn die ganze Zeit, warum sollte er zu ihr gehen und ihr so etwas erzählen?"

"Mobben ist immer noch ein starkes Wort.", murmelt Henry leise. Ich schnaube.

"Mobbing ist genau das, was Olivia tut. Und ich habe es dir schon am Samstag erklärt, wenn du nichts dagegen tust, bist du auch ein Mittäter."

"Jetzt bin ich auch noch ein Mittäter. Was findest du überhaupt an Ethan?" Henry wird langsam wütend, doch er versucht, seine Stimme unter Kontrolle zu halten.

"Ethan ist nett und freundlich...", sage ich, weil mir auf die Schnelle nichts anderes einfällt.

"Ich bin auch nett und freundlich.", erwidert Henry.

"Ja, das bist du. Darum geht es jetzt aber nicht. Hast du Olivia jetzt also von dem Kuss erzählt? Du musst nämlich zu ihr gehen und klarstellen, dass ich das nicht wollte. Dass du eigenmächtig gehandelt hast. Dann hat sie nämlich nichts mehr in der Hand."

"Ich habe es ihr nicht erzählt, verdammt nochmal!", ruft Henry laut aus. Einige Schüler drehen sich interessiert zu uns um. Ich ziehe Henry noch ein Stück weiter zur Seite, damit uns niemand zuhören kann.

"Deshalb werde ich ihr auch nichts anderes erzählen."

"Henry, aber wenn du es nicht warst, woher kann Olivia dann davon wissen?"

"Ich habe keine Ahnung. Hast du überhaupt einen Beweis, was sie weiß? Sie hat dir ja nicht direkt von unserem Kuss erzählt, oder?"

"Sag nicht "unser Kuss". Und nein, das hat sie nicht."

"Na also. Dann hat sie auch nichts gegen dich in der Hand. Olivia blufft einfach gerne. Lass dich von ihr nicht einschüchtern. Vielleicht will sie dich einfach als Freundin nicht verlieren."

"Pah.", mache ich abwertend. "Als ob sie mich als Freundin braucht. Ich bin gerade mal eine Woche hier."

"Egal. Für mich war es die schönste Woche im ganzen Jahr." Henry zwinkert mir flirtend zu. Ich seufze auf.

"Henry, bitte lass das. Ich habe einen Freund. Und das weißt du. Trotzdem danke für das Gespräch."

Dann wende ich mich zum Gehen. Der Unterricht fängt gleich an. Da höre ich Henrys Stimme noch einmal.

"Ella, warte. Bitte, es tut mir leid. Ich werde es akzeptieren. Ich kann auch das Bild löschen, wenn du willst. Können wir bitte trotzdem Freunde bleiben?"

Ich zögere kurz. Henry war von Anfang immer nett zu mir, wenn auch etwas aufdringlich. Aber mit ihm habe ich mich am besten verstanden. Außerdem habe ich ihm gesagt, wie ich zu dem Kuss stehe. Was spricht also dagegen, Freunde zu sein?

"Ja. Das können wir. Und das Bild brauchst du nicht löschen."

"Und Ella...", ruft er mir noch einmal hinterher. "Ich werde mit Olivia mal reden, wenn du das willst."

"Danke. Das wäre nett. Entschuldige, dass ich dich so beschuldigt habe."

"Schon in Ordnung. Ich hätte genauso geschlussfolgert. Aber wenn sie lügt, hast du nichts zu befürchten."

Ich nicke dankbar.

"Eine Sache noch. Ich feiere am Freitagabend eine Party. Bei mir zuhause. Ich würde mich freuen, wenn du kommen kannst."

"Danke. Ich gebe dir Bescheid, ob ich kommen kann."

"Du... du kannst auch Ethan mitbringen. Wenn du willst."

Überrascht ziehe ich die Augenbrauen hoch. Damit habe ich nicht gerechnet.

"Gerne. Lade ihn doch ein!"

In diesem Moment klingelt es zur ersten Stunde. Ich zwinkere Henry noch eilig zu und beeile mich, dass ich noch vor dem Lehrer in die Klasse komme.

*** Ethan ***

"M-mum?"

Langsam schleicht Ethan in die Küche, wo seine Mutter steht und in einem Topf rührt.

"Ja, Ethan?"

Ethan ist unwohl. Jetzt muss er seiner Mutter sagen, dass Ella seiner Einladung zum Essen zugesagt hat. Seine Mutter würde sich kaum halten können vor Freude, das weiß er jetzt schon. Er hat schon extra bis Mittwoch gewartet, um es ihr zu sagen. Aber er kommt nicht darum herum.

"W-was gibt es d-denn am Do-d-Donnerstag zu essen?"

"Morgen? Heute ist doch aber erst Mittwoch."

"K-kannst du w-was Leck-leckeres kochen?"

"Warum denn? Was willst du mir sagen, Ethan?" Neugierig kommt seine Mutter näher. Ethan lässt sich auf einem Stuhl nieder und senkt den Kopf. Er druckst herum.

"Ella kommt.", murmelt er in seinen Pullover. So leise, dass seine Mutter ihn unmöglich verstehen kann.

"Wie bitte?"

Ethan atmet noch einmal tief durch. "I-ich h-habe Ella zum Essen ei-eing-geladen."

Das Gesicht seiner Mutter leuchtet förmlich auf. Ihre Augen beginnen zu strahlen und ein breites Grinsen breitet sich auf ihren Lippen aus.

"Ethan, das ist wundervoll. Ich freue mich so! Natürlich kochen wir etwas Leckeres!"

"Mach b-bitte keine gr-große Sache draus.", sagt Ethan noch. Doch dafür ist es schon zu spät. Seine Mutter wirbelt in die Küche und zieht ihr Lieblingskochbuch aus dem Regal.

"Quiche? Paella? Was meinst du?"

"Mum! Nicht sssо etwas außerg-gewöhn-nliches!", beschwert sich Ethan und vergräbt das Gesicht in seinen Händen. Er bereut es schon fast wieder, Ella eingeladen zu haben. Nein, das ist falsch. Er bereut nur, es seiner Mutter erzählt zu haben.

"Frischer Fisch? Soll Dad den Grill anwerfen? Dann machen wir ein Barbecue!"

"I-ich weiß nicht... D-das ist immmmer noch z-zu viel."

"Weißt du denn, was sie gerne mag?", fragt seine Mutter ratlos.

Ethan schüttelt enttäuscht den Kopf. Ella hat ihm nie von ihrem Lieblingsessen erzählt. Sie haben nie über so etwas Triviales geredet. Doch fragen kann er sie jetzt nicht mehr. Das wäre schließlich zu offensichtlich.

"W-was iist m-mit unserem ganz n-normalen Do-donnerstag-Abendessen?"

Jetzt lässt seine Mutter fassungslos das Kochbuch sinken. "Spagetti Bolognese?!"

Ethan zuckt die Schultern. Wer mag das nicht? Es ist schnell, unkompliziert und wirkt vor allem nicht gewollt. Und er will auf keinen Fall, dass Ella auffällt, wie viele Gedanken er sich über dieses Essen schon gemacht hat.

Die ganzen letzten zwei Tage hat er sich nicht mehr konzentrieren können. Er ist ständig nervös, wenn Ella in seiner Nähe sitzt. Seine Hände sind schwitzig und sein Herz klopft. So kennt er sich nicht. Er versteht einfach nicht, woher diese Reaktionen seines Körpers kommen.

"Na gut...", gibt seine Mutter schließlich nach einiger Überlegung nach. "Dann Spagetti Bolognese."

"D-danke, Mum!" Erleichtert springt Ethan auf und in sein Zimmer. Er ist froh, dieses Gespräch hinter sich gebracht zu haben. Nun muss er sich über eine weitere Sache Gedanken machen. Was soll er nur anziehen?

*** Ella ***

Völlig gestresst und entnervt stehe ich vor meinem Spiegel, der immer noch an meinem Schrank angelehnt ist, weil er es noch nicht an die Wand geschafft hat. Überall in meinem Zimmer sind Klamotten verteilt. Die meisten Kartons sind aufgerissen und völlig durcheinander.

Und ich stehe halb nackt mitten in dem Chaos und weiß nicht was ich anziehen soll.

Ich weiß gar nicht, warum ich so aufgeregt bin. Es ist schließlich nur ein Essen. Mit Ethans Familie! Wären wir alleine, wäre das eine andere Sache. Dann wäre das ein Date und darauf hätte ich mich nicht eingelassen. Das rede ich mir jetzt zumindest ein.

Nach zwei stressigen Tagen in der Schule, in denen ich Olivia möglichst aus dem Weg gegangen bin, ist es jetzt endlich Donnerstagabend. Ich schwöre, wenn Blicke töten könnten, wäre ich jetzt nicht mehr hier.

Aber ich habe mich entschieden, ihre Drohung zu ignorieren. So wie Henry gesagt hat, sie blufft gerne. Und das sie mir nicht direkt sagen konnte, wie sie mich ruinieren will, hat sie auch nichts in der Hand. Also habe ich die letzten zwei Tage weiterhin neben

Ethan gesessen und mit ihm gesprochen. Wir haben sogar die Pausen zusammen verbracht.

Wieder betrachte ich mich im Spiegel und halte mir abwechselnd einen Rock und eine Hose vor die Beine. Ist der Rock zu anzüglich? Ich weiß schließlich nicht, wie Ethans Eltern ticken. Oder lieber eine Hose? Aber eine Jeans ist zu dick und zu warm, schließlich ist es Sommer. Ärgerlich schmeiße ich beide Teile in die Ecke. Vielleicht ziehe ich einfach meine Schuluniform an. Nein, das geht auch nicht.

Ein letztes Mal gehe ich zu meinen Kleider-Kartons. Dann habe ich eine Idee. Eilig werfe ich mich in meine Klamotten, binde die vorderen meiner kurzen Haarsträhnen nach hinten und trage etwas Mascara auf. Zum Schluss werfe ich mir meine Jeansjacke über und schnappe mir mein Handy.

Mein Gott, es ist schon 18:00 Uhr. In einer halben Stunde muss ich bei Ethan sein. Google Maps sagt mir zwar, dass ich zu seinem Zuhause nur eine Viertelstunde mit dem Auto brauche, aber ich bin misstrauisch. Man weiß ja nie, ob man plötzlich in eine Baustelle oder eine Welle roter Ampeln hineinfährt. Ich glaube, die Pünktlichkeit meiner Mum beginnt auf mich abzufärben.

Noch einmal betrachte ich mich zufrieden im Spiegel. Ich habe mich für meine gestreifte lockere Sommerhose und ein schlichtes weißes T-Shirt entschieden. Ein völlig normaler Freizeit-Look also. Es soll schließlich nicht so wirken, als hätte ich über zwei Stunden gebraucht, um mich für mein Outfit zu entscheiden.

Ich schnappe mir meine weißen Sneaker aus der Schuh-Kiste und springe die Treppe nach unten. "Mum?", rufe ich.

Ich setze mich auf die untere Stufe und schlüpfe in meine Schuhe. Meine Mutter muss mich zu Ethan fahren. Ich darf schließlich noch nicht fahren und meine Mum hat sicher Zeit.

"Ella, kommst du?"

"Was? Mum, du musst mich bitte wohin fahren.", rufe ich verwirrt zurück und binde meinen Schnürsenkel neu, der mir im Moment nicht gelingen will. Meine Mum kommt aus dem Wohnzimmer. Sie trägt eine gemusterte Sportleggins und ein altes Top.

"Wo willst du denn hin?"

"Wie siehst du denn aus?", fragen wir simultan. In diesem Moment trifft mich die Erinnerung wie ein Blitz. Yoga. Ich habe meiner Mutter am Montag versprochen, am Donnerstag mit ihr Yoga zu machen. Heute ist Donnerstag. So eine Scheiße. Das habe ich völlig vergessen. Auch, weil meine Mum die Idee zuerst abgetan hat. Als ich ihr ins Gesicht sehe, sehe ich klar ihre Enttäuschung. Sie hat sich darauf gefreut. Und ich habe es vergessen.

"Wo gehst du hin, Ella?!", fragt meine Mum erneut, diesmal mit einem scharfen Unterton in der Stimme.

"Ich bin zum Essen eingeladen. Und wollte eigentlich fragen, ob du mich hinfahren kannst." Mein schlechtes Gewissen überrumpelt mich fast. Vorsichtig linse ich durch meine Wimpern zu ihr hoch.

"Bei wem?"

"Ethan...", murmele ich noch leiser. Meine Mum schnaubt.

"Mum, es tut mir leid. Ich habe es vergessen. Ich dachte nicht, dass wir das wirklich heute machen."

"Weil alles andere wichtiger ist. Vor allem dieser Ethan. Ich möchte dir nichts vorschreiben, Ella, aber du hast immer noch deinen Freund Ben daheim."

Sie hat daheim gesagt, fällt mir auf. Sie hat sich hier noch nicht eingelebt. Geht das überhaupt innerhalb von zwei Wochen? In einer neuen, fremden Stadt ohne Freunde?

"Mum, ich habe nicht vor, Ben zu hintergehen. Ethan ist einfach nur ein Freund aus der Schule. Und er hat mich in 20 Minuten mit seiner Familie zum Essen eingeladen."

"Dann geh." Ihre Stimme klingt so enttäuscht. Ich fühle mich schlecht. Trotzdem will ich das Essen bei Ethan nicht absagen. Bin ich deshalb eine schlechte Tochter?

"Kannst du mich fahren?", frage ich ganz leise und vorsichtig. Ich weiß nicht, wie sie reagieren wird. Sie steht einfach nur da, fassungslos, als wenn sie nicht wüsste, was sie sagen soll. Schließlich schnaubt sie wütend auf, zieht ihre Turnschuhe an, nimmt den Autoschlüssel und geht ohne ein weiteres Wort zur Türe hinaus.

Eilig springe ich auf und renne ihr hinterher. Im Auto herrscht eine Eisesstille. Niemand von uns spricht ein Wort. Ich traue mich gar nicht.

Schließlich hält der Wagen vor einem kleinen typischen Einfamilienhaus an.

"Danke, Mum.", flüstere ich und steige aus.

"Ella!", hält sie mich zurück. Ich drehe mich noch einmal um. "Ruf an, wenn ich dich abholen soll. Und viel Spaß." In diesem Moment habe ich keine Worte, ich schenke ihr nur ein breites, dankbares Lächeln.

Dann drehe ich mich um und gehe auf das Haus zu. Ich versichere mich erneut, dass es auch das richtige ist. Plötzlich klopft mein Herz ungewöhnlich laut. Ich bin aufgeregt. Aber warum nur? Ich habe doch gar keinen Grund so nervös zu sein.

Doch dann ich atme noch einmal tief durch und drücke die Klingel.

-19-

"Hi."

Die Tür geht auf und Ethan steht vor mir. Seine Haare sind noch etwas nass, als hätte er gerade eben noch geduscht. Er trägt ein kurzärmeliges Hemd, das seine Augen unnatürlich zum Leuchten bringt. Ich versuche meine Nervosität mit einem kleinen Lächeln zu überspielen.

"Hi. W-wie ge-geht es dir?", fragt Ethan.

"Gut. Und dir?", frage ich zurück. Mit ihm vor der Haustüre Smalltalk zu führen ist eine komische Situation. Vorsichtig zeige ich mit dem Finger nach drinnen.

"Darf ich-?"

Ethan erschrickt leicht, als er realisiert, dass er die Türe blockiert. Schnell macht er einen Schritt zur Seite und gibt mir den Weg frei. Vorsichtig trete ich ins Innere des Hauses. Ich stehe in einem kleinen Flur. Dieser öffnet sich gerade raus ins Esszimmer und Wohnzimmer.

"D-d-darf ich deine Jacke nnnehmen?", bietet Ethan mir an. Ich bin überrascht, aber nicke mit dem Kopf. Er ist ja ein richtiger Gentleman. Meine kleine Tasche mit meinem Handy behalte ich in der Hand. Dann macht Ethan eine einladende Bewegung und leitet mich weiter ins Esszimmer. Ich schaue mich neugierig um.

Links von mir kann ich in die halboffene Küche sehen, in der eine blonde Frau steht und in einem großen Topf rührt.

Es riecht verdächtig nach Tomatensauce.

"Hallo Ella!", die blonde Frau kommt strahlend auf mich zu und streckt mir die Hand hin. Sie muss Ethans Mutter sein. "Es freut mich, dich kennenzulernen! Ich bin Rachel."

"Freut mich auch! Danke für die Einladung."

"Setzt euch doch. Ethan, holst du Alyssa?"

Ethan verschwindet kurz, während ich unschlüssig im Raum stehen bleibe. Ich finde es komisch, mich gleich alleine an einen fremden Tisch zu setzen. Dann kommt Ethan wieder, neben ihm ein junges Mädchen an seiner Hand, das nur Alyssa sein kann. Im Gegensatz zu Ethan hat sie lange blonde Haare. Aber das ist egal, man sieht trotzdem, dass die beiden Geschwister im Herzen sind. Alyssa entdeckt mich sofort und mustert mich eingehend von oben bis unten.

"Bist du Ethans Freundin?", fragt sie kühn.

"Ähm... Ja?", antworte ich und sehe grinsend zu Ethan.

"So seine richtige Freundin?", hakt Alyssa nach. Ich lächele sie unbehaglich an. Warum müssen Kinder immer nur so grundlos ehrlich sein?

"Ich bin eine richtige Freundin aus der Schule.", rede ich mich heraus. Auch Ethan versucht ein neutrales Gesicht zu wahren. Er läuft trotzdem rot an.

Alyssa zuckt nur mit den Schultern und setzt sich an ihren Platz. Ich grinse Ethan unschlüssig an. Er zeigt mir dafür meinen Platz. Ich darf am Kopfende des Tisches sitzen, rechts von mir Alyssa, während Ethan links sitzt. Seine Mutter bringt zwei große Töpfe und stellt sie auf den Tisch.

"Ich hoffe, du magst Spagetti?", fragt sie.

Ich nicke sofort. "Es ist eines meiner Lieblingsessen."

"Da sind wir aber froh. Ethan und ich haben uns viele Gedanken über das Essen gemacht."

Ethan atmet schwungvoll neben mir aus. Ich schaue ihn grinsend an. "Wirklich?" Er hat sich tatsächlich Gedanken gemacht, was ich gerne essen würde. Das ist irgendwie süß. "Da hast du ja die richtige Entscheidung getroffen.", sage ich und klopfe ihm freundschaftlich auf den Arm.

Ethan sieht unbehaglich aus. Was ich lustig finde, denn eigentlich sollte ich es sein, die nervös und still ist. Doch das bin ich plötzlich gar nicht mehr. Ethans Mutter wirkt so nett, dass ich mich gleich wohl fühle.

"Mein Mann, also der Vater von den beiden, Alex, müsste auch gleich kommen.", erklärt Ethans Mutter weiter. "Hast du schon was zum Trinken? Ethan, biete deinem Gast doch mal was an!"

Ich sehe, wie Ethan die Augen verdreht und muss grinsen. Dann schaut er mich fragend an.

"Ein Wasser bitte.", antworte ich auf seine stumme Frage.

"Ethan, benutz deinen Mund!", tadelt ihn seine Mutter.

"Mum!", faucht er zurück und ich kann nicht anders, als los zu kichern. Ich bin es ja fast gewohnt, dass Ethan nicht viel und gerne spricht, schließlich habe ich ihn nicht anders kennengelernt. Außerdem scheint er außerordentlich nervös zu sein, dass ich da bin.

Ethan schenkt mir etwas Wasser ein und ich danke ihm. In diesem Moment öffnet sich die Haustür und ein Mann kommt herein. Das muss Ethans Vater sein. Er pfeift eine kurze Melodie, um sich selbst anzukündigen. Die kleine Alyssa pfeift zurück, allerdings eher schlecht als recht.

"Hallo zusammen!", sagt Alex und er ist mir sofort sympathisch. Er ist ein großer Mann mit leichtem Bart und trägt einen schönen Anzug. Er erinnert mich sehr an meinen eigenen Vater.

"Du...musst Ella sein." Lächelnd kommt er auf mich zu und streckt mir die Hand hin. Eilig erhebe ich mich und ergreife sie.

"Ja genau. Freut mich, Sie kennenzulernen."

"Wir duzen uns in diesem Haushalt.", antwortet er zwinkernd. Ich nicke.

"Mein Vater macht das auch immer.", sage ich dann.

"Was denn?"

"Das mit dem Pfeifen. So weiß man immer, wer daheim ist, sagt er."

"Das ist ja lustig. Ist so eine Angewohnheit von mir. So, wollen wir essen?"

Ethans Vater setzt sich neben seinen Sohn und klopft ihm kurz auf den Rücken. Seine Mutter beginnt, das Essen zu verteilen.

"Ella, streck mal deinen Teller her. Der Gast kriegt immer zuerst."

"Oh, vielen Dank!" Ich tue, wie mir geheißen. Es riecht wirklich wunderbar.

Die Familie wünscht sich einen guten Appetit, als alle den Teller voll haben. Dann beginnen wir zu essen.

"Ella, schmeckt es dir?", fragt Rachel. Ich habe den Mund noch voll und nicke nur eilig mit dem Kopf.

"Es schmeckt sehr gut. Sagen Sie es nicht meiner Mutter, aber die Bolognese ist fast besser als ihre."

Alle schmunzeln.

"Und du bist hier her gezogen?", werde ich weiter gefragt. Ich nicke erneut.

"Ja, genau. Vorher haben wir in Brisbane gewohnt."

"Wie lange seid ihr denn schon hier?"

"Am Wochenende sind es zwei Wochen."

"Und gefällt dir Perth bisher? Die Schule?"

"Hm.", mache ich ein bejahendes Geräusch. "Anfangs wollte ich gar nicht nach Perth ziehen. Mein Vater hat hier einen neuen Job bekommen. Aber mittlerweile habe ich mich schon gut eingelebt, würde ich sagen. Ethan hat mir da auch sehr geholfen. Er hat mir einige Sehenswürdigkeiten in der Stadt gezeigt."

"Ach so? Wo wart ihr denn?"

"Sc-Scarb-borough Beach und K-k-kings Parrrk.", antwortet Ethan diesmal. Rachel macht ein wissendes Gesicht.

"Ella, was machen deine Eltern, wenn ich fragen darf?"

"Ähm... Mein Vater ist Wirtschaftsprüfer. Meine Mum ist Buchhalterin, aber bisher hat sie noch keinen Job hier gefunden. Der Umzug kam sehr überraschend und kurzfristig."

"Verstehe. Und was hast du für Hobbys?"

"Mmum! Hör m-mal auf, Ella ssso auszu-auszufragen!"

"Ich bin nur neugierig. Außerdem beteiligst du dich ja nicht am Gespräch."

"Weil ich nicht zu Wort komme.", murmelt Ethan so leise, dass seine Mutter es nicht verstehen kann.

"Schon in Ordnung.", sage ich. "Ich surfe gerne. Und ich habe Volleyball gespielt. Aber bisher habe ich mich noch nicht nach einem Club umschauen können. Und an der Schule gibt es, glaube ich, nur das Football-Team und einen Theaterclub."

"Theater ist doch toll!" Rachel wirkt voll auf begeistert. Ethan stöhnt genervt auf.

"Ethan hat auch mal mitgespielt. Vor einigen Jahren."

"W-eeil d-du mich dazzzu gez-gezw-wungen hast!"

"Du warst ein toller Baum, Schatz. Ich bin immer noch stolz auf dich."

Ethan vergräbt das Gesicht in seinen Händen.

"Rachel", lacht Alex, "du blamierst den Armen ja total."

Die beiden beginnen eine kurze Diskussion, die ich nutze, um mich an Ethan zu wenden.

"Der Baum ist eine tolle Rolle.", grinse ich. "Ich war mal ein Gänseblümchen. In der vierten Klasse."

Ethan schüttelt peinlich berührt den Kopf. "Danke. Je-jetzt fühle ich m-mich fast besser."

"Gerne."

Ich spüre plötzlich, wie mich jemand am Ärmel zupft. Ich drehe mich um und blicke in Alyssas kleines Gesicht.

"Kennst du die Wiggles?", fragt sie mich mit einem unschuldigen Blick. Ich schmunzle.

"Aber natürlich! Die hab ich früher immer geschaut, als ich klein war. Wer ist denn dein Lieblings-Wiggle?"

Alyssas Augen werden ganz groß und ich kann sehen, wie es in ihrem Kopf rattert. Ich werfe Ethan schnell einen belustigten Blick zu, der unser Gespräch verfolgt.

"Emma.", schießt Alyssa dann nach einer langen Überlegung heraus. Ich nicke zustimmend und hebe ihr die Hand zum High-Five hin.

"Sie ist auch mein Lieblings-Wiggle." Alyssa schlägt strahlend ein. Danach kann sie gar nicht aufhören mit grinsen, denn sie hat in mir wohl eine Verbündete gefunden. Ich sehe, wie Ethan uns aus dem Augenwinkel beobachtet, auch seine Lippen umspielt ein leichtes Lächeln.

Dann spricht mich Ethans Mutter wieder an.

"Habt ihr zwei denn am Wochenende schon was vor?"

Ich schaue überrascht zu Ethan. Dass seine Mutter gleich in "wir"-Form spricht, macht mich etwas nervös. Ich beschließe schnell, das zu ignorieren.

"Bisher noch nichts Gemeinsames, nein. Aber am Freitag, also morgen Abend, findet eine Party statt." Ich sehe zu Ethan und bekommen plötzlich ein schlechtes Gewissen. Ich fühle mich schäbig, ihn hier vor seinen Eltern zu dieser Party einzuladen. Aber jetzt habe ich es schon angesprochen, weil mein Mund mal wieder schneller war als mein Kopf. "Wenn du willst-" Doch ich werde unterbrochen.

"Ich weiß.", sagt Ethan.

"Ach so?", machen ich und Rachel gleichzeitig.

Ethan nickt und zuckt mit den Schultern. "He-henry hat mich eing-gel-laden. Heute i-i-in der Schule."

Ich muss grinsen. Henry hat Ethan tatsächlich eingeladen. Er hat auf mich gehört. Ihm muss die ganze Sache mit dem Kuss also wirklich leidtun, sonst hätte er sich vermutlich nicht dazu heruntergelassen, Ethan einzuladen.

"Das freut mich!", sage ich ehrlich.

"Du gehst also hin, Ethan?", fragt seine Mutter aufgeregt. Sie scheint es wohl sehr zu freuen, dass ihr Sohn zu einer Party eingeladen wurde.

"Ich weiß noch nicht... G-gehst du hin? Henr-r-ry hat ge-g-gesagt, du kommst auch." Ethan wendet sich an mich.

"Ich habe ihm gesagt, ich gebe ihm Bescheid, ob ich komme. Aber da ich morgen sonst nichts anderes vor habe, werde ich hingehen." Ethan lässt ein erleichtertes Lächeln heraus.

"Das ist so schön!", ruft Rachel erfreut. Dann wirft sie einen Blick auf die Uhr. "Alyssa, Zeit fürs Bett!"

"Aber ich will Ella meine Wiggles-Puppe noch zeigen!", protestiert die Kleine sofort. Ich muss lachen.

"Ein anderes Mal, Schätzchen. Es ist spät." Zu meiner Überraschung zieht Alyssa zwar eine Schnute, steht dann aber folgsam auf und trottet in ihr Zimmer.

"Gute Nacht, Alyssa!", rufe ich schnell hinterher, damit sie vielleicht nicht ganz so traurig ist. Es funktioniert auch. Sie richtet sich aus der beleidigten Haltung auf, grölt ein fröhliches "Gute Nacht!" und springt dann davon.

"Ihr zwei könnt hier sitzen bleiben, wenn ihr wollt. Dann gehen Alex und ich ins Wohnzimmer.", schlägt Rachel vor, während sie den Tisch abräumt. Ich bin etwas unschlüssig, ob ich ihr nicht helfen soll. Aber da sieht sie mich schon warnend an, dass ich es bloß nicht wagen soll.

"Ähm... so-sollen w-wir...? Willst d-du h-hoch gehen?", druckst Ethan herum. Hoch? Wahrscheinlich in sein Zimmer. Ich nicke. Was soll schon dagegen sprechen?

Gemeinsam stehen wir auf. Ich verspüre noch einmal das Bedürfnis, mich für das Essen zu bedanken. Rachel winkt lächelnd ab.

Ethan führt mich eine Treppe nach oben, ins zweite Geschoss des Hauses. Wir laufen durch einen kurzen Gang und dann stehen wir auch schon in seinem Zimmer. Ehrlich gesagt, habe ich es mir ganz anders vorgestellt. In der Ecke unter der Dachschräge steht ein breites Bett, an dessen Fußende ein dunkler Ledersessel. Als ich mich umdrehe, sehe ich einen großen Schreibtisch und das größte Bücherregal, das ich je gesehen habe. Es bedeckt die ganze Wand und schließt den Schreibtisch mit ein. Und kein einziger Platz ist leer. Fasziniert betrachte ich die vielen Buchrücken. Ich fühle mich fast wie in einer Bücherei.

"Stolz und Vorurteil?!", frage ich überrascht, als ich das Buch entdecke.

"Hm... es bringt einem v-viel über das Llleben bei."

Ich stimme ihm zu. Ich entdecke auch noch andere alte Bücher, wie Moby Dick, Der Kleine Prinz und Der Große Gatsby, sowie die gesamte Harry Potter-Reihe, was mich doch wieder zum Schmunzeln bringt. Auf einmal bleibt mein Blick an einer Reihe dünner, ledergebundener Bücher hängen, die keinen Titel auf ihrem Rücken tragen. Vorsichtig streiche ich darüber.

"Was sind das für Bücher?", frage ich Ethan.

"Notizbücher.", antwortet er nüchtern, aber doch belustigt. Da hätte ich auch selbst drauf kommen können.

"Und was schreibst du da so rein?"

"Meine Gedanken."

"Also schreibst du Tagebuch?", hake ich nach. Doch er schüttelt den Kopf.

"Ideen."

"Was meinst du damit?" Ich verstehe nicht, auf was er hinaus will.

"Naja...", Ethan schaut auf den Boden, als müsse er überlegen, was er jetzt sagen soll. Ich dagegen werde nur noch neugieriger.

"I-ich schreibe Ideen auf. Für Geschichten. Die mir so durch den K-kopf gehen. Damit ich sie n-nicht vergesse."

Meine Augen werden ganz groß.

"Du schreibst Geschichten? Was denn für welche?"

"N-nicht so wichtig. Ist nicht i-i-interessant.", winkt Ethan ab und lässt sich auf seinem Bett nieder.

"Doch! Mich interessiert das. Wirklich. Ich würde mich freuen, wenn du mir von deinen Geschichten erzählen würdest." Ich setze mich neben ihn.

Ethan seufzt. "Krimis. Ich sch-schreibe Krimis und Th-th-thriller."

"Echt? Also so richtig professionell? Ganze Bücher?"

"Ich v-versuche es zu-zum-zumindest."

"Das ist ja toll! Davon hast du mir bisher noch nicht erzählt!", sage ich. Ethan dagegen zuckt nur die Schultern.

"D-die meisten Llleute finden es ein lächerliches Hobby. Sie i-in-interessieren sich nicht dafür."

"Was? Das glaube ich nicht! Kann ich... vielleicht etwas davon lesen?"

"Ähm..." Ethan sieht überfordert aus. Er scheint zu überlegen. "Ich...ich weiß nicht. Es ist n-noch nicht f-f-fertig."

Ich bin ehrlich enttäuscht. Ich hätte gern einen Text gelesen, den Ethan geschrieben hat. Ich bin neugierig, was und wie er schreibt. Aber drängen will ich ihn natürlich nicht.

Ethan erhebt sich und geht auf seinen Schreibtisch zu. Er wühlt in einem Blätterstapel, dann in einem Block umher.

"Tut m-mir übrigens leid, wegen meiner Mutt-tter. Sie k-kann sehr aufdringlich sein."

"Ach quatsch. Deine Mutter ist sehr nett. Ich habe mich sehr willkommen gefühlt und gekocht hat sie auch sehr lecker."

"Und, was ich noch sagen wollte. Du hättest Henry n-nicht bitten müssen, mich zu ssseiner Party einzuladen."

Überrascht ziehe ich die Augenbrauen hoch. "Ich habe Henry nicht gebeten, dich einzuladen. Ich habe mit ihm gesprochen, wegen des Kusses, und er hat mich eingeladen. Er sagte, ich kann dich gerne mitbringen. Ich habe nur zu ihm gesagt, dass er dich gerne selbst einladen kann. Du bist nämlich kein Anhängsel oder so, sondern ein eigener Mensch. Und deshalb fand ich es schäbig, wenn ich dich frage, ob du kommen willst, Henry dich aber gar nicht dabei haben will."

"Vorh-hin hättest d-du mich aber trotzdem einge-ge-llladen.", gibt Ethan grinsend zu bedenken. Ich nicke schuldbewusst mit dem Kopf.

"Du hast Recht. Ich habe, ehrlich gesagt, nicht damit gerechnet, dass Henry dich tatsächlich einlädt. Aber bitte glaube mir, ich würde mich tatsächlich freuen, wenn du morgen kommst."

Ethan nickt verständnisvoll. "I-ich bin mir n-n-nicht sicher, ob mich dort alle so wi-willkommen heißen wie du."

"Ethan, das ist doch egal! Man darf sich nicht immer durch die anderen bestimmen lassen. Wenn du dort auftauchst, selbstbewusst, können sie dir nichts anhaben."

"Ich? Se-s-selbstbewusst?" Ethan lacht abwertend auf.

"Ja! Sei einfach du selbst! Ich glaube, ich habe den wahren Ethan kennenlernen dürfen, nicht den, der sich nur in einem Schneckenhaus versteckt. Und... Ich mag diesen Ethan."

Ich sehe Ethan mitfühlend an. Er blickt kurz zurück, dann dreht er sich schnell weg.

"E-entschuldige mich b-b-bitte kurz, bin gleich wied-d-der zurüc k.", presst er hervor, dann ist er schon aus dem Zimmer. Als würde er flüchten. Was hat er plötzlich?

Ich bleibe unschlüssig auf dem Bett sitzen. Ich nehme mein Handy aus der Tasche. Ich will nicht ungefragt in Ethans Zimmer herum wühlen, auch wenn mich meine Neugier in den Fingern juckt.

Mir fällt auf, dass ich den ganzen Abend nicht auf mein Handy geschaut habe, kurz bevor ich das Display anschalte. Mein Herz rutscht in die Hose, als ich auf das Handy starre.

24 Anrufe in Abwesenheit.

15 Nachrichten über WhatsApp.

Eine SMS.

Und alle von Ben. Mein Gott, was ist nur passiert? Ich entsperre das Handy und rufe Ben sofort zurück. Es tutet nicht einmal, sondern springt gleich auf die Mailbox um. Scheiße. Ich öffne WhatsApp und Bens Chat. Er hat ein Bild geschickt.

Was soll das, Ella?

Warum machst du so etwas?

Warum muss ich das von jemand anderem erfahren?

Liebst du mich nicht mehr?

Verdammt, du bist noch nicht mal zwei Wochen weg!

Mit zitternden Fingern und Tränen in den Augen schaue ich mir das Bild genauer an.

ich habe Henry geküsst. Er hat mich geküsst!

-20-

Ethan atmet tief durch und schaut in den Spiegel. Seine Augen glänzen leicht. Er spritzt sich etwas Wasser ins Gesicht. Er muss sich jetzt wieder beruhigen.

Er ist verwirrt, weiß gar nicht, was gerade mit ihm passiert ist. Ella Worte haben etwas in ihm ausgelöst, Gefühle, die ihm die Tränen in die Augen getrieben haben.

Sie mag ihn.

Das hat sie gesagt. Nie zuvor hat jemand so etwas zu ihm gesagt. Vor allem kein Mädchen und schon zwei Mal nicht so ein hübsches und kluges und liebenswertes Mädchen wie Ella.

Aber er muss zurück. Sonst denkt sie vielleicht noch, er flüchtet vor ihr. Er atmet noch einmal tief durch.

Als er aus dem Badezimmer in den Flur tritt, stößt er mit Ella zusammen. Ihre Haare sind verwuschelt und ihre Augen rot umrandet. Das sieht Ethan sofort.

"W-was ist los?", fragt er.

"Es tut mir leid. Ich muss gehen."

"Was ist d-denn passiert?"

Ella wirkt komplett aufgelöst. Immer wieder sieht sie auf ihr Handy, während sie versucht, an ihm vorbei zu kommen. "Ich- ähm... Notfall. Es tut mir wirklich leid."

Sie drückt sich an Ethan vorbei und läuft die Treppe hinunter. Panik kriecht in Ethan hoch. Will sie wirklich schon gehen? Eilig rennt er in sein Zimmer, greift ein Blatt Papier von seinem Schreibtisch und hastet dann Ella hinterher nach unten. Sie hat schon ihre Jacke an.

Sie ruft ein hastiges "Tschüss und nochmal danke!" ins Wohnzimmer, dann ist sie auch schon fast an der Haustür.

"Ella, warte!", hält Ethan sie zurück. Ella sieht ihn gestresst an. Was hat sie nur? Was ist passiert? Er will alles fragen und doch will er sie nicht aufhalten. Schließlich muss es ein Notfall sein!

Also drückt er ihr nur das Blatt Papier in die Hand. Verwundert sieht sie ihn an und schiebt es dann dankend in ihre Tasche. Ella flüstert noch leise: "Bis morgen", dann zieht sie die Haustür schon hinter sich zu.

Wie stehen gelassen und nicht abgeholt, bleibt Ethan stehen und starrt auf die Tür. Er schreckt erst aus seinen Gedanken hoch, als er die Hand seiner Mutter auf der Schulter spürt. Sie ist neugierig aus dem Wohnzimmer gekommen.

"Ist Ella schon gegangen?"

Stumm nickt Ethan.

"Ist irgendwas passiert?" Diesmal schüttelt er den Kopf und sich unwissend mit den Schultern.

"Warum hatte sie es dann so eilig?"

"Ich habe keine Ahnung.", flüstert Ethan. Er kann die Gedanken in seinem Kopf nicht ausblenden, die sich laut und deutlich fragen, was er falsch gemacht hat.

*** Ella ***

"Hier ist die Mailbox von Ben Thompson. Hinterlasse eine Nachricht nach dem Ton." Peep.

Fluchend lege ich auf. Schon zum fünften Mal versuche ich Ben jetzt anzurufen. Doch immer geht nur seine Mailbox ran. Mittlerweile bin ich wieder zuhause, meine Mutter hat mich abgeholt. Während der Fahrt haben wir kaum gesprochen, meine Mum ist wohl immer noch gekränkt und ich bin zu aufgewühlt.

Während meine Verzweiflung langsam größer wird, drücke ich erneut auf die Wahlwiederholung. Wieder geht niemand ran. Verdammt noch mal! Wo ist Ben nur? Er kann mir doch nicht diese Nachrichten schicken und dann sein Handy ausschalten. Ich werfe einen Blick auf die Uhr. Es ist gerade mal viertel nach neun. In Brisbane ist es also kurz nach elf Uhr. Ben schläft doch wohl noch nicht!

Unruhig gehe ich in meinem Zimmer hin und her. Was soll ich jetzt tun? Was soll ich jetzt nur tun?!

Ich muss die Sache mit Ben klären. Doch was bleiben mir für Möglichkeiten, wenn Ben nicht ans Telefon geht? Ich will ihm alles sagen, alles erklären. Also beginne ich zu tippen.

Ich erkläre ihm, dass das alles ein riesengroßes Missverständnis ist. Auf dem Zettel fehlt ein Stück. Ein einziges Wort, das vom Rest abgetrennt wurde. Das kann ich genau auf dem Bild erkennen. Und ohne diesen Teil bekommt alles eine ganz andere Bedeutung. Nur woher hat Ben diesen Zettel?

Ich erstarre in meiner Bewegung. Es gibt nur eine Möglichkeit.

Olivia.

Sie hat also doch nicht geblufft. Sie hat etwas gegen mich in der Hand. Und ich habe das nicht geglaubt, habe die ganze Woche normal mit Ethan geredet und Zeit mit ihm verbracht. Und nun hat sie ihre Drohung wahrgemacht. Dafür versucht sie meine Beziehung zu Ben zu zerstören. Ich kann es kaum fassen. Was für eine miese Nummer!

Plötzliche Wut wallt in mir auf, so arg, dass mir heiß wird. Ich schäle mich aus meiner Jacke und pfeffere sie auf mein Bett. In diesem Moment klingelt mein Handy.

"Ben! Gott sei Dank!"

"Ella.", schallt seine kalte, distanzierte Stimme in mein Ohr. Ich fühle einen kleinen Stich in meinem Herzen.

"Ich- ähm... Danke, dass du mich zurück gerufen hast."

"Also, hast du mir was zu sagen?"

Ich hole tief Luft. "Ja! So viel. Zuallererst, das ist alles ein Missverständnis."

"So? Sieht mir nicht danach aus."

"Hör mir bitte zu."

"Nein, ich habe zuerst eine Frage an dich. Wieso schreibst du sowas auf? Wem erzählst du so etwas? Und sage mir nicht, du hast das nicht geschrieben, ich kenne deine Schrift. Warum hast du es mir nicht erzählt?"

Tränen sammeln sich in meinen Augen. Diese Vorwürfe, die so kalt und verletzt klingen, schmerzen. Ich schluchze auf.

"Ich wollte es dir erzählen. Ich habe es dir sogar erzählt. Am Samstag. Aber in diesem Moment war die Verbindung schlecht und du hast mich nicht gehört."

"Warum hast du es nicht nochmal gesagt?"

"Ich- ich weiß nicht.", muss ich ehrlich zugeben. "Aber der Zettel, auf dem Bild, ist nicht vollständig! Da steht "Nicht ich habe Henry geküsst"."

"Macht es das besser? Du warst mit diesem Henry ja am Samstag unterwegs! Woher weiß ich, dass du nicht lügst?"

"Ben! Ich würde dich nicht anlügen! Ich habe Henry am Samstag nur zufällig getroffen. Und als er mich geküsst hat, habe ich ihm weggestoßen. Ich habe ihn in seine Schranken gewiesen. Ich habe ihm mehrmals gesagt, dass du mein Freund bist. Und dass ich dich liebe. Das ist immer noch so."

"Ella...", Ben seufzt durchs Telefon. Ich kann hören, wie er mit sich ringt. "Kannst du dich mal in meine Lage versetzen? Du bist am anderen Ende des Landes und ich kriege Nachrichten, auf denen du irgendjemandem erzählst, dass du jemanden geküsst hast. Wie soll ich mich da fühlen?"

"Es tut mir so leid, Ben! Eine Olivia hat dir diese Nachricht geschickt, nicht wahr?"

"Ja."

"Sie hat mir gedroht. Dass sie etwas gegen mich in der Hand hätte. Ich habe ihr nicht geglaubt."

"Wegen was droht sie dir bitte?" Wer ist das überhaupt?"

"Olivia ist eine Klassenkameradin. Sie hat mir gedroht wegen E-" Ich halte inne. Soll ich Ben jetzt von Ethan erzählen? Was wird er denken? Gerade hat er von dem Kuss mit Henry erfahren. Wenn ich ihm jetzt erzähle, dass ich heute Abend noch bei Ethan zum Essen war, ist es aus.

"Es ist wegen einem Jungen aus meiner Klasse. Er stottert und wird gemobbt. Ich habe mich einmal für ihn eingesetzt und ihn ein anderes Mal verteidigt. Das gefiel Olivia nicht. Sie ärgert ihn die meiste Zeit, zusammen mit ihrem Freund Ronny. Ich weiß nur nicht, warum."

"Ella... Ich-was soll ich denn jetzt tun?", fragt Ben und ich kann an seiner Stimme hören, wie hin und hergerissen er ist. Er will mir glauben, ist aber sehr verletzt. Das kann ich verstehen. Und trotzdem hat er keinen Grund, mir zu misstrauen. Ich sage ihm immer die Wahrheit.

Fast immer. Aber jetzt lüge ich ihn wirklich nicht an!

"Kannst du mir verzeihen?", frage ich leise. Ben seufzt am anderen Ende der Leitung.

"Ich weiß nicht. Ich muss da erst nochmal drüber nachdenken."

Bei seinen Worten schnürt es mir die Luft ab. "Aber du kommst doch am Samstag trotzdem hier her, oder?"

"Hälst du das für eine gute Idee?"

"Ja, Ben! Bitte komm. Ich brauche dich hier. Ich vermisse dich. Ich verstehe, dass du verletzt bist. Ich habe jemand anderen geküsst und dir nicht sofort davon erzählt. Aber ich sage dir jetzt, dass ich nichts empfunden habe. Ich wollte diesen Kuss nicht. Ich liebe dich, okay? Also bitte komm am Samstag hierher nach Perth. Dann können wir vielleicht auch persönlich miteinander reden."

Tief atme ich aus, um nach meinem Monolog wieder zu Atem zu kommen. Die Gefühle sprudeln wild durcheinander, ich will nicht, dass Ben wütend ist. Ich hasse es, zu streiten.

Auf der anderen Seite des Telefons bleibt es eine Weile still. Ich höre Ben nur atmen. Schließlich spricht er. "Ich gebe dir rechtzeitig Bescheid, Ella."

Mit diesen Worten legt er auf. Nur noch das nervige Freizeichen ertönt an meinem Ohr. Fassungslos starre ich mein Handy an, dann schleudere ich es wütend in mein Bett. Das Wasser in meinen Augen läuft über und ich lasse die Tränen strömen.

So eine Scheiße! Jetzt weiß ich noch nicht einmal, ob Ben mich am Wochenende überhaupt besuchen kommt. Und das alles nur wegen Olivia! Wieder wallt diese Wut in mir auf. Wie kann man nur so bösartig sein. Ich würde nie auf die Idee kommen, ihre Beziehung mit Ronny zu sabotieren, nur weil mir etwas gegen den Strich geht.

Weinend setze ich mich auf mein Bett. Plötzlich verlassen mich meine Kräfte. Das war einfach zu viel für diesen Abend. Da fällt mir aus dem Augenwinkel etwas Weißes auf. Es lugt aus der Tasche meiner Jacke hervor.

Vorsichtig ziehe ich es heraus. Ich erinnere mich wieder, es ist das Papier, das Ethan mir gegeben hat, bevor ich gegangen bin. Ich falte es auf. Das Papier ist vollgeschrieben, mit einer engen, kleinen Schrift, in der ich Ethans erkenne. Kurz bin ich verwirrt, doch als ich die erste Zeile sehen, muss ich grinsen. Und bin sofort wie gefangen in seinen Worten.

***

Detective Moore sah die Kommissarin schon von Weitem. In einem langen grauen Mantel schritt sie auf den Tatort zu. Ihre kurzen blonden Haare wehten im kalten Winterwind. Moore erstarrte ihn seiner Bewegung. Er konnte die Augen nicht von ihr nehmen. Eigentlich hatte er sich geschworen, sich nicht von der Kommissarin in seine Ermittlungen pfuschen zu lassen. Aber er spürte schon, wie sich seine Gegenwehr langsam in Luft auflöste.

"Guten Morgen.", räusperte sich Moore, als die Kommissarin sich näherte.

"Guten Morgen, Detective Moore. Mein Name ist Ellen Michels. Es freut mich Sie kennenzulernen."

Widerwillig streckte Moore seine Hand aus und schüttelte die ihre. Ihr Händedruck war fest und kräftig, was ihn aus irgendeinem Grund beeindruckte. Ihre grauen Augen strahlten intensiv.

"Chief Detective Moore.", stellte er trotzdem richtig. Er musste zugleich die Fronten klären. Die Lippen der Kommissarin umspielte ein amüsiertes Lächeln.

"In Ordnung. Chief Detective. Ich weiß, wie das hier läuft. Sie arbeiten seit Monaten an diesem Fall und plötzlich kommt die Neue, die in ihrem Fall mitermitteln soll. Bitte nehmen Sie zur Kenntnis, dass ich nicht hier bin, um ihren Fall zu übernehmen, sondern um mit Ihnen zusammenzuarbeiten. Sie leiten die Ermittlungen, ich stehe zur Seite und werde unterstützen."

Moore war überfordert. Mit so einer Ansage hatte er nicht gerechnet. "Ähm.. Okay. In Ordnung. Dann mal an die Arbeit."

"Sehr schön. Wer ist das Opfer?"

"Olivia Shaw, 17 Jahre alt. Haben Sie schon gefrühstückt, Ms. Michels?", fragte Moore dann. Sie grinste ihn lässig von der Seite an.

"Warum? Wollen Sie mich danach zum Frühstück einladen?"

"Wenn Sie nach dem Anblick noch etwas essen können, spendiere ich Ihnen ein Kaffee."

"Dann zücken sie schon mal ihren Geldbeutel."

Na, wenn sie dich da mal nicht täuschte, dachte Moore. Der Tatort war ein grausiger Anblick. Und trotzdem ging die Kommissarin, ohne zu zögern vor der Leiche in die Hocke und inspizierte sie ganz genau. Moore war erneut beeindruckt von dieser taffen Frau. Vor allem eines betrachtete sie mit besonderer Vorsicht. Der abgetrennte Kopf der Toten und die danebenliegende Mordwaffe. Eine Axt.

***

Sprachlos beende ich meine Lektüre. Ich weiß gar nicht, was ich davon halten soll, doch schon während dem Lesen hat sich ein Lächeln auf meine Lippen geschlichen.

Ethan schreibt Krimis und hat in diesem Teil Olivia umgebracht. Normalerweise fände ich das wahrscheinlich makaber, aber heute, nach allem, was passiert ist und ich eine riesige Wut auf Olivia habe, kann ich nur fies grinsen.

Ethan schreibt gut. Schon nach dem ersten Satz war ich mitten in der Geschichte.

Doch eine Sache ist mir natürlich besonders aufgefallen. Ich habe mich wieder erkannt. In der Beschreibung der Kommissarin, in ihrem Aussehen und ihrem Namen. Was soll ich darüber denken? Ethan hat mich als eine Figur - oder zumindest eine mir ähnliche Figur - in seine Geschichte eingebaut. Was hat das zu bedeuten?

Noch einmal lese ich seinen Text durch. Doch ich komme nur zu einem Ergebnis. Die Geschichte finde ich jetzt schon richtig gut. Und ich selbst fühle mich ein ganz klein wenig geschmeichelt.

-21-

Am nächsten Morgen stehe ich, noch immer wütend, wieder vor der Schule. Die Wut in meinem Bauch hat die ganze Nacht Zeit gehabt, sich richtig schön aufzubauen. Denn ich habe nicht ein Auge zugemacht. Stattdessen habe ich wachgelegen und nachgedacht. Viel nachgedacht.

Über Ben und ob er am Wochenende zu mir fliegen wird. Über Ethans Geschichte. Aber vor allem über Olivia und das Gespräch, das ich jetzt gleich mit ihr führen werde. Ich werde ihr so richtig die Meinung geigen.

Mit strengen Schritten gehe ich auf das Schulgebäude zu. Ich achte nicht darauf, als ich einen Schüler aus Versehen leicht zur Seite remple. Mein Blick ist fokussiert auf die Gruppe meiner Klassenkameraden, die wie immer an den Spinden stehen.

Doch ich merke sofort, dass jemand fehlt. Olivias Lachen ist nicht zu hören. Und sehen kann ich sie auch nicht.

"Hi Brissie.", grüßt mich Henry locker wie immer, als ich zu der Gruppe trete. "Kommst du heute Abend jetzt auf die Party?"

Ich antworte nicht auf seine Frage. Stattdessen richte ich mein Wort an Ronny und Kaylee. "Wo ist Olivia?"

Beide zucken unschuldig mit den Schultern. Kaylee grinst so dümmlich, dass ich mir sicher bin, dass sie von Olivias Aktion gegen mich weiß. Doch ich sage nichts. Der Rest braucht davon nichts zu erfahren.

"Sie fühlt sich nicht gut. Sie ruht sich aus, damit sie heute Abend fit ist.", sagt Kaylee dann doch. Ich ziehe meine Augenbrauen hoch. Ich glaube Kaylee natürlich kein Wort. Wenn Olivia wirklich krank ist, würde sie heute Abend nicht auf die Party kommen. Ist sie zu Hause geblieben, um mir aus dem Weg zu gehen? Die Vorstellung gefällt mir. Ich verkneife mir ein Grinsen. Dann will ich davon gehen.

"Brissie! Was ist jetzt? Kommst du heute Abend?", ruft Henry mir nach. Ich drehe mich zu ihm um.

"Gibt es Alkohol?"

"Neeeeiiiin.", zieht er das Wort ironisch in die Länge und zwinkert mir spielerisch zu.

"Das ist gut. Dann komme ich natürlich."

Während des Unterrichts kann ich mich natürlich nicht konzentrieren. Die Nacht holt mich ein und drückt mir mit aller Macht die Augen zu. Als wir in Englisch einen Film schauen, nutze ich unbeabsichtigt die Zeit für ein Nickerchen. Mit Ethan spreche ich heute nur wenig. Auch er wirkt etwas distanziert, was ich ihm nach meinem plötzlichen Abgang gestern Abend aber auch nicht verübeln kann. Doch dafür möchte ich mich persönlich und nicht über einen

Zettel entschuldigen. Diese Zettel sind mir nicht mehr geheuer, so schnell wie sie einem zum Verhängnis werden können.

Ich beschließe, Sport heute zu schwänzen, da ich meine Sport-Klamotten sowieso zu Hause vergessen habe. So bin ich schon zwei Stunden früher zu Hause, außerdem erspare ich meiner Mum einen Fahrtweg. Sie dagegen ist sofort misstrauisch. Sie versucht es zwar zu verbergen, aber ich glaube, sie ist immer noch etwas enttäuscht, dass ich sie gestern versetzt habe.

"Weißt du schon, was du mit Ben am Wochenende machen möchtest?", fragt sie mich. Ich schüttelte nur den Kopf, weil mir allein beim Gedanken an Ben die Kehle eng wird. Meine Mum spürt, dass etwas passiert ist. Zum Glück ist sie rücksichtsvoll genug, mich nicht danach zu fragen. Ich will ihr das alles auch gar nicht erzählen. Sie würde es vermutlich nicht verstehen.

"Wann kommt Dad wieder?", frage ich stattdessen. Jetzt wird das Gesicht meiner Mum ernst. Das heißt nichts Gutes. "Er kommt dieses Wochenende nicht heim?"

"Nein. Er hat heute Morgen angerufen und gesagt, dass er noch eine Woche in Brisbane bleiben muss."

"Klasse. Uns schleppt er hier her und er fliegt wieder zurück nach Hause."

"Ich weiß, Ella. Ich weiß.", sagt meine Mum nur.

Wütend gehe ich nach oben in mein Zimmer. Es ist eine ziemliche Sauerei. Überall liegen meine Klamotten, so wie ich sie gestern liegen gelassen habe. Offene Kartons stehen in jeder freien Ecke meines Zimmers. Ich kicke lustlos ein Paar Schuhe zur Seite. Zumindest komme ich jetzt besser an den Rest meiner Sachen, denn schließlich muss ich mir noch überlegen, was ich heute Abend auf die Party anziehe.

***

Ich war schon länger auf keiner Party mehr. Und trotzdem verspüre ich keinerlei Lust, jetzt dieses Haus zu betreten. Ich kann den lauten Beat schon deutlich hören.

Ich werfe erneut einen Blick auf mein Handy. Schon zum zehnten Mal in den letzten zwei Minuten. Ich warte auf die Nachricht von Ben. Doch er scheint noch immer überlegen zu müssen, ob er mich wirklich besuchen kommt. Aber wenn er mir nicht schreibt, muss das bedeuten, dass er mir nicht verziehen hat und nicht kommen wird. Dieser Gedanke macht mich noch trauriger. Ich erwäge kurz, umzudrehen und wieder zu gehen.

Doch da entdecke ich jemanden, der genauso zögernd und nervös wie ich auf der anderen Straßenseite steht und zu Henrys Haus hinüber sieht. Schnell winke ich Ethan, um ihn auf mich aufmerksam zu machen. Als ich auf ihn zugehe, bemerke ich, wie gut er aussieht. Er trägt zwar dasselbe Hemd wie gestern, aber heute trägt er ein schwarzes Shirt darunter und hat das Hemd lässig aufgeknöpft.

"H-hallo.", grüßt er mich leise. Dabei sieht er mich nur aus dem Augenwinkel an. Leider wirkt er selbst nicht so lässig wie seine Kleidung.

"Hallo.", antworte ich und lächele leicht. "Ethan, ich wollte mich für gestern noch entschuldigen. Ich wollte nicht so schnell abhauen. Aber es war-"

"Notfall. Ich w-w-weiß. Schon ok-okay."

Ich runzle zweifelnd die Stirn. Irgendwie glaube ich ihm nicht so ganz. Aber vielleicht ist er auch nur nervös. Wenn ich die Reaktion seiner Mutter gestern richtig gedeutet habe, war Ethan noch nicht auf vielen Partys.

"Wollen wir rein gehen?"

"Nein.", antwortet Ethan so schnell, dass ich lachen muss. Seine Locken wippen hin und her, als er wild den Kopf schüttelt.

"Na komm.", sage ich und ziehe ihn am Arm mit. "Henry hat mir versichert, es gibt genug Alkohol. Den kippen wir uns jetzt ordentlich hinter die Birne."

"I-ich trinke aber keinen Alkohol."

"Ha, guter Witz."

Dann betreten wir Henrys Haus. Überall hängen Lichterketten und der laute Bass lässt die Wände erzittern. Es riecht schon nach Alkohol und Schweiß, dabei ist es noch nicht einmal ganz dunkel draußen.

"Hey Brissie!", höre ich Henry enthusiastisch rufen. Grinsend kommt er auf mich zu und breitet seine Arme zu einer Umarmung aus. Diese lässt er aber ganz schnell wieder sinken, als er Ethan entdeckt, der sich doch tatsächlich hinter mir versteckt. Nur mit Mühe erhält Henry ein wackelndes Lächeln. "Hi...St- Ethan. Freut mich, dass ihr kommen konntet."

"Danke für deine Einladung. Könntest du uns netterweise den nicht vorhandenen Alkohol zeigen?"

"Aber sicher. Folgt mir in die Küche."

Dafür, dass es noch nicht neun Uhr ist, ist in Henrys Haus ganz schön viel los. Wir müssen uns zwischen Leuten hindurch quetschen, um überhaupt erst in die Küche zu gelangen.

"So hier. Alles was die Leber begehrt. Was möchtest du gerne, Brissie?" Henry schaut mich freundlich an. Als ich genauer in seine Augen sehe, merke ich, dass sie knallrot sind. Alles klar. Ich werde nichts sagen.

"Ein Bier zum Anfang wäre nett."

"Brissie, du bist einfach 'ne tolle Braut.", sagt Henry und macht mir ein Bier auf. Ich seufze auf. Nur weil Henry high ist, verzeihe ich ihm diesen Kommentar. Mit den Augen schaue ich bedeutungsvoll zu Ethan. Henrys benebeltes Hirn ist natürlich etwas langsamer. Verwirrt schaut er zwischen mir und Ethan hin und her. Ethan versucht zwanghaft, Henrys Blick auszuweichen.

"Ethan. Auch ein Bier?", bringt Henry schließlich hervor.

"N-ne-n...", beginnt Ethan. Doch ich falle ihm ins Wort.

"Natürlich. Danke Henry."

"Kein Problem. Wenn du mich suchst, ich bin am Pool."

"Ach Henry, eine Sache noch. Ist Olivia schon da?", halte ich ihn auf.

"Olivia?!", fragen Henry und Ethan simultan, beide gleichermaßen verwirrt. "Sie ist schon da. Mit Ronny im Garten, glaube ich. Warum?"

"Nur so. Danke", sage ich. Dann murmele ich leise zu mir selbst: "Wir haben noch einen Emu zu rupfen."

Das Bier ist angenehm kühl. Ich sehe, wie Ethan sein Bier auf dem Küchentresen abstellen will.

"Was tust du?", frage ich ihn. Ertappt zuckt er zusammen.

"Ich-ähm. Mag kein Bier."

"Hast du es schon mal probiert?"

"Ja. Schmeckt nicht."

"Ach was. Gib her." Ich setze meine eigene Flasche an die Lippen und lasse die gesamte Flüssigkeit in meinen Rachen laufen. Ethan sieht mich fassungslos an. Dann greife ich nach seiner Flasche. Einen Rülpser unterdrücke ich gerade noch so. Ganz undamenhaft und rüpelartig möchte ich mich dann doch nicht benehmen. Aber ich brauche Ablenkung. Ich verspüre nämlich schon wieder den Zwang, auf mein Handy zu schauen, ob Ben mir in der Zwischenzeit geschrieben hat.

Ethan und ich laufen aus der Küche in ein riesiges Wohnzimmer. Zwei große cremefarbene Sofas stehen vor einem riesigen, offenen Kamin, auf denen sich unzählige Menschen fläzen. Die ganze Hausseite ist verglast und bietet einen wunderbaren Blick in den Garten und über die Stadt. Henry wohnt etwas erhöht in Mount Claremount. Die Häuser in der ganzen Straße sind nicht weniger prunkvoll. Henry ist mit Sicherheit kein Kind armer Eltern. Ich entdecke Kaylee, die mit Nick knutschend in einer Ecke steht. Auch entdecke ich einige weitere meiner neuen Klassenkameraden. Als ich durch die große Glasfront nach draußen in den Garten sehe, entdecke ich

Olivia natürlich sofort und meine Wut im Bauch flammt erneut auf. Unbewusst blähe ich meine Nasenflügel auf.

Ethan stellt sich neben mich und folgt meinem Blick. "Was m-musst du mit Olivia denn no-n-noch klären?", fragt er mich. Erstaunt sehe ich ihn an. Ich habe nicht gedacht, dass er meine gemurmelten Worte vorhin gehört hat.

"Sagen wir so, sie war Teil des Notfalls gestern Abend.", antworte ich Ethan.

"W-wie meinst du das?"

"Sie droht mir. Ich soll nicht mehr mit dir reden."

Ethan lacht traurig auf und sieht auf den Boden. "D-das wa-war ja zu erwarten."

"Ja, aber das lasse ich ja nicht auf mir sitzen! Sie kann mir nicht befehlen, mit wem ich zu reden habe und mit wem nicht. Das ist nicht fair. Auch nicht dir gegenüber." Mein Herz klopft schon wieder in meiner Brust, als ich mich in Rage rede. "Ich werde jetzt zu ihr rüber gehen und mit ihr reden.", beschließe ich dann und trinke Ethans Bier in einem weiteren Zug leer.

Doch Ethan greift nach meinem Arm und hält mich zurück. "Ella, d-das i-i-ist keine gute Idee."

Ich sehe ihn nachdenklich an. Obwohl ich bisher nur zwei Bier hatte, spüre ich, wie der Alkohol sich langsam in meinem Körper verteilt. Ich weiß, dass ich nicht viel vertrage.

"Stimmt, du hast recht. Ich brauche noch mehr Alkohol." Ich drehe mich um und gehe zurück in die Küche. Ich höre, wie Ethan verzweifelt meinen Namen ruft, doch ich reagiere nicht. Im Gehen schaue ich auf mein Handy. Immer noch keine Nachricht von Ben. Spitze. Noch ein Grund mehr, mich zu betrinken.

Ich sehe mich nach etwas Stärkerem als Bier um und entdecke eine Flasche kalten 666-Wodka im Kühlschrank. Perfekt. Henry hat wirklich für alles gesorgt. Schnell findet sich ein Becher, den ich zur Hälfte mit Wodka und zur Hälfte mit Bitter Lemon fülle. Vielleicht übertreibe ich es, so sieht es auch Ethan, wenn ich seinen fassungslosen Blick richtig deute, aber das ist mir im Moment egal. Der Wodka rinnt meine Kehle hinunter und schießt mir sofort in den Kopf. Perfekt. Dann kann ich Ben wenigstens mal für eine Weile vergessen.

"Ella...?", fragt Ethan zögernd. Als ich ihn herausfordernd anblicke, schließt er seinen Mund wieder. Grinsend remple ich ihn an.

"Trink doch auch was. Das macht Spaß."

"Nein, danke. I-ich kann auch ohne Alkohol Spaß haben." Ethan wirkt ein wenig vor den Kopf gestoßen. Ich beschließe, ihn nicht weiter zu drängen und seine Entscheidung zu akzeptieren. Dann muss er aber aufhören, mich jedes Mal so vorwurfsvoll von der Seite anzusehen, wenn ich einen Schluck trinke.

"Ethan, ich dachte wirklich, du bist Australier. Aber du surfst nicht, du trinkst nicht, du magst keinen Strand.", fließen die Worte einfach aus meinem Mund.

"D-du solltest doch so lllangsam be-gri-griffen haben, dass ich d-der Anti-Australier schlechthin bin.", widerspricht er mir.

Ich muss laut auflachen. Ethan stimmt zögerlich mit ein. Doch sein Lächeln wirkt gespielt. In dieser Umgebung, die für Ethan so ungewohnt zu sein scheint, kann er seine hochgezogenen Schultern nicht entspannen.

Nach dem halben Becher beginne ich mit dem Bein und dem Kopf im Takt der Musik mitzuwippen. Nach dem ganzen Becher tanze ich voll mit und habe Olivia schon fast vergessen. Ethan sieht leider immer noch nicht sonderlich amüsiert aus. Er wirkt nervös und schaut sich ständig um, als würde ihn jemand beobachten. Er ist eigentlich schon süß, schießt mir der Gedanke durch den Kopf.

Kurz darauf kommt Henry mit einem langen Brett voller Shots an uns vorbei. Beherzt greife ich zu. Der Wodka zirkuliert schon schön in meinem Blut.

"Ethan?", ruft Henry gegen die Musik und streckt ihm ein kleines Becherchen hin. Ethan schüttelt vehement den Kopf. Ich ziehe eine Schnute.

"Nur einen kleinen Shot. Na, komm schon. Das ist so wenig, das spürst du gar nicht.", fordert Henry ihn auf. Ethan fängt meinen Blick ein und seufzt auf. Er nimmt sich einen Shot und mein Gesicht fängt freudig an zu grinsen.

"Auf uns.", sage ich, verhake meinen Arm mit seinem und stürze den Alkohol hinunter. Ethan tut es mir gleich. Während er hustet und angeekelt den Kopf schüttelt, nehme ich mir noch schnell einen weiteren und trinke ihn hinterher. Ethan bringt ein gequältes Lächeln zustande.

In diesem Moment läuft Olivia durch mein Blickfeld und mir fällt mein Vorhaben wieder ein. Ich muss noch mit ihr reden. Jetzt sofort.

Ethan folgt meinem Blick und will mich wieder festhalten. Energisch mache ich mich los.

"Ethan, ich muss das mit Olivia klären."

"Ja. A-aber n-nicht heute Abend. D-du bist völlig betrunken."

"Quatsch.", lalle ich und merke im selben Moment, dass er Recht hat. "Oh."

"Du ka-kannst ja immer noch am Mmmontag mit ihr sprechen."

"Ich bin aber jetzt sauer auf sie.", murmele ich beleidigt.

Ethan überredet mich, ein wenig an die frische Luft zu gehen. Vorher greife ich mir aber schnell noch einen neuen Becher. Wir suchen uns ein ruhiges Plätzchen, an dem sich nicht so viele Leute aufhalten. Diesen Platz finden wir schließlich im Vorgarten. Hier gibt es zwar keine Sitzmöglichkeit, aber das ist mir egal, ich lasse mich einfach im Gras nieder. Ethan zögert kurz, dann setzt er sich neben mich.

Die frische Luft ist zwar noch warm vom Tag, aber ich spüre, wie mir der Alkohol in den Kopf schießt. Mir wird etwas schwindelig. Stöhnend lege ich mich der Länge nach auf den Boden.

"G-geht es dir gut?", fragt Ethan. Seine Stimme klingt besorgt. Seine schwarze Brille rutscht ihm leicht von der Nase, als er sich über mich beugt. Ich nicke mit dem Kopf.

"Ja. Alles gut. Ich hab's übertrieben."

"Echt?", fragt er ironisch. Ich muss grinsen und schlage ihm leicht auf den Arm.

Dann verfallen wir in Schweigen. Ich schließe meine Augen, damit der Sternenhimmel nicht beginnt, sich zu drehen. Auf einmal habe ich das Bedürfnis mich bei Ethan zu entschuldigen.

"Ethan. Es tut mir leid."

"Hm? W-wegen was?"

"Ich habe mich wie ein Arschloch benommen. Mich betrunken."

"D-du hattest ja einen Grund."

"Und wegen gestern auch nochmal. Es war genauso falsch, zu gehen, ohne mich richtig zu bedanken. Ich fand das Essen sehr schön."

"Ella, d-das ist d-doch nicht der Rede wert."

"Ich habe deine Geschichte gelesen.", sage ich dann. Es kommt zuerst keine Antwort. Verwirrt öffne ich ein Auge und erkenne Ethan, wie er nervös seine Finger knetet.

"U-u-und?"

"Ich fand sie sehr gut. Ich war sofort mitten drin in der Geschichte."

"D-danke."

"Wo spielt sie?"

"New York."

"Warum?"

"D-da wollte i-ich schon imm-mmer mal hin. Und wie... fandest du die Kommissarin?"

Ich muss lächeln, als ich daran denke, wie er die Kommissarin beschrieben hat. Ich setze mich auf, um ihm in die Augen sehen zu können. "Ich habe mich in ihr wiedererkannt."

Ethan errötet. "Ist- ist das in Ordnung für dich?", fragt er mich. "Wenn n-nicht, nehme i-ich es wieder raus."

"Was? Nein! Ich fühle mich geehrt. Du schreibst wirklich wundervoll. Ich würde mich freuen, wenn du die Geschichte weiterschreibst."

Wenn möglich, wird Ethan nun noch röter. Langsam hebt er seinen Blick. Ich bin sofort gefangen in seinen außergewöhnlich blauen Augen. Ethans Adamsapfel hüpft auf und ab, als er nervös schluckt. Ich lächele ihn an.

"Ich will nämlich unbedingt wissen, wer Olivia getötet hat.", sage ich leise. Damit entlocke ich Ethan das erste richtige Lachen an diesem Abend. Es ist wunderschön.

Ich spüre, wie mein Magen hüpft. In diesem Moment lehnt sich Ethan nach vorne, und ich drehe mich zur Seite. Schwungvoll entleert sich mein alkoholisierter Magen auf den gleichmäßig geschnittenen Rasen. "Oh Gott.", stöhne ich.

"Oh sch- Ella...", stottert Ethan, der nicht weiß, wie er reagieren soll. Nachdem ich noch zweimal gewürgt habe, beruhigt sich mein Magen wieder und ich kann durchatmen. Peinlich berührt wische ich mir über den Mund.

"Es tut mir so leid. Ich hätte vorher vielleicht etwas essen sollen."

"D-das macht n-nichts."

Ich will mich erheben, doch mein Kreislauf macht nicht mit. Ich stolpere und hätte Ethan mich nicht festgehalten, wäre ich vermutlich kopfüber in meinem Erbrochenen gelandet. Ich bedanke mich leise.

"Komm, ich bringe dich n-nach H-h-hause.", sagt er. Wie er mit seinem Handy ein Uber ruft und mich hinein verfrachtet, kriege ich nur am Rande mit. Ich muss ehrlich überlegen, als er mich nach meiner Adresse fragt. Im Auto schlafe ich schon fast. Mein Kopf liegt auf Ethans Schulter und wippt mit der rasanten Fahrweise der Uber-Fahrers mit.

Wenig später hält der Wagen und ich erkenne durch das Fenster mein Haus. Ethan schiebt mich aus dem Auto. Müde und schlaff hänge ich in seinem Arm. Unter anderen Umständen wäre mir das sehr peinlich gewesen, doch mein Bewusstsein ist sowieso schon am Abdriften.

"Ach herjee. Ella.", höre ich entfernt die Stimme meiner Mum, nachdem Ethan an der Haustür geklingelt hat. "Hallo. Bist du Ethan?"

"J-j-ja. I-i-ich glaub-be, sie m-muss ins Bett."

"Hm. Das glaube ich auch. Danke, dass du sie nach Hause gebracht hast." Ich spüre, wie ich übergeben werde. "Tschüss. Einen schönen Abend."

"T-sch-schüss. G-gute N-n-nacht, E-ella."

Doch ich bin nicht mehr in der Lage, ihn zu verabschieden.

"Also wirklich Ella, geht es dir nicht mehr gut? Dich so auf einer Party zu betrinken?! Wenn du genau weißt, dass du Besuch hast!", herrscht mich meine Mutter an. Was meint sie damit? Mit ihrer Hilfe schaffe ich es gerade noch ins Bett. Sie lässt mich herzlos hineinfallen.

"Ich kümmere mich um sie, Jane.", höre ich eine weitere Stimme. Dann versinkt mein Kopf aber schon im Kissen und ich drifte in den Schlaf.

"Danke, Ben."

-22-

Als ich aufwache, kann ich meine Augen nicht sofort öffnen. Schon jetzt spüre ich meinen Kopf und den starken Schmerz, der brutal darin hämmert. Das zweite, was ich spüre, ist ein Arm, der um meine Taille gelegt ist.

Ich bekomme einen Schreck und fasse schnell unter die Decke. Wo bin ich? Wer ist das? Was habe ich getan? Nein, ich bin voll angezogen. Mit meinem Schlafanzug. Krampfhaft versuche ich mich an gestern Abend zu erinnern, ohne meinem Gehirn noch mehr Schmerzen zuzufügen.

Henrys Party. Olivia. Ich habe mich betrunken. Deshalb habe ich jetzt auch so einen Schädel. Ich und Ethan, wie wir draußen auf dem Rasen saßen. Ich musste mich übergeben. Ach du scheiße. Nun kehren die Erinnerungen Stück für Stück zurück. Er hat mich nach Hause gebracht, wo mich meine Mutter in Empfang genommen hat. Irgendwie scheine ich in mein Bett gekommen zu sein. Aber ich weiß mit Sicherheit, dass ich es nicht geschafft hätte, mir meinen Schlafanzug anzuziehen. Wer also…?

Neben mir bewegt sich Jemand, dem auch der Arm um meine Taille gehören muss. Ich habe doch nicht Ethan...? Vorsichtig öffne ich ein Auge. Doch neben mir liegt nicht Ethan. Was mich im ersten Moment unglaublich beruhigt. Und dann schrecke ich überrascht auf. Neben mir liegt Ben. Seine dunklen, gekringelten Haare sind ganz durcheinander. Auf seiner Nase sammeln sich Sommersprossen. Er schnarcht leise. Ich muss lächeln. Und gleichzeitig steigen mir die Tränen in die Augen.

Er ist hier. Ben ist tatsächlich hier. Er ist gekommen. Das heißt, er konnte mir verzeihen. Überglücklich streichele ich ihm vorsichtig durchs Gesicht, um ihn nicht zu wecken. Ich habe ihn vermisst. Sein freundliches und jetzt friedlich schlafendes Gesicht. Seine unterschiedlich hohen, dichten Augenbrauen. Die kleine Narbe am Kinn, das er sich als Kind aufgeschlagen hat. Seine sonnengebräunte Haut. Sein vertrauter Geruch, den ich trotzdem schon fast vergessen habe. Mein Herz zieht sich zusammen und ich drücke ihm einen Kuss auf die Stirn.

Nun habe ich ihn geweckt. Er runzelt die Stirn, als er langsam aus seinem Traum aufwacht und schlägt dann schließlich seine Augen auf. Seine tief dunkelbraunen Augen, in denen ich bisher immer Ruhe gefunden habe, blinzeln mich verschlafen an. Doch als er mich erblickt, lächelt er mich strahlend an.

"Hi.", hauche ich fast.

"Hi.", flüstert er zurück, seine tiefe Stimme noch ganz rau vom Schlaf.

"Du bist gekommen."

"Hm."

"Warum hast du mir nicht geschrieben?", frage ich. Denn hätte er mir geschrieben, hätte ich mich auf der Party sicher nicht so voll laufen lassen und die ganze Farce wäre nicht passiert.

"Ich wollte dich überraschen.", antwortet Ben und sein Lächeln verschwindet. Stattdessen legt er seine Stirn in Falten, als ob er sich an etwas ungemütliches zurückerinnert. "Du hast dich stattdessen lieber betrunken und heim bringen lassen."

Ich setze mich aufrecht im Bett auf, was mir einen starken Stich in den Schädel beschert. Mit einer Hand drücke ich gegen meine Stirn, um den Schmerz zu lindern. Mit einem Auge sehe ich Ben dann an.

"Das habe ich doch nicht ahnen können! Wir haben gestritten. Ich habe mir Sorgen um uns gemacht, ob du mir verzeihen kannst. Ob du überhaupt kommst."

Innerhalb einer Sekunde schlägt meine Stimmung in schlechte Laune um. Ich schlage meine Bettdecke zurück und setzte mich an den Rand meines Bettes. Mein Kopf brummt. Na toll. Ich brauche erst mal zwei Kopfschmerztabletten, um mich zu beruhigen. Ben hinter mir seufzt auf.

"Wer war der Typ, der dich da heimgebracht hat?", fragt er schließlich. Seine Stimme klingt gleichermaßen argwöhnisch und vorwurfsvoll.

Ich stöhne auf und vergrabe mein Gesicht in meinen Händen. Ich bin gerade nicht in der Lage, zu streiten. Nicht am frühen Morgen. Nicht, wenn ich mich gerade gefreut habe, dass Ben gekommen ist. Ich verspüre das Bedürfnis, zu flüchten. Also stehe ich auf und tapse unsicher zur Tür. Mein Sichtfeld dreht sich immer noch ein bisschen. Kurz höre ich in mich hinein, doch mein Bauch scheint Ruhe zu geben. Noch.

"Ella!", ruft Ben fordernd. Genervt drehe ich mich zu ihm um.

"Ohne diesen "Typ" läge ich jetzt wahrscheinlich immer noch in dem Vorgarten neben meiner Kotze!", herrsche ich ihn an.

"Das war nicht Henry.", stellt Ben fest und trotzdem klingt es wie eine Frage.

"Nein. Das war nicht Henry."

Ich gehe hinunter in die Küche. Mit einem Blick auf die Uhr stelle ich fest, dass es noch gar nicht so spät ist. Es ist erst kurz vor acht. Meine Mum ist noch nicht wach. Ich versuche, möglichst wenig Geräusche zu machen, um sie nicht zu wecken.

Ich fülle mir gerade ein Glas Wasser ein, als ich Ben in die Küche kommen höre.

"Wie hieß er?", fragt er.

"Wer?"

"Der Typ."

"Der Typ, der nicht Henry ist?", frage ich zurück, einfach um ihn zu ärgern. Es funktioniert. Ben seufzt entnervt auf. Ich drücke zwei Tabletten gegen Kopfschmerzen aus der Verpackung und trinke sie gemeinsam mit dem Glas Wasser.

"Ella, ich-"

Doch mir reicht es. "Was, Ben? Warum bist du sauer? Warum willst du unbedingt streiten? Wir sind gerade erst aufgestanden, und außerdem hatte ich mich wirklich gefreut, dich wiederzusehen."

Mein Freund schüttelt den Kopf. "Ich erkenne dich nicht wieder."

"Das ist, weil ich mich mit Kopfschmerzen in ein Monster verwan dle.", antworte ich trotzig und laufe aus der Küche ins Wohnzimmer. Leider folgt er mir. Normalerweise könnte mir Ben überall hin folgen und ich wäre auch ihm gefolgt, wenn es sein muss, bis ans Ende der Welt, aber nicht heute Morgen.

"Nein. Du knutscht mit fremden Typen rum, lässt sich von anderen nach Hause bringen. So kenne ich dich nicht."

"Du hast mir deswegen also noch nicht verzeihen können?", frage ich, plötzlich traurig.

Ben atmet aus und starrt auf den Boden. Sein Schweigen ist mir Antwort genug.

"Warum bist du denn dann überhaupt hergekommen?"

Ben rauft sich die Haare. "Ich dachte, wir können das persönlich klären. Aber dann kommst du wieder mit einem anderen Typ heim."

"Ben!", rufe ich laut aus, mit meinen Nerven völlig am Ende. "Der Typ heißt Ethan und geht in meine Klasse. Er war auch auf der Party und hat mich nach Hause gebracht. Nicht mehr und nicht weniger. Seit wann bist du so eifersüchtig?"

"Seit du nicht mehr bei mir bist."

"Das bedeutet für mich, dass du mir nicht vertraust." Ich stelle mich vor ihn und sehe ihm tief in die Augen. Er schaut traurig zurück. Ich kann sehen, wie er nach den richtigen Worten sucht. Doch schließlich umarmt er mich und drückt mich fest an sich. Ich bin zuerst überrascht, doch dann schlinge auch ich meine Arme um ihn. Ich vergrabe meine Nase an seiner Brust.

"Fuck. Es tut mir leid.", murmelt Ben in meine Haare. "Ich vertraue dir."

"Mir tut es auch leid. Ich habe dein Vertrauen einmal missbraucht. Ich werde es nicht wieder tun. Versprochen. Kleiner Finger-Ehrenwort." Ich löse mich von ihm und strecke ihm meinen kleinen Finger hin. Ben grinst und hakt seinen kleinen Finger in meinem ein. Dann zieht er mich zu sich und küsst mich.

Endlich.

***

Nach dem schwierigen Start kann es nur noch besser werden. Ben und ich versuchen, uns zusammen zu raufen und wieder zu einander zu finden.

Wir frühstücken mit meiner Mum. Da diese mir aber ständig vorwurfsvolle Blicke zuwirft, möchte ich schnellstmöglich aus dem Haus. Wir beschließen, die Stadt zu erkunden. Jetzt bereue ich es, dass ich mir nicht im Voraus Gedanken gemacht habe, was ich Ben zeigen will. Aber seine Überraschung ist im wahrsten Sinne gelungen.

Mit dem Bus fahren wir zum Elizabeth Quay, sozusagen der Hafen von Perth, den ich bisher noch nicht besucht habe. Es ist noch früh und deswegen noch relativ ruhig. Nur wenige Menschen flanieren schon über die lange Promenade, die wie ein Hufeisen um das Hafenufer verläuft. Die jeweiligen Enden werden mit einer Brücke verbunden. Ich würde gerne Bens Hand halten, doch ich traue mich nicht. Ich weiß nicht, ob wir den Streit schon komplett hinter uns gelassen haben. Also halten wir stattdessen jeder von uns einen Kaffee in der Hand.

Wir laufen weiter, manchmal reden wir, öfter schweigen wir, bis wir am Bell Tower ankommen. Es ist ein komisch aussehendes Gebäude, von außen modern und verglast, während innendrin 18 alte Glocken hängen.

Am Wasser reihen sich kleine Buden von Schiffsunternehmen aneinander, die alle Bootsfahrten zu unterschiedlichen Orten anbieten. Ich entdecke ein Schild und habe eine Idee.

"Sollen wir morgen nach Rottnest Island fahren?", frage ich Ben aufgeregt. "Ich habe gelesen, da kann man toll baden, schnorcheln, Fahrrad fahren. Und es gibt Quokkas."

"Quokkas? Das sind die kleinen süßen Tierchen, die immer so aussehen, als würden sie grinsen, oder?"

Ich nicke enthusiastisch. Ben stimmt meiner Idee zu und so kaufen wir uns direkt Tickets für den nächsten Tag.

Wir essen gemeinsam zu Mittag. Danach möchte ich Ben noch den Kings Park zeigen. Die hohe Brücke, über die Ethan mich geführt hat, lassen wir allerdings aus. Ich überlege trotzdem kurz, Ben den Lieblingsplatz von Ethan zu zeigen. Aber das wäre nicht richtig. Ich habe das Gefühl, dass Ethan mir diesen Platz im Vertrauen gezeigt hat. Ben diesen Platz zu zeigen, wäre ein Eindringen in Ethans Privatsphäre und das will ich nicht tun. Stattdessen laufen wir zum DNA-Tower. Zwar war ich dort auch schon mit Ethan, aber es ist zumindest kein Geheimplatz. Der Tower besteht aus den zwei Treppen, die sich umeinander in den Himmel winden.

Wir machen ein Wettrennen, wer als erstes oben ankommt. Ben kommt nur ganz knapp vor mir oben an.

"Ich war erste!", keuche ich trotzdem. Ben lacht. Der Blick von hier oben ist wunderschön. Man kann über eine lange grüne Fläche bis in die Stadt hinunter sehen.

"Ich habe einfach eine Schwäche für schöne Ausblicke.", sage ich und lege Ben meinen Arm um die Hüfte. Es ist die erste richtige Berührung, die wir seit heute Morgen haben.

"Ich auch.", sagt er, sieht dabei aber mich an. Im nächsten Moment brechen wir prustend in Lachen aus. Wir sind nämlich sicher nicht das Paar, das sich so schnulzige Komplimente macht. Nachdem wir uns beruhigt haben, sehe ich ihn unauffällig von der Seite an. Bens Gesichtsausdruck ist wieder ernst und er wirkt schon den ganzen Tag abwesend.

Ich bin froh, dass du da bist, will ich sagen, und bringe doch kein Wort heraus. Eigentlich entspricht es der Wahrheit, aber der Streit von heute Morgen verunsichert mich noch immer. Es gab bisher in unserer Beziehung nämlich noch nicht viele Streitereien. Und ganz sicher haben wir uns noch nie so angeherrscht. Ich versuche die Angst zu unterdrücken, die mir sagt, dass irgendetwas zwischen uns zerbrochen ist.

Gegen Abend gehen wir zum Scarborough Beach. Ich habe mein Surfboard unter den Arm geklemmt, Ben trägt das Board meines Vaters. Wenn der nicht daheim ist, braucht er es sowieso nicht.

Anstatt zum Sonnenaufgang gemeinsam surfen zu gehen, schwimmen wir nun zum Sonnenuntergang aufs Meer hinaus.

Ich merke erneut, wie sehr ich das vermisst habe. Das Surfen, das Meer. Aber auch Ben, wie wir um die perfekte Welle wetteifern und manchmal sogar eine gleichzeitig reiten. Trotzdem spüre ich in mir so etwas wie eine Blockade, die mich zurückhält, den Moment ungestört zu genießen.

Heute ist der Himmel ein reinstes Farbenspiel. Am Horizont hängen einige Wolken, in denen sich die Strahlen der Sonne verfangen. Der Himmel glüht in rot und orange, während die Wolken in rosa und gelb strahlen. Wir surfen so lange, bis die Sonne untergegangen ist und es zu dunkel wird.

Die letzten Farben verschwinden vom Himmel, als wir aus dem Wasser kommen und uns fest in unsere Handtücher einwickeln. Meine Mum hat mir eine Decke mitgegeben, auf der wir uns niederlassen. Ich will mich mit etwas Abstand zu Ben niederlassen. Doch er öffnet seine Arme, wie eine Einladung, näher zu rücken. Ich kuschele mich tief in Bens Arm. Wir schweigen, genießen jeweils die Anwesenheit des anderen. Zum ersten Mal an diesem Tag kommt mein Gedankenkarussell zum Stehen. Fast.

Das letzte Mal war ich hier tagsüber mit Ethan. Es ist erst wenige Tage her, aber trotzdem fühlt es sich wie eine Ewigkeit an. Es ist Ethans Lieblingsstrand. Auch wenn er damals noch nicht viel geredet hat, erinnere ich mich gerne an diesen Tag zurück. Ich merke, dass ich heute mehrere Male an Ethan gedacht habe. Doch ich verdränge es, schließlich hat das nichts zu bedeuten. Warum auch, ich hatte einen schönen Tag mit Ben.

Heute Morgen mussten wir zwar beide unseren schlechten Start erst einmal verarbeiten, aber nun habe ich den Streit schon fast wieder vergessen. Ich schließe die Augen und lasse den Tag gemeinsam mit Ben ausklingen.

***

Am nächsten Morgen müssen wir früh aus den Federn, denn wir haben uns für die früheste Fähre nach Rottnest Island entschieden. Denn, auch wenn ich noch nicht daran denken will, Ben muss heute Abend schon wieder abreisen.

Meine Mum fährt uns zum Hafen, an dem die Fähre ablegt. Ein wenig tut sie mir leid, dass sie nun einen weiteren Tag alleine verbringen muss. Da sie ihre vorwurfsvollen Blicke mir gegenüber aber immer noch nicht ganz abgelegt hat, winke ich ihr nur kurz, als wir davon gehen.

Die Fahrt zur Insel dauert eine knappe Stunde, die aber nur zäh vorbei geht, während Ben und ich uns unterhalten. Oder wir versuchen es zumindest. Ich habe ständig das Gefühl, dass Ben mich etwas fragen will, es aber absichtlich zurückhält. Er erzählt mir knapp von der Schule, die bis vor zwei Wochen auch noch meine gewesen war, vom Surfen und seinem Football-Training. Dabei muss ich ihm jedes weitere Wort aus der Nase ziehen.

Auf der Insel mieten wir uns dann zwei Fahrräder und erkunden die Insel. An einer versteckten, kleinen Bucht halten wir schließlich an. Niemand ist hier und so haben wir den schmalen Strand ganz für uns alleine. Das Wasser ist so blau und klar, dass ich die Fische schon ohne Taucherbrille sehen kann. Ben und ich schnorcheln eine gefühlte Ewigkeit. So lange, bis meine Finger und Zehen ganz schrumpelig vom Wasser sind.

Ethan würde es hier sicher auch gefallen, denke ich, während ich auf das Meer schaue. Ich weiß, er mag den Sand nicht, aber zu solchen traumhaften Stränden kann man doch kaum nein sagen. Ich muss ihn bei Gelegenheit mal fragen, ob er schon mal auf Rottnest Island war.

Während wir schwimmen und tauchen, nähern Ben und ich uns auch langsam wieder an. Er scheint seine Gedanken für einige Zeit vergessen zu können und so tue ich es ihm gleich.

"Der Tag geht viel zu schnell vorbei.", sage ich traurig, als Ben und ich am späten Nachmittag die Fahrräder schließlich abgeben und zurück auf die Fähre gehen.

"Ja, das finde ich auch." Ben nimmt mich in den Arm.

"Kannst du nicht noch bleiben?", frage ich, obwohl ich die Antwort längst kenne. Ben hat so wie ich morgen wieder Schule. Und irgendwie freue ich mich auch wieder auf die Schule. Dann kann ich Ethan wiedersehen.

"Wollen ja, können nein. Aber du könntest mich bald besuchen kommen?"

"Ich quetsche mich in deinen Koffer und fliege mit. Ich vermisse Brisbane. Außerdem ist Dad auch dort."

"Dein Dad ist in Brisbane?"

Ich nicke grimmig. "Am Montag ist er geflogen und er wird auch die nächste Woche nicht heimkommen."

"Ist deine Mum deshalb so angespannt?", fragt Ben. Mich wundert es nicht, dass Ben das aufgefallen ist. Er ist einer der aufmerksamsten Menschen, die ich kenne. Ich nicke.

"Weißt du, ich finde es auch nicht ganz fair. Erst schleppt er uns hierher und jetzt ist er selbst noch nicht einmal hier. Dann hätten wir auch nochmal zwei Wochen mit dem Umzug warten können."

Ben stimmt mir stumm zu. Zum Trost gibt er mir einen kleinen Kuss auf die Stirn. Aber das macht es nicht besser. Bis wir im Hafen von Perth ankommen, ist meine Laune auf den Tiefpunkt gesunken. Ich habe einfach das Gefühl, die Minuten mit Ben rennen mir zwischen den Fingern hindurch.

Viel zu schnell sind wir zu Hause und Ben muss seine Tasche packen. Meine Mum drängelt schon wieder mit ihrer chronischen Pünktlichkeit, um rechtzeitig zum Flughafen zu kommen. Ich richte Ben noch schnell ein Sandwich, das er mit auf den Flug nehmen kann. Als ich in mein Zimmer komme, steht Ben an meinem Schreibtisch und zuckt erschrocken zusammen, als hätte ich ihn bei irgendetwas ertappt. Ein Stück Papier fällt wegen seiner ruckartigen Bewegung vom Tisch. Als wäre nichts gewesen, grinst er mich an. Ich beschließe, das nicht zu beachten.

"Ben! Ella! Wir müssen los!", brüllt meine Mum vom Ende der Treppe. Ihre Nägel klappern in wildem Rhythmus auf das Treppengeländer. Ben schultert in diesem Moment seine Tasche. Ich strecke ihm das Sandwich entgegen.

"Hier. Für den Flug."

"Danke. Kommst du?"

"Ja, geh schon mal vor. Ich brauche noch eine Jacke."

"Wenn du deine Kisten auspackst, findest du die Jacke vielleicht schneller.", neckt mich Ben und geht dann nach unten. Schnell hebe ich das Stück Papier vom Boden auf. Es ist verknittert, aber das war ich selbst. Ich weiß sofort, was für ein Papier ist.

Es ist Ethans Geschichte, die ich unachtsam auf meinen Schreibtisch habe liegen lassen. Meine Augen überfliegen das Papier. Die Ähnlichkeit zwischen mir und der Kommissarin ist wirklich unverkennbar.

"ELLA!", werde ich in diesem Moment erneut gerufen.

"Ja! Ich komme.", schreie ich zurück. In meiner Eile greife ich mir die Jeansjacke und stopfe das Papier in die Tasche. Ich kann nur hoffen, dass Ben das Papier nicht gelesen hat.

-23-

"Woah Brissie, wo warst du am Freitag? Du warst ja voll schnell weg!", begrüßt mich Henry am Montag in der Schule. Ich grinse schwach.

"Mir gings nicht so gut."

"Hast du es mit dem Alkohol übertrieben?", neckt er mich.

"Ich dachte, es gab keinen.", gebe ich ihm den Spaß zurück. Er muss nicht wissen, dass ich es war, die sich in seinen Vorgarten übergeben hat. Schnell gehe ich weiter, denn in diesem Moment stößt Olivia zur Gruppe hinzu. Ich gehe ihr aus dem Weg. Noch.

Ich möchte nämlich immer noch mit ihr reden. Sie soll bloß nicht denken, ihre Aktion hätte funktioniert oder dass ich sie damit davonkommen lasse. Aber das möchte ich nicht vor allen anderen klären. Im Nachhinein sehe ich ein, dass ein Gespräch während der Party vermutlich zu einer Katastrophe geführt hätte. Ich werde mit ihr nach der Schule sprechen.

Ich sehe ihren triumphierenden Blick nämlich ganz genau. Alleine ist sie sicher nicht so stark wie in ihrer Gruppe.

Im Klassenzimmer wartet wie immer Ethan. Mittlerweile habe ich mich an diesen Anblick gewöhnt. Mir fällt auf, dass ich ihn bisher nie gefragt habe, warum er immer vor allen anderen im Raum ist. Auch jetzt bin ich schon wieder gefangen von seinen blauen Augen, die erfreut aufblitzen, als sie mich erblicken.

"Guten M-morgen.", grüßt er mich. "G-geht es dir wieder besser?"

Ich gluckse. "Ja, danke. Und vielen Dank fürs Heimbringen. Ich konnte mich am Freitag ja nicht mehr bei dir bedanken."

Nun grinst Ethan. "K-keine Ursache." Dann wird er wieder ernst und druckst herum, als wolle er mich noch etwas fragen.

"Ähm- ich... würd-dest du... willst du heute mit mir viel-vielleicht an den Strand?"

Ich sehe ihn erstaunt an. Damit habe ich wirklich nicht gerechnet. Umso mehr tut es mir weh, dass ich ihm absagen muss.

"Ich kann heute leider nicht." Zum einen muss ich endlich mein Gespräch mit Olivia führen, zum anderen habe ich mich mit Flo zum Telefonieren verabredet. "Aber morgen?", schlage ich ihm stattdessen vor.

Sein Gesicht, das kurz enttäuscht aussieht, hellt sich wieder auf und er nickt.

"Aber du magst doch eigentlich keinen Sand?", frage ich ihn, als ich mich an das erste Mal erinnere, als wir am Strand waren. Ethan zuckt mit den Schultern.

"Aber du."

Perplex weiß ich gar nicht, was ich darauf antworten soll. Doch ich bekomme auch nicht mehr die Chance dazu, denn Mrs. Wilde schwebt in den Raum.

***

Nach jeweils zwei Stunden Englisch, Geschichte und Deutsch habe ich den schlimmsten Tag der Woche hinter mich gebracht.

Unachtsam werfe ich meine Schulsachen in meine Tasche und schwinge sie mir über die Schulter. Olivia ist nämlich schon auf dem Weg aus dem Raum und ich muss mich beeilen, ihr hinterher zu kommen.

Erst als wir das Schulgelände verlassen, kann ich aufholen. Gerade als ich zu ihr aufschließen will, dreht sie sich herum, als würde sie jemanden suchen. Ich ducke mich schnell hinter die Schulter eines Jungen, der noch vor mir läuft. Warum ich mich verstecke, weiß ich selbst nicht so ganz. Aber Olivia scheint mich nicht zu entdecken. Eilig geht sie weiter.

Nun bin ich neugierig. Warum schaut Olivia sich so aufmerksam um? Wen sucht sie? Oder- schießt mir ein anderer Gedanke in den Kopf- will sie sicher gehen, dass ihr niemand folgt? Warum?

Das macht mich noch neugieriger. Ich beschließe, mich erst einmal im Hintergrund zu halten und ihr unauffällig zu folgen. Mich interessiert es plötzlich tierisch, wo sie hingeht.

Sie läuft eine ganze Weile geradeaus, bis sie an einer Querstraße abbiegt. Ich beeile mich, hinterher zu kommen, bevor ich sie aus den Augen verliere.

Währenddessen laufen wir an einigen Bushaltestellen vorbei und ich wundere mich, warum sie nicht den Bus nimmt. Da biegt Olivia in einen kleinen Hof und geht zügig auf ein mehrstöckiges Haus zu. Es ist von außen nicht das schönste Haus und sieht aus wie ein kleiner Wohnblock mit mehreren Wohnungen. Ich bleibe verwundert vorne an der Straße stehen. Olivia zieht einen Schlüssel aus ihrer Tasche und schließt auf. Leider bin ich zu weit weg, als dass ich es noch zur offenen Türe geschafft hätte.

Jetzt habe ich sie verloren. Trotzdem bin ich verwirrt. Was macht Olivia hier? Ich habe immer gedacht, sie würde- ja, was habe ich eigentlich gedacht? Dass sie in einem so großen Haus wie Henry wohnt. So gibt sie sich. Ihre Haare sind nämlich immer top gestylt, der Eyeliner und Lippenstift sitzt und ihre Schuluniform ist immer glatt gebügelt. Ganz abgesehen von ihren Markenschuhen und der Louis Vuitton Tasche, die immer an ihrem Arm hängt. Ich bin ganz selbstverständlich davon ausgegangen, dass auch Olivia aus reichem Hause kommt. Habe ich mich geirrt? Sie könnte hier auch nur einen Verwandten besuchen. Ihre Oma zum Beispiel.

Ich werde es herausfinden, beschließe ich in der nächsten Sekunde. Sonst würde ich nicht mehr zu meinem Gespräch mit ihr kommen. Entschlossen gehe ich auf die Haustüre zu, doch dort endet mein Vorhaben auch schon wieder. Ich sehe auf unzählige Klingelschilder, von denen ich nicht einen Namen wiedererkenne.

"Suchst du jemand bestimmten?" Ich zucke erschrocken zusammen, als eine fremde Stimme hinter mir ertönt. Wie ertappt drehe ich mich herum und blicke einem Mädchen in die Augen. Sie ist etwa so alt wie ich, trägt schwarze Klamotten, einen kurzen Bob und hat ein Septum-Piercing unter der Nase.

"Ich ähm- Olivia. Kennst du eine Olivia?", bringe ich schließlich stammelnd heraus. Wenn möglich, wird das Gesicht des Mädchens noch grimmiger als ohnehin schon.

"Woher kennst du sie? Was willst du von ihr?"

"Ich bin Ella. Ich muss mit Olivia reden. Ich kenne sie aus der Schule."

"Shit." Das Mädchen starrt mir durchdringend ins Gesicht, als würde sie überlegen, was sie jetzt mit mir tun soll. "Na gut, komm mit. Jetzt ist es sowieso zu spät, da du schon hier bist."

Was diese kryptischen Worte bedeuten sollen, frage ich lieber nicht nach. Stattdessen stelle ich dem Mädchen eine andere Frage.

"Woher kennst du Olivia?"

"Kann sie dir selbst sagen.", bekomme ich eine pampige Antwort. Etwas vor den Kopf gestoßen von ihrer Unfreundlichkeit, bleibe ich stumm, während ich ihr die Stufen in den zweiten Stock folge. Dort bleibt sie vor einer Türe stehen und schließt diese auf.

"Du wartest hier.", werde ich angeblafft. Dann schreit das Mädchen ins Innere: "LIV! Du hast Besuch!"

Unschlüssig warte ich vor der Tür. Ich bin komplett verwirrt. Aus der Wohnung höre ich Rumpeln und Murren, dann Schritte, die sich der Türe nähern.

"Wer ist es, Liv? Dein Drogendealer?", schreit jemand aus dem Inneren.

"Halt die Fresse, Jolene! Sicher nur ein-" Olivia tritt in den Türrahmen, die blonden Haare zu einem wilden Dutt zusammengebunden und mit einer grauen Jogginghose. Als sie mich erblickt, wird sie stocksteif. Ihre Worte bleiben im Mund stecken und sie sieht mich einfach nur an.

"Hi, ich-", will ich sie grüßen. Doch in diesem Moment erwacht sie aus ihrer Starre, bläht wütend die Nasenflügel auf und stürzt auf mich zu.

"Was machst du hier?!", schreit sie mich an. Erschrocken weiche ich einige Schritte zurück.

"Ich wollte- ich wollte mit dir sprechen."

"Warum folgst du mir?!"

"Entschuldige bitte. Ich wusste nicht, dass ich das nicht tun sollt e.", antworte ich. "Ich wollte mir dir reden wegen der-"

Aber auf einmal ist diese Sache von Donnerstag gar nicht mehr wichtig. Viel mehr interessiert mich plötzlich, warum Olivia so ausrastet.

"Warum bist du so sauer auf mich?", frage ich sie stattdessen.

"Weil du mir nicht folgen sollst.", keift sie zurück. Neugierig versuche ich einen Blick in die Wohnung hinter ihr zu werfen. Sie bemerkt meinen Blick und schließt eilig die Türe.

"Geh bitte.", sagt sie dann. Ihr Ton ist eiskalt..

"Warum soll ich dir denn nicht folgen?", frage ich weiter.

"Ella, das geht dich nichts an."

"Deine Freundin hat mich reingelassen. Sie hat geflucht, als ich gesagt habe, dass ich dich aus der Schule kenne."

"Hm. Sie hätte dich auch nicht reinlassen sollen.", murmelte Olivia wieder grimmig.

"Soll etwa keiner wissen, dass du hier wohnst?", frage ich vorsichtig. Ich weiß, dass ich mich damit auf dünnes Eis wage. Mir wird klar, dass ich eigentlich nichts von Olivia weiß. Allerdings scheint sie ein großes Geheimnis zu haben, dass sie auf jeden Fall bewahren will. Das kann ich spüren.

"Ganz genau." Olivia verschränkt ihre Arme vor der Brust. Ihre Antwort überrascht mich. Ich hätte damit gerechnet, dass sie noch wütender wird und mir an die Kehle springt. Und wieder wird mir klar, dass ich sie nicht kenne.

"Darf ich fragen, warum?"

"Nein."

"Wohnst du hier mit dieser Jolene und dem anderen Mädchen zusammen?"

"Ich sage es dir noch einmal, Ella. Es. geht. dich. nichts. an.", sagt Olivia mit Nachdruck. Doch ich kann nicht locker lassen.

"Wo sind denn deine Eltern?"

"Nicht jeder hat Eltern, weißt du!", blafft Olivia mich an. Ich stocke. Und versuche, zu verarbeiten, was Olivia gerade gesagt hat. An ihrem Gesichtsausdruck kann ich sehen, dass sie das Gesagte bereut. "Geh jetzt."

"Du hast keine Eltern? Bist du eine Waise?" Mein Mund ist schneller als mein Kopf. Deshalb bin ich manchmal auch etwas unsensibel.

"Ja verdammt! Ich habe keine Eltern und lebe hier mit zwei anderen Waisen in einer WG zusammen! Bist du jetzt endlich zufrieden?"

Olivia schnauft wütend. Ich weiß nicht, was ich sagen soll, so überrascht bin ich. Ich hätte mit allem gerechnet, aber nicht damit.

"Das weiß sonst niemand?"

"Nein. Ich bin seit meiner Kindheit alleine. Meine Eltern waren nicht in der Lage für mich zu sorgen. Eine Adoptivfamilie habe ich nie gefunden. Einmal- da war es ganz knapp. Aber man lernt, sich nicht allzu große Hoffnungen zu machen. Und dann wird man erwachsen und in eine WG mit anderen Waisen gesteckt, denen es genauso ergeht wie dir. Es ist ein Geheimnis, das ich normalerweise für mich behalte." Sie schüttelt den Kopf und sieht auf den Boden, als wäre ihr die ganze Situation unangenehm. Als würde sie sich schämen, dass sie mir das erzählt hat.

"Wir haben schließlich alle Geheimnisse, das weißt du am besten, Ella."

Ich nicke. Damit hat sie zumindest recht.

"Genau deshalb bin ich eigentlich zu dir gekommen. Um mit dir darüber zu reden, dass du den Zettel an meinen Freund geschickt hast, um meine Beziehung zu sabotieren. Damit ich aufhöre mit Ethan zu sprechen. Ich wollte dir sagen, dass dein Plan nicht funktioniert hat. Und dass ich finde, dass das eine ganz miese Aktion war.

Ich werde weiterhin mit Ethan sprechen, das hast du mir nicht zu verbieten. Aber danke, dass du mir dein Geheimnis erzählt hast."

Olivia antwortet nicht. Sie weicht meinem Blick aus. Ich warte eigentlich auf eine Entschuldigung und weiß gleichzeitig schon, dass ich keine bekommen werde.

"Also, dann bis morgen in der Schule.", verabschiede ich mich. Gerade, als ich die Treppe hinunter gehen will, ruft Olivia mir noch hinter.

"Ella! Wenn du irgendjemandem hiervon erzählst, ..."

"Was? Dann ruinierst du mich? Hast du noch ein Bild im Ärmel, mit dem du meine Beziehung kaputt machen willst? Ja, vielleicht haben wir beide Geheimnisse. Es gibt nur einen Unterschied zwischen uns. Ich werde die Geheimnisse von anderen nicht benutzen, um denjenigen Schaden zuzufügen. Du kannst also unbesorgt sein. Dein Geheimnis ist bei mir sicher."

Ich meine die Worte wirklich ernst. Deshalb schenke ich Olivia zum Abschied ein ehrliches Lächeln und lasse sie dann sprachlos am Treppenabsatz stehen.

Als ich aus dem Haus trete, muss ich erst einmal durchatmen. Ich weiß jetzt schon, dass mich diese Dinge, die ich gerade erfahren habe, noch den ganzen Tag beschäftigen werden.

-24-

Das Geräusch der Klingel ertönt und nur wenige Momente später öffnet sich die Türe. Ethans Mutter lächelt mich freundlich an.

"Hallo Ella. Schön dich zu sehen. Komm doch rein."

"Hallo."

Sie lässt mich herein. "Schuhe kannst du anlassen.", sagt sie just in dem Moment, in dem ich das Gegenteil tun will. "Ich sage Ethan schnell Bescheid, dass du da bist."

Ich bleibe im Esszimmer zurück und sehe mich neugierig um. An der Wand gegenüber des Esstisches entdecke ich Bilder von Ethan und seiner Familie und will sie mir näher anschauen. Doch in diesem Moment kommt Ethans Mutter wieder und ich zucke zurück.

"Möchtest du etwas trinken, Ella?"

"Ähm, ein Glas Wasser wäre nett, danke."

Rachel geht in die Küche und ich folge ihr, denn ich will nicht so alleine und verloren mitten im Raum stehen bleiben.

"Warum hattest du es am Donnerstag denn so eilig?", fragt sie mich neugierig.

"Oh, ich- es war etwas Persönliches. Das hatte nichts mit Ethan zu tun. Der Abend und das Essen waren ganz wunderbar.", versuche ich es zu umschreiben. Am Kühlschrank entdecke ich plötzlich ein Bild von einem kleinen Jungen. Wer darauf zu sehen ist, ist unverkennbar. Der Junge hat einen Kopf voller brauner Locken. Die blauen Augen strahlen sogar aus dem Bild heraus.

"Ist das Ethan?", frage ich trotzdem fasziniert.

Ethans Mum übergibt mir ein Glas Wasser und schaut kurz auf das Bild, von dem ich spreche. Ihr Gesicht leuchtet förmlich auf.

"Ja! War er nicht ein süßes Kind?", schwärmt sie. Ich kann die Liebe förmlich sehen, die aus ihren Augen strahlt. Ein klein wenig Neid kriecht in mir hoch. Das habe ich bei meiner Mum nicht mehr gesehen, seit wir hier in Perth angekommen sind.

"Ja, das war er.", stimme ich ihr trotzdem grinsend zu. Ethan war als Kind nicht nur süß, sondern zum Knuddeln niedlich.

"Du weißt, dass Ethan adoptiert ist?" Ich nicke. Unwillkürlich muss ich an den Tag im Kings Park zurück denken, als er mir davon erzählt hat.

"Wie gesagt, Ethan war so ein süßes Kind. Mein Mann Alex und ich waren uns sofort einig, dass wir Ethan adoptieren wollten."

Ich lächle, denn mir fällt nichts ein, was ich sagen könnte. Mich wundert es, dass seine Mutter mir überhaupt von Ethans Adoption erzählt. Aber ich finde es keinesfalls uninteressant. Im Gegenteil, ich will mehr darüber und über Ethan erfahren. Doch ich muss noch nicht einmal nachhaken, seine Mum redet weiter. Währenddessen zeigt sie mir ein weiteres Bild von Ethan.

"Er war fünf Jahre alt, als wir ihn adoptierten. Er war zwar damals schon ein stilles Kind, aber wir haben uns sofort in ihn verliebt. Sieh nur, diese kleinen Pausbäckchen." Sie streicht liebevoll über Ethans Bild. "Weißt du, Alex und ich haben gedacht, wir wären nicht in der Lage Kinder zu bekommen."

"Ist Alyssa auch adoptiert?", frage ich, weil ich auf ihre Worte nichts antworten kann. Rachel schüttelt den Kopf.

"Nein, Alyssa war dann eher so was wie ein Unfall. Ich sage immer, bei ihr hatten wir keine Wahl. Sie ist unser leibliches Kind. Aber versteh mich bitte nicht falsch, wir haben beide gleich lieb."

"Was anderes habe ich auch nicht gedacht.", sage ich schnell. "Was meinst du mit "keine Wahl"?"

"Das sage ich immer aus Spaß. Wir hätten entweder ein Mädchen oder einen Jungen im gleichen Alter adoptieren können. Auch das Mädchen war liebenswert und süß. Ich weiß noch, wie sie aussah. Ganz hellblonde lange Haare und einen kleinen Leberfleck neben der Nase. Doch Alex und ich wollten schon immer zuerst einen Jungen. Deshalb haben wir uns für Ethan entschieden."

"Ach so."

"Es ist natürlich schwer, das andere Kind dann abweisen zu müssen. Diese Kinder haben es sowieso schon schwer und genug Ablehnung erfahren. Ich hoffe immer noch inständig, dass auch das Mädchen eine passende Familie gefunden hat. Ich finde, jedes Kind braucht Eltern."

"Ja-", beginne ich, doch stocke mitten im Satz. Mir schießt nämlich ein Gedanke durch den Kopf. Nicht jeder hat Eltern.

"Weißt du noch, wie das Mädchen hieß?"

"Ja.", antwortet Ethans Mutter und ihr Blick schweift in die Ferne. "Ihr Name war Olivia."

Ich schlucke. In meinem Kopf fügt sich ein Gedanke an den nächsten. Ich will gerade antworten, da kommt Ethan die Treppe hinunter, über seiner Schulter einen Rucksack. Bei dem Gespräch mit seiner Mum habe ich ihn fast vergessen. Ethan grinst verlegen, als er mich entdeckt.

"H-hallo.", sagen wir gleichzeitig stockend. Ich bin noch ganz durcheinander, weil meine Gedanken umher wirbeln.

"Wo geht ihr denn hin?", fragt Ethans Mutter.

"A-an den Str-strand."

"Dann viel Spaß. Und checkt noch mal den Hai-Report, bevor ihr schwimmen geht."

"Ja, Mum." Ethan verdreht genervt die Augen. Dann sieht er mich auffordernd an. "W-wollen wir?"

Ich nicke eilig, schnappe mir meine Tasche und verabschiede mich von Ethans Mutter. Schon sind wir aus dem Haus und zwei Minuten später im Bus, der uns zum Strand bringt.

Der Himmel ist heute zwar etwas bewölkt, aber es ist trotzdem warm genug, um schwimmen zu gehen. Während der Busfahrt bin ich still, so außergewöhnlich still, dass es sogar Ethan auffällt. Doch noch immer steht mir der Kopf woanders, ich versuche zu verarbeiten, was ich erfahren habe. Ob Ethan davon weiß?

"G-geht es dir gut?", holt mich Ethan aus meinen Gedanken.

"Hm? Ja, alles in Ordnung." Ich beschließe, mich erst einmal zusammenzureißen. Ob ich Ethan damit konfrontieren werde, weiß ich noch nicht. Schließlich habe ich gestern mein Wort gegeben.

***

Wie zu erwarten war, schaffe ich es nicht, mich zusammenzureißen. Am Strand angekommen, beschließen Ethan und ich, eine Runde schwimmen zu gehen. Doch ich lasse mich von den Wellen nur mittreiben, ganz so, wie sich das Innere meines Kopfes auch anfühlt. Ich reagiere nicht, als Ethan mich anspricht. Mein Blick ist stoisch und irgendwie abwesend, während die Zahnräder in meinem Kopf sich drehen, so laut, dass Ethan es fast hören kann. Sie wollen einfach nicht aufhören. Sie fragen sich, ob das wirklich sein kann, oder ob es nur ein dummer Zufall ist. Sie fragen sich, wer davon weiß und wer nicht. Und ob das der Grund für alles ist. Der Grund, von dem Ethan behauptet, ihn nicht zu kennen.

Mein nachdenklicher Blick hakt sich bei ihm fest, als würde ich versuchen, in ihm zu lesen. Als ob ich probieren würde, in seinen Kopf zu sehen. Ethan bemerkt meinen Blick und windet sich unmerklich. Ihm ist es unangenehm, von mir so angestarrt zu werden. Schnell eise ich meinen Blick von ihm los und schaue zur Seite.

"W-wa-was ist denn l-los mit dir?" Ethan schwimmt auf mich zu. Ich antworte zuerst nicht, zu tief bin ich in meinen Gedanken versunken. "Ha-habe ich etw-was falsch gemacht?", fragt er mich leise und zögerlich. Urplötzlich ist meine volle Aufmerksamkeit bei ihm.

Er meidet meinen Blick, als wäre es ihm peinlich, diese Frage gestellt zu haben.

"Was? Nein, du hast nichts falsch gemacht. Wie kommst du denn auf so eine Idee?", antworte ich, merklich entsetzt. Ich will doch nicht, dass Ethan so etwas denkt. Er hat schließlich rein gar nichts falsch gemacht. Ich sollte mich schlecht fühlen, weil ich mich so merkwürdig verhalte.

"Ich-ich weiß n-nicht. Seit Donnerstag A-ab-abend bist du irgendwie anders. Deshalb habe i-ich mich gefragt, w-was ich falsch gem-macht habe."

Energisch schüttelte ich den Kopf und schwimme näher zu ihm, sodass ich ihn an seinen Oberarmen greifen kann. "Das hatte rein gar nichts mit dir zu tun, Ethan. Bitte glaube mir das. Du hast Recht, ich habe mich in den letzten Tagen komisch verhalten. Irgendwie... war alles durcheinander. Und nun habe ich etwas erfahren, worüber ich mir den Kopf zerbreche."

"Was denn?" Ich sehe in seine tiefblauen Augen, die mich sofort an den Ozean erinnern. In diesem Moment komme ich zu einem Entschluss. Ich werde es Ethan erzählen. Schließlich geht es bei der ganzen Sache ja um ihm. Es hätte keinen Zweck, das vor ihm geheim zu halten.

"Lass uns zu den Handtüchern gehen. Dann erzähle ich es dir."

Ethan stimmt mir sofort zu. Auch er ist neugierig, das spüre ich. Das muss er als Autor vermutlich auch sein. Nur kann er seine Neugier besser verbergen als ich. Kurz später sitzen wir, in Handtücher gewickelt, am Strand. Ich ziehe meine Beine an die

Brust, weil es mich plötzlich fröstelt. Eine Nervosität macht sich in mir breit, und ich kann nicht nachvollziehen, warum.

Ich spüre Ethans Blick auf mir. Er wartet darauf, dass ich beginne. Aber ist zu höflich, um mich zu drängen. Ich erwidere Ethan Blick. Ich weiß gar nicht, wo ich beginnen soll.

"Du bist ja adoptiert.", beginne ich und schüttele gleichzeitig den Kopf. Ich bin ja wirklich die Königin des Offensichtlichen. Ethan scheinen meine Worte ebenso zu verwirren.

"Ja?", antwortet er.

"Ich habe vorhin, bei dir Zuhause, ein süßes Bild von dir gesehen." Ethan stöhnt auf.

"H-hat m-meine Mum dir v-vor-g-geschwärmt? Sei froh, d-dass sie die Fotoalben nicht rausgeholt hat."

"Du warst ein süßes Kind, da habe ich ihr zugestimmt.", lache ich und knuffe ihn in die Seite. "Sie hat mir von deiner Adoption erzählt. Davon, dass sie zwischen dir und einem Mädchen entscheiden konnte."

Ethan gluckst und nickt, als wüsste er, auf was ich hinaus will. "Ja, diese Geschichte erzählt sie oft und gerne. Er war so ein süßer Junge. Wir wollten schon immer einen Jungen haben. Wir haben uns sofort in ihn verliebt.", macht er seine Mutter mit einer hohen Stimme nach. Seine Worte sind denen seiner Mutter verdammt ähnlich. "Ich fühle mich dann immer wie ein Hund, den sie aus dem Tierheim ausgesucht haben, auch wenn ich natürlich weiß, dass sie das nicht so meint." Ethan grinst mich an.

"Du weißt also, dass sie dich und nicht das Mädchen ausgewählt haben."

"Ja. Bist du deshalb so durcheinander?"

"Weißt du auch, wie das Mädchen hieß?"

Ethan sieht mich nachdenklich an. Schließlich schüttelt er den Kopf. "Nein, warum?"

"Wolltest du das nie wissen?"

"Ich war damals fünf Jahre alt. Diese Zeit war nicht unbedingt einfach. Ich habe vieles verdrängt von damals. Und nach ihrem Namen habe ich nie gefragt. Meine Eltern wüssten das sowieso nicht mehr."

"Doch."

"W-wie bitte? Meine Mum kann sich an den Namen des Mädchens erinnern?", fragt Ethan fassungslos. Ich nicke zustimmend.

"Sie hieß Olivia.", sage ich.

Ethans Reaktion ist interessant zu beobachten. Zuerst fällt ihm jegliche Regung aus dem Gesicht. Dann runzelt er die Stirn und schüttelt ungläubig den Kopf. "N-ne-nein.", bringt er stotternd hervor. Ich kann förmlich sehen, dass ich nun auch die Zahnräder in seinem Kopf in Bewegung gesetzt habe. Nachdenklich sieht er auf den Boden, kaut nervös auf seiner Unterlippe.

"N-nein. Das ist Zufall."

"Deine Mutter sagte, sie war hellblond und hatte einen Leberfleck neben der Nase. Das kam mir doch sehr bekannt vor."

Wieder schüttelt Ethan vehement den Kopf, denn er will es nicht wahrhaben. Vielleicht, weil er so langsam begreift, was das alles bedeutet.

"Viele haben Leberflecken. Außerdem hat Olivia eine Familie. Sie ist doch reich. Sie... sie-" Er stockt.

"Das habe ich auch gedacht. Aber so kann man sich täuschen. Olivia lebt in einer WG mit zwei anderen Mädchen, sie hat keine Eltern und kein großes Haus."

"Wo-woher weißt du das?"

"Gestern nach der Schule bin ich ihr gefolgt. Eigentlich wollte ich nur mit ihr sprechen, wegen "dem Notfall". Doch ich war neugierig und bin ihr bis nach Hause gefolgt. Dort habe ich dann mit ihr gesprochen. Sie war sehr wütend auf mich. Es ist klar, dass sie nicht will, das irgendjemand davon weiß. Ich kenne sie noch nicht lange genug, doch sie hat viele Bemühungen getroffen, dass niemand erfährt, dass sie in dieser Wohnung lebt. Und nicht in einem großen Haus. Wie gesagt, ich habe sie auch mit teuren Klamotten kennengelernt, ich habe das nur durch Zufall erfahren."

Ich mache eine kurze Pause und warte Ethans Reaktion ab. Aber er knetet noch immer seine Hände und schüttelt den Kopf, als könnte er meinen Worten keinen Glauben schenken.

"Dann erfahre ich heute von deiner Mutter, dass sie dich dem blonden Mädchen mit Leberfleck, namens Olivia, vorgezogen haben. Und nun musst du dir nur noch anschauen, wie sie sich dir gegenüber in der Schule verhält. Dann weißt du, dass dieses Mädchen damals Olivia war. Sie hat nie eine Familie oder Eltern gefunden. Sie ist alleine aufgewachsen. Doch irgendwie muss sie herausgefunden haben, wer du bist. Sie ist neidisch, verletzt, dass sie nicht du ist. Dass nicht sie die ist, mit einer wundervollen, liebenden Familie. Deshalb lässt sie ihren Neid und ihre Wut an dir aus. Dein Stottern ist dann nur noch ein unglücklich gegebener Vorwand."

"Ich- ich will das eigentlich nicht glauben... Aber ich glaube, du hast recht."

***

Eine Weile sagt keiner von uns beiden ein Wort. Ich bin still und ruhig, nachdem ich meine Gedanken ausgesprochen habe. Ethan dagegen muss seine erst noch ordnen.

"Was wirst du jetzt tun?", frage ich ihn dann schließlich. Erstaunt sieht er mich an.

"Wie meinst du das?"

"Na, was du jetzt tun wirst, damit Olivia aufhört, dich zu mobben. Jetzt kennen wir- kennst du endlich den Grund."

"Ich weiß nicht.", antwortet Ethan ehrlich.

"Du könntest den Spieß umdrehen.", sage ich. Da ich von Olivia noch immer keine Entschuldigung bekommen habe, bin ich ihr ein wenig nachtragend. "Dann erfährt sie endlich mal, wie das ist, wenn alle einen auslachen und auf einem rumhacken."

Ich weiß, dass ich das eigentlich nicht beurteilen kann. Ich habe selbst nie Mobbing erfahren. Aber ich habe es hautnah mitbekommen. Und ich will behaupten, dass ich mich trotzdem ein wenig in Ethan hinein versetzen kann. Seine Rückgezogenheit und Stille kommt schließlich nicht von ungefähr.

"Du könntest sie nach dem Grund für das Mobbing fragen. Ob es wirklich der Neid ist. Am besten, wenn die ganze Klasse anwesend ist. Das würde sie richtig vorführen."

Ich weiß auch, dass ich Olivia gestern etwas ganz anderes gesagt habe. Dass ich ihr Geheimnis für mich behalten und es nicht verwenden würde, um sie zu verletzen. Aber schließlich habe ich es Ethan nur erzählt, damit dieses furchtbare Mobbing endlich aufhört. Und nicht ich würde es gegen sie verwenden... Ethan ist mir im Moment einfach wichtiger als Olivia, wenn ich ganz ehrlich mit mir sein muss.

"Oder du könntest-"

"Nein.", unterbricht mich Ethan auf einmal. Überrascht drehe ich mich zu ihm. Konzentriert starrt er auf den Sand, in dem er seine Füße vergraben hat.

"Was, nein?"

"Das will ich nicht tun. Es tut mir leid, aber du weißt nicht wirklich, wie das ist, von allen ausgegrenzt, gemobbt und ausgelacht zu werden. Es ist nicht schön, ich wünsche das niemandem. Niemandem sollte so etwas angetan werden. Denn es verändert dich. Man fragt sich, ob die ganze Welt etwas gegen dich hat. Was man selbst falsch gemacht hat, um so eine Behandlung zu verdienen. Und warum die eigenen Eltern dich nicht wollen oder nicht dazu in der Lage sind? Ich weiß, dass ich Glück habe, in einer so tollen Familie leben zu dürfen. Und Alyssa ist meine richtige kleine Schwester, da sehe ich keinen Unterschied. Aber ich weiß auch, wie das Gefühl ist, keine Eltern zu haben, das Gefühl, alleine zu sein auf der Welt. Wie Olivia sich fühlt, nach den vielen Jahren, kann ich nur erahnen. Aber ich kann sie verstehen, weißt du? Sie hat auch genug Leid in ihrem Leben erfahren, da muss ich dem Ganzen nicht noch die Krone aufsetzen."

Ethan hält inne und holt zitternd Luft. Ich bin sprachlos. Hat er jemals schon so viel an einem Stück geredet? Aber das ist nebensächlich. Denn plötzlich fühle ich mich schäbig und schlecht, diese ganzen Ideen vorgeschlagen zu haben, um Olivia zu verletzen.

Denn Ethan hat Recht, das sehe ich jetzt ein. Diese Lüge, die Olivia aufrecht erhält, ist wie eine Mauer, die sie um sich errichtet hat. Doch weder Ethan noch ich haben das Recht, diese Mauer einzureißen. Das muss Olivia selbst tun. Und solange sie sich wohlfühlt, mit dieser Lüge zu leben, soll sie das tun. Da haben wir nicht mitzureden.

"Es tut mir leid.", flüstere ich leise.

"Quatsch. Vor zwanzig Minuten hätte ich vermutlich dasselbe getan. Ich meine, ich habe Olivia in meiner Geschichte mit einer Axt umgebracht. Und Ronny. Und Kaylee." Ethan und ich müssen lachen. "Das was ich jetzt weiß, ändert zwar nicht meine Meinung über Olivia. Aber es ändert meine Handlung." Ein zartes Lächeln erhellt Ethans Gesicht. Er sieht hinaus auf das Meer.

Gleichzeitig weiß ich, dass Ethan eine Idee hat, wie er sich gegen Olivias Mobbing wehren kann.

"Sagst du mir, was du vorhast?"

"Wenn ich es fertig habe, bist du die Erste, die es sehen wird.", verspricht er mir.

Eine Welle innerer Ruhe und Glück überkommt mich, die mich Ethans Hand ergreifen lässt. Dankbar drücke ich sie. Kurz zögert

Ethan überrascht, dann drückt er meine Hand zurück. Und ich ziehe sie nicht wieder zu mir, sondern lasse sie dort liegen, wo sie ist, denn ich kann nicht leugnen, dass sich diese Berührung sehr gut anfühlt.

*** Ethan ***

Ethans Herz klopft wild, so wild, dass es droht, aus seiner Brust zu springen. Nicht, dass das ein neues Gefühl für ihn wäre. Schon seit Tagen, jedes Mal, wenn er an Ella denkt oder sie sieht, macht sein Herz solche Faxen und Luftsprünge. Doch diese kleine Berührung, ihre Hand in seiner, lässt ihn fast platzen. Schnell sieht er auf den Boden, um seine roten Wangen vor ihr zu verbergen.

Seine Selbstzweifel lösen sich in Luft auf. Wie oft hat er sich in den letzten Tagen gefragt, ob sie ihn nicht mehr mag. Oder ob er sich das nur eingebildet hat. Er selbst kann seine Gefühle für Ella längst nicht mehr leugnen. Auch wenn er am Anfang noch versucht hat, sie zu verdrängen, sie in die letzte Ecke seines Gehirns zu stopfen, sobald er Ella sieht, wird sein Körper mit Endorphinen überschüttet.

Wenn sie morgens ins Klassenzimmer kommt und ihm ein strahlendes Lächeln schenkt, ist sein Tag schon um ein Vielfaches besser. Wenn er in ihre sturmgrauen Augen blickt, könnte er sich verlieren und ihm wird ganz schummrig.

Doch das hier hätte er sich niemals träumen lassen. Er und Ella am Strand. Er, ein ganz unterdurchschnittlicher Typ, der stottert und immer noch Babyspeck auf den Hüften hat und sie neben ihm, ein wunderschönes Mädchen, das er sich selbst in einer seiner Geschichten nicht besser hätte ausdenken können. Unauffällig zwickt er sich in den Oberschenkel, um sicher zu sein, dass das auch kein Traum ist.

Aber es ist die Realität. Ella hat ihm geholfen, wieder aus sich herauszukommen. Er weiß, er kann ihr vertrauen. Und nun hat sie ihm auch noch geholfen, den tieferen Grund hinter dem ganzen Mobbing zu finden. Ohne sie hätte er das nicht geschafft. Er hat sein Schicksal immer akzeptiert.

"Ethan?", holt ihn Ella aus seinen Gedanken. "Mir fällt gerade etwas auf. Du stotterst nicht mehr."

"Was meinst du?", fragt Ethan zurück und merkt noch im selben Moment, was sie meint. All die Worte, die er zuletzt gesprochen hat, kamen ohne ein Zögern, ohne ein Stottern oder Blockieren der Zunge über seine Lippen. Ein breites Grinsen macht sich auf seinem Gesicht breit, als er das realisiert.

"Du hast Recht!", ruft er freudig aus und dreht sich zu Ella. Diese strahlt ihn ebenfalls an. Sein Körper reagiert und beschleunigt seinen Herzschlag.

"Das ist klasse!", freut sich auch Ella und drückt erneut seine Hand. "Warum ist das plötzlich so? Hat sich etwas geändert?"

Ethan weiß ganz genau, warum das so ist. Sein Stottern ist nur weg, wenn er mit einer ganz bestimmten Person zusammen ist. Einer Person, bei der er sich sicher fühlt. Eine Person, die ihn nicht für sein Stottern verurteilt, sondern die ihn dazu ermutigt hat, wieder mehr zu sprechen. Eine Person, in die er sich jeden Tag, die er sie gesehen hat, ein klein wenig mehr verliebt hat.

"Es ist wegen dir.", antwortet er leise und sieht Ella tief in die Augen. Normalerweise versucht er, seine Gefühle vor anderen und besonders vor Ella zu verbergen. Doch in diesem Moment versucht er, ihr mit den Augen alles zu übermitteln, was er fühlt.

"Ich?"

"Ja. Bei dir fühle ich mich wohl. Du hast dich nie über mich und mein Stottern lustig gemacht. Du hast mich einfach so akzeptiert. Du warst die Erste, die das je getan hat. Ich weiß, ich kann dir vertrauen. Ich glaube, deshalb ist mein Stottern weg."

Und in diesem Moment beschließt er, sich zu trauen. Das zu tun, was er auch schon am Freitag bei der Party hatte tun wollen und sich doch nicht gleich getraut hat. Das zu tun, was er noch nie zuvor getan hat.

Er schließt die Augen, lehnt sich vor und küsst Ella. Ganz vorsichtig auf ihre zarten Lippen.

Ethan kann spüren, wie sie überrascht ist und sich dann doch auf den Kuss einlässt.

Und in ihm explodieren all seine Gefühle.

-25-

Mein Herz setzt aus. Meine Augenlider flattern. Seine Lippen auf meinen. Nie im Leben hätte ich gedacht, wie gut sich das anfühlen würde.

Ich will mich treiben lassen, loslassen, in Ethans Arme sinken. Doch plötzlich komme ich zurück in die Realität. Ruckartig öffne ich meine Augen und weiche vor Ethan zurück.

Wir sehen einander an, als hätten wir einen Geist gesehen. Keiner von uns beiden kann wirklich glauben, was gerade passiert ist. Ethan öffnet den Mund, um etwas zu sagen, aber es kommen keine Worte heraus. Mir geht es ähnlich.

Der Wind trägt Ethans Geruch zu mir. Eilig stehe ich auf, um Abstand zwischen uns zu bringen, doch es wirkt mehr wie eine Flucht.

"Warum küsst du mich?!", ist das Erste, was mir durch den Kopf geht und aus meinem Mund kommt. Ethans Wangen werden rot. Doch er hält meinem Blick stand.

"Ich- weil,... ich dachte, es wäre ein guter Zeitpunkt.", antwortet er leise und erhebt sich ebenfalls, sodass er wieder auf Augenhöhe mit mir ist.

"Ein guter Zeitpunkt?!", frage ich fassungslos. Meine Gefühle spielen verrückt, doch ich weiß, dass ich Ethan nicht hätte küssen dürfen. Ben ist mein Freund. Wie soll ich ihm das nur sagen? Damit habe ich sein Vertrauen schon zum zweiten Mal missbraucht. Das wird unsere Beziehung nicht aushalten.

"Hätte... hätte ich dich nicht küssen dürfen?" Ethan kommt einen kleinen Schritt auf mich zu, aber ich weiche zurück. Denn ich habe Angst, dass ich sonst nachgebe und ihn erneut küsse.

"Nein, Ethan." Ich versuche, den Kloß in meinem Hals herunterzuschlucken, doch er ist zu groß. Er drückt mir langsam Tränen in die Augen. Ethans Gesicht nimmt einen verletzten Ausdruck an.

"Das heißt, du magst mich also nicht?"

"Was? Natürlich mag ich dich."

"Warum hätte ich dich dann nicht küssen dürfen? Ich dachte, du fühlst auch etwas für mich." Am Ende des Satzes wird seine Stimme immer leiser und ich kann seine Worte nur noch erahnen. Doch sie jagen mir einen Schauer über den Rücken. Ethan senkt den Blick auf seine Hände, die er wieder nervös knetet.

Er fühlt etwas für mich? Wie ein Echo hallt dieser Gedanke in meinem Kopf wider. Das kann nicht wahr sein. Doch wie soll ich darüber fühlen? Was soll ich antworten?

"Ethan, ich habe doch einen Freund."

Ethans Gesicht verliert jegliche Regung. Sogar seine Hände fallen hinunter und hängen nun bewegungslos neben seinem Körper. Ich sehe, wie er hart schluckt, als hätte er auch so einen großen Kloß im Hals wie ich.

"Was?", bringt er schließlich heraus.

"Du kannst mich nicht küssen, weil ich einen Freund habe. Er heißt Ben und wohnt in Brisbane. Aber das weißt du doch.", rufe ich verzweifelt.

Kaum merklich schüttelt Ethans seinen Kopf. "Nein, das weiß ich nicht."

"Doch natürlich."

"Du hast mir nie von einem Freund erzählt, Ella.", sagt Ethan und auf einmal wird seine Stimme kräftiger. Ich sehe, wie er seine Hände zu Fäusten ballt. Aber seine Worte sind nicht wahr. Ich bin mir sicher, dass ich Ethan von Ben erzählt habe-

In meinem Kopf jagt eine Erinnerung die nächste. Jedes Treffen, jedes Gespräch fliegt an mir vorbei.

"Aber der Notfall am Donnerstag, das war wegen Ben. Olivia hat ihm ein Bild geschickt, von einem Zettel, den ich dir geschrieben habe. Darauf habe ich dir erklärt, dass Henry mich geküsst hat und nicht umgekehrt. Deshalb musste ich an dem Abend schnell gehen und die Sache mit Ben klären. Und mit Olivia sprechen! Das habe ich dir doch erzählt!"

"Gar nichts hast du mir erzählt!", ruft Ethan. Nun glitzern auch in seinen Augen Tränen.

Ich versuche mich krampfhaft an den Moment zu erinnern, in dem ich Ethan von Ben erzählt habe. Aber ich finde ihn nicht. Ich muss mir eingestehen - Ethan hat Recht.

"W-wenn ich das gewusst hätte, hätte ich dich doch nie-", Ethan lässt den Satz in der Luft hängen.

"Ethan, es tut mir leid. Es war keine Absicht, dir nicht von Ben zu erzählen!"

"Wie kannst du das vergessen? Ich - ich dachte... warum verbringst du dann so viel Zeit mit mir?"

"Weil du nett bist.", sage ich, nach Worten suchend. Ethan gibt ein spöttisches Geräusch von sich. "Weil ich dich sehr interessant finde und dich näher kennenlernen wollte."

"Bin ich sowas wie ein Projekt? Du heilst den Stotterer?"

"Hör auf, so etwas zu sagen! Du weißt genau, dass das nicht stimmt! Sowas kannst du in deinem Buch schreiben, aber nicht mir vorwerfen! Ich verbringe gerne Zeit mit dir, weil du ein toller Mensch bist, Ethan. Und ein guter Freund. Ich mag dich wirklich."

"Ich mag dich aber mehr als nur ein bisschen, Ella! Weißt du, ich hatte noch nie wirklich einen richtigen Freund, geschweige denn eine Freundin. Und deshalb habe ich mir vielleicht zu schnell zu viele Hoffnungen gemacht."

Ethan dreht sich weg und packt seine Sachen zusammen. Panik macht sich in mir breit.

"Was meinst du damit?", frage ich.

"Ich habe mich in dich verliebt, Ella!", ruft Ethan aufgebracht. Tränen glänzen in seinen Augen. "Aber das ist jetzt ja egal. Schließlich hast du einen Freund. Entschuldige mich jetzt bitte. Ich muss nach Hause."

Mit diesen Worten schultert er seinen Rucksack und läuft davon. Ich sehe ihm hilflos nach, wie er sich durch den Sand, den er ja eigentlich nicht mag, zurück zur Straße kämpft. Angeekelt versucht er ihn nach jedem Schritt abzuschütteln. Ich will ihm nachlaufen, doch würde das etwas ändern? Etwas verbessern?

Ich will mich selbst schlagen. Innerhalb von zwei Sekunden habe ich unsere Freundschaft zerstört. Allerdings war sie für Ethan mehr gewesen. Habe ich ihm wirklich unbewusst Hoffnungen gemacht? Ich habe tatsächlich nie realisiert, dass ich ihm nicht von Ben erzählt habe.

Schnell packe nun auch ich meine Sachen zusammen und mache mich auf den Heimweg. Ich kann nicht länger am Strand bleiben. Während der Fahrt im Bus muss ich ständig mit den Tränen kämpfen. Ich weiß einfach nicht, was ich jetzt tun soll. Zum einen habe ich Ethan verletzt, sehr sogar. Und zum zweiten habe ich Ben schon wieder hintergangen. Doch er weiß nichts davon. Muss er überhaupt davon erfahren? In meinem Kopf spiele ich sämtliche Szenarios durch.

Ich muss mit jemandem darüber reden. Und zwar mit der einzigen Person, der ich das auch wirklich erzählen kann und die mich hoffentlich versteht.

Ich bin kaum zur Haustüre hinein, wähle ich schon Flos Nummer. Inständig hoffe ich, dass sie ran geht.

"Ella, bist du das? Komm mal bitte her, wir müssen reden." Leider höre ich nicht sofort Flos Stimme, sondern die von meiner Mutter aus der Küche.

"Ich kann jetzt nicht!", brülle ich zurück und renne in mein Zimmer. Mit Nachdruck schließe ich meine Zimmertüre, damit meine Mum auch versteht, dass ich jetzt keinen Fall gestört werden will.

"Babygirl! Wie geht es dir?"

Erleichtert atme ich aus, als ich Flos Stimme höre. Nur einen Moment später erscheint ihr Gesicht auf meinem Handy-Bildschirm.

"Mein Gott, wie siehst du denn aus?", fragt Flo erschrocken. Ich entdecke mich selbst in dem kleinen Bild in der unteren Ecke. Meine Haare sind durcheinander und verklebt vom Salzwasser, unter meinen Augen kleben schwarze Spuren meiner Mascara. Meine Unterlippe ist dick und rot, weil ich so nervös darauf herum gekauft habe. "Was ist passiert?"

"Flo, ich muss unbedingt mit dir reden. Ich habe einen Fehler gemacht. Ich habe dir doch von Ethan erzählt."

"Ähm, Ella... ich-", unterbricht mich Flo, doch ich lasse sie nicht ausreden. Der Damm ist bei mir gebrochen. Die Worte fließen aus meinem Mund, ohne dass ich sie noch aufhalten kann.

"Ethan ist der Junge, aus meiner neuen Klasse, der stottert. Wir haben in der letzten Zeit einige Zeit miteinander verbracht. Heute waren wir gemeinsam am Strand. Heute hat er aber gar nicht mehr gestottert. Er sagte, es liegt an mir. Und dann hat er mich einfach geküsst!"

Flo verzieht auf der anderen Seite der Leitung besorgt ihr Gesicht. "Ella-" Doch ich beachte sie nicht.

"Ich will es eigentlich nicht zugeben, aber ich fand es gut. Für einen Moment. Dann habe ich ihn weggestoßen. Ich habe ihm gesagt, dass ich einen Freund habe. Dass Ben mein Freund ist. Weißt du, warum passiert das gerade jetzt, wo ich mich mit Ben wieder vertragen habe. Gerade erst hat er mir verziehen, dass Henry mich auch geküsst hat."

Tief hole ich Luft. In meinem Kopf spielt sich das ganze Gespräch mit Ethan noch einmal ab.

"Es gibt nur noch ein Problem. Ethan sagt, er hat sich in mich verliebt. Weil er nicht wusste, dass ich einen Freund habe. Flo, ich habe ihm nie erzählt, dass Ben mein Freund ist. Er hat die ganze Zeit gedacht, ich wäre single. Und jetzt ist er unendlich sauer auf mich. Jetzt habe ich die Freundschaft mit Ethan zerstört und wie ich die ganze Sache Ben erklären soll, weiß ich auch noch nicht. Hilf mir, Flo!"

Nun sind alle Worte aus mir heraus. Erschöpft lasse ich mich auf dem Bett nieder. Mein Handy lege ich neben mir aufs Kissen. Flo antwortet mir nicht sofort. Verwirrt sehe ich nach, ob die Verbindung schlecht ist. Aber nein, sie bewegt sich. Flo sieht mich mit einem komischen Blick an, beißt sich irgendwie schuldbewusst auf die Lippe.

"Flo? Was ist los? Hörst du mich?"

"Ella... ich- es tut mir leid.", wispert sie nur. In diesem Moment wird ihr das Handy aus der Hand gerissen und ein anderes Gesicht erscheint in der Kamera. Mein Herz setzt einen Schlag aus.

"Ben?", frage ich zitternd. Mein Freund starrt mir wütend in die Augen. Auch in seinen Augen stehen Tränen, das kann ich sogar durch den Bildschirm sehen. Bestürzt schlage ich mir die Hand vor den Mund, als mir bewusst wird, was ich gerade alles gesagt habe. Ben hat das alles mitgehört.

"Wie kannst du mir das antun, Ella?", fragt er, seine Stimme wackelnd vor Schmerz.

"Ich- Ben..."

"Ich bin gerade mal zwei Tage wieder zurück in Brisbane. Und du knutscht mit diesem Ethan. Ich hatte schon ein komisches Gefühl, als er dich heimgebracht hat."

"Ben, es ist nicht so, wie du denkst!", widerspreche ich ihm flehend.

"Du hast mir doch gerade ausführlich erzählt, wie es ist, Ella."

"Nein!" Nun breche ich endgültig in Tränen aus. "Ich wollte doch nur Flo um Rat fragen. Nicht ich habe ihn geküsst!"

"Das habe ich schon mal aus deinem Mund gehört. Außerdem hast du gerade Flo erzählt, dass du es genossen hast."

"Was machst du denn überhaupt bei Flo?", höre ich mich fragen. Mein verwirrtes Hirn hat ausnahmsweise mal kurz einen lichten Moment. Gleichzeitig kann ich mein Herz in den Ohren pochen hören.

"Ich habe das Blatt Papier auf deinem Schreibtisch gelesen. Das hat dieser Ethan geschrieben, nicht wahr? Ein Blinder kann erkennen, dass du diese Kommissarin sein sollst. Ich wollte bei Flo nachhaken, was sie über Ethan weiß."

"Du gehst lieber zu meiner besten Freundin, um sie auszuquetschen, als persönlich mit mir zu reden?", frage ich fassungslos.

"Ich hatte das Gefühl, dass da mehr dahinter steckt, als du mir über ihn erzählt hast. Was hätte ich denn sonst tun sollen?"

Ich schlucke hart. Ich weiß nicht, was ich sagen soll. Meine Beziehung rennt mir gerade zwischen den Fingern hindurch. Gegen alles, was ich sage, hat Ben ein besseres Gegenargument. Und er hat Recht. Ich hätte ihm wahrscheinlich nicht von Ethan erzählt, vor allem nicht nachdem er mir am Wochenende gestanden hat, dass er eifersüchtig ist. Ich stecke fest. Wie ein Auto, das so eng eingeparkt ist, dass es nicht mehr vor und zurück kommt. Was soll ich jetzt nur tun?

Doch Ben nimmt mir diese Aufgabe ab. Kalt sieht er mich durch das Handy an. Die Verbindung ist leider außergewöhnlich gut, sodass ich den Schmerz deutlich in seinem Gesicht sehen kann.

"Ella, ich glaube, es ist besser für uns beide, wenn wir uns trennen. Ich kann dir nicht mehr vertrauen. Wie es scheint, hast du dich sowieso in einen anderen verliebt. Ruf mich nicht mehr an."

Und bevor ich reagieren kann, legt er auf. Ich höre nur noch das tutende Freizeichen. Völlig leer und bewegungslos starre ich auf den Bildschirm, der nach wenigen Sekunden schwarz wird.

Eine meiner Tränen tropft auf das Display, aber ich bemerke es nicht. Es ist nicht wichtig. In was für eine Situation habe ich mich da nur gebracht? Ich bin erst seit drei Wochen in Perth und habe es trotzdem geschafft, dass mein ganzes Leben auseinander fällt.

-26-

Die nächsten Tage sind die reinste Qual für mich. Als bin ich nicht schon traurig und aufgewühlt genug aufgrund meiner Trennung von Ben, werde ich von Ethan in der Schule auch noch ignoriert.

Nicht, dass ich das nicht verdient hätte. Ich habe das sogar zu Recht verdient. Ich hätte es an Ethans Stelle vermutlich nicht anders getan. Und trotzdem tut es mir weh, wenn er mich nicht mehr ansieht, wenn ich den Klassenraum betrete. Wie er demonstrativ seine Schultasche auf den leeren Stuhl neben sich stellt, sodass ich mir einen anderen Platz suchen muss.

Ethan bleibt von den Ärgereien allerdings weiterhin nicht verschont. Olivia lässt, wann immer sie kann, einen bösen Kommentar in seine Richtung ab. Wenn ich ihr einen bösen Blick zuwerfe, blickt sie mich nur herausfordernd an. Sie weiß nicht, was ich weiß. Noch wehrt sich Ethan nicht dagegen. Doch da ich weiß, dass er eine Idee hat, unterlasse ich jegliche Handlungen.

Aber ich unterhalte mich auch nicht mit Olivia und Kaylee, als wäre nichts. Meine Pausen verbringe ich alleine. Henry versucht einige Male, mit mir zur sprechen und mich auszuquetschen, was passiert ist. Aber ich weise ihn ab. Ich will und kann nicht so tun, als wäre nichts passiert.

Am liebsten würde ich natürlich zu Hause bleiben, mich in meinem Bett verkriechen und mir meine Wunden lecken, aber das erlaubt meine Mutter nicht. Jeden Morgen prügelt sie mich aus dem Bett. Auch unsere Kommunikation ist nicht die Beste, im Gegenteil, wir schweigen uns von Tag zu Tag mehr an. Das macht die ganze Sache nicht einfacher. Für einen kurzen Moment wünsche ich mir meinen Vater her, denn er kann einen Streit zwischen mir und meiner Mutter immer klären. Aber da ich auch sauer auf ihn bin, dass er ohne mich zurück nach Brisbane gefahren ist, werde ich ihn sicher nicht anrufen.

Nach drei zähen und ätzenden Tagen in der Schule, von denen ich immer noch nicht weiß, wie ich sie tatsächlich überlebt habe, ist endlich Wochenende. Nun kann ich mich ungestört in mein Zimmer einschließen und nie wieder herauskommen.

Für meine Mutter mag ich mich theatralisch verhalten, aber mein Herz blutet wirklich. Ben war meine erste Beziehung und ich kann niemandem außer mir selbst dafür die Schuld geben. Gleichzeitig muss ich mir aber eingestehen, dass es mir genauso viele Schmerzen bereitet, dass Ethan sauer auf mich ist.

Am Samstagmorgen bewege ich mich nur für eine kurze Katzenwäsche und das Frühstück aus dem Bett. Danach falle ich wieder in die Kissen. Ich habe keine Kraft hinauszugehen, zu surfen, Sport zu machen, wie ich es sonst an einem Samstag getan hätte. Stattdessen schaue ich mir ein Video nach dem anderen an, um mich und meine Gedanken abzulenken. Ich schlafe sogar zwei Stunden, weil meine Augen vom vielen Weinen ganz müde sind.

Zu Mittag weckt mich meine Mum, aber ich habe weder Hunger, noch will ich aufstehen. Leider tut mir so langsam mein Rücken weh. Auch meine Beine verlangen nach Bewegung. Soll ich joggen gehen? Vielleicht kann ich so die Gedanken für eine Weile aus meinem Kopf verbannen. Doch dafür fehlt mir die Motivation. Auch ans Meer will ich nicht. Das Surfen erinnert mich zu sehr an Ben, der Strand an mein letztes Treffen mit Ethan.

Aber irgendetwas muss ich tun. Mein Verstand verlangt nach Ablenkung. Ich kann mich nicht länger in meinem Unmut suhlen. Mein Leben ist zurzeit ein einziges Durcheinander. Mit keinem, der mir etwas bedeutet, spreche ich momentan ein Wort. Ich weiß, dass ich das auf die Dauer nicht aushalten kann. Aufrecht setze ich mich im Bett auf. Ich weiß noch nicht, wie ich alle meine Konflikte löse, aber ich weiß vielleicht, wo ich anfangen kann.

***

"Ach wie schön, dass du es endlich aus dem Bett geschafft hast.", ist das erste, was ich von meiner Mum zu hören bekomme, als ich die Treppe hinunter in die Küche komme. "Gehst du Sport machen?"

Sie sieht mich an und mustert die Sportleggins, die ich trage.

"Nein. Ja. Also, ich dachte- ich habe mich gefragt...", stottere ich und wundere mich, warum es mir so schwer fällt, die Worte herauszubringen. "Möchtest du jetzt mit mir Yoga machen? Vielleicht?"

Meine Mum zieht überrascht ihre Augenbrauen hoch und legt das Buch auf ihrem Schoß zur Seite.

"Ach, hast du jetzt endlich mal Zeit für deine alte Mutter gefunden?"

Ich sehe schuldbewusst auf den Boden.

"Es tut mir leid, Mum. Dafür, dass ich mich in den letzten Tagen so unfair verhalten habe. Dass ich dich am Donnerstag versetzt habe. Ich weiß jetzt, wie sehr du dich darauf gefreut hast."

Mum nickt mit dem Kopf. "Ja, ich hatte mich tatsächlich darauf gefreut, etwas Zeit mit meiner Tochter zu verbringen. Wegen dem Yoga brauchst du dir keine Gedanken zu machen. Das habe ich schon vergessen. Aber ich habe dich in den letzten Tagen nicht wieder erkannt."

"Ja, das habe ich die Tage schon einmal gehört.", murmle ich, mehr zu mir selbst.

"Und dein Verhalten am Freitagabend war auch nicht besonders prickelnd. Und dann lässt du dich vor den Augen deines Freundes von einem anderen Jungen, diesem Ethan, heimbringen. So etwas macht man nicht, Ella. Du wusstest doch, dass Ben dich besuchen kommt."

Mit Tränen in den Augen schüttele ich den Kopf. Ich wundere mich, dass in meinem Körper überhaupt noch genug Wasser vorhanden ist, um es mir aus dem Augen herauszudrücken. Ich öffne den

Mund, um mich zu rechtfertigen, doch dann halte ich inne. Es macht keinen Sinn, über das vergangene Wochenende zu diskutieren, wenn es an diesem schon alles ruiniert ist. Wieder spüre ich den riesengroßen Kloß in meinem Hals, der mir die Luft abschnüren will. Mit einiger Konzentration bemühe ich mich, meine Gefühle in Zaum zu halten.

"Mum, mit Ben ist alles geklärt. Ich wüsste auch gar nicht, was dich das angeht.", antworte ich bissiger als beabsichtigt.

Sie seufzt genervt. "Ella, ich will dir doch nur helfen."

"Anstatt mir helfen zu wollen, könntest du lieber dafür sorgen, dass Dad mal wieder kommt. Sonst können wir auch zurück nach Brisbane ziehen. Dann war die ganze Aktion umsonst und das alles wäre nie passiert!", schreie ich sie an und werfe wütend meine Hände in die Luft. Meine Mum sieht mich im ersten Moment stumm an. Im zweiten Moment sehe ich nun auch in ihren Augen Tränen glitzern.

"Ella, ich muss mich bei dir entschuldigen. Du vermisst deinen Dad, oder? Ich auch. Und deshalb bin ich auch sauer auf deinen Vater. Da ich es nicht an ihm auslassen konnte, habe ich es bei dir getan. Das darf eine Mutter nicht tun. Es tut mir leid, mein Schatz."

Ich bleibe stocksteif stehen. Auch als meine Mum ihre Arme ausbreitet, um mich zu umarmen, rühre ich mich nicht. Denn wenn sie mich jetzt umarmt, wird mein Staudamm brechen.

"Kannst du mir verzeihen?", fragt sie.

Schnell nicke ich und ziehe die Nase hoch. "Ja. Wollen wir jetzt Yoga machen?"

Ich halte sie auf Abstand, indem schnell ich unsere zwei Isomatten hole und sie auf dem Wohnzimmerboden hinter dem Sofa ausbreite. Im Gehen wische ich mir noch schnell über die Augen, um die Tränen zu entfernen. Meine Mum lächelt mir unsicher zu und tauscht ihre Jeans gegen ihre Sportklamotten.

"Und Ella, wenn du mit mir reden willst, ich bin für dich da, okay?", sagt meine Mutter noch, bevor wir uns im Schneidersitz auf dem Boden niederlassen.

"Danke, ich werde es im Hinterkopf behalten."

Ich platziere meine Handrücken auf den Knien und forme Daumen und Zeigefinger zu einem Kreis. Ganz genauso, wie ich es in einem Kurs gelernt habe. In Brisbane waren meine Mum und ich nämlich öfter gemeinsam in einer Yoga-Stunde. Nachdem uns die Gutscheine dafür ausgegangen sind, haben wir beschlossen, einfach selbst eine Stunde nachzumachen. Schließlich kannten wir bis dahin alle wichtigen Figuren.

Ich schließe meine Augen und konzentriere mich auf meine Atmung. Tief ein und tief aus, kann ich die ruhige Stimme der Yoga-Lehrerin fast noch in meinem Ohr hören. Und ich höre noch andere Stimmen.

Ich kann dir nicht mehr vertrauen.

Warum hätte ich dich nicht küssen dürfen?

Du knutschst mit fremden Typen rum!

Ich habe mich in dich verliebt.

Vor allem Ethans Stimme hinterlässt einen Nachhall in meinem Kopf, den ich nicht so leicht verdrängen kann. Ruckartig schlage ich die Augen auf und atme tief durch.

"Okay, genug meditiert. Fangen wir an mit dem Sonnengruß.", unterbreche ich auch Mums Stille. Verwirrt sieht sie mich an, sagt aber nichts. Konzentriert beginne ich mit den Bewegungen, fokussiert auf die Routine und die sich wiederholenden Bewegungen, die ich versuche mit meiner Atmung in Einklang zu bringen. Doch es will mir nicht gelingen. Meine Bewegungen sind ungelenk und fahrig, wackelig und unkonzentriert.

Bens und Ethans Stimmen liefern sich in meinem Kopf eine wilde Diskussion. Mein eigener Kopf versucht, dazwischen zu grätschen, doch er hat keine Chance. Gerade, als ich mich in der Pose des umgekehrten Hundes befinde und das rechte Bein gen Himmel strecke, bricht meine Abwehr zusammen. Wie ein Sack Kartoffeln falle ich auf den Boden und fange unkontrolliert an zu schluchzen.

Sofort spüre ich, wie sich die Arme meiner Mutter um mich schlingen.

"Oh mein Schatz. Was ist denn los?"

Doch ich bin unfähig zu antworten. Wie ein kleines Kind liege ich in ihren Armen und weine, so heftig, dass ich keine Luft bekomme.

"Atmen, Ella. Es wird alles gut. Es wird alles wieder gut.", flüstert meine Mum mir ins Ohr und streicht mir liebevoll über die Haare. So bleiben wir eine ganze Weile auf dem Boden sitzen. Wie viel Zeit vergeht, weiß ich nicht. Irgendwann überredet mich meine Mum dazu, aufzustehen und auf das Sofa umzuziehen. Langsam beruhige ich mich wieder. Meine von Tränen verschleierte Sicht klärt sich und meine Nase hört auf zu laufen. Zitternd hole ich Luft.

Meine Mum sieht mich besorgt an. "Willst du mir erzählen, was passiert ist?"

Zögernd nicke ich. Und dann erzähle ich ihr wirklich alles. Angefangen bei Henrys Kuss, der erste Streit mit Ben, Ethan, Olivias Aktion, die Party, der zweite Streit mit Ben und schließlich alles, was ich am Montag und Dienstag über die wahren Gründe des Mobbings erfahren habe. Zu guter Letzt ende ich mich Ethans Kuss, unserem Streit und das Gespräch mit Flo, dass Ben mitgehört hat und die Trennung.

Zwischendurch werde ich immer wieder von Tränen überwältigt oder von Schluchzern durchgeschüttelt. Ich bin ganz durcheinander, als ich mit meiner Erzählung ende. Dafür, dass ich erst drei Wochen hier lebe, ist schon verdammt viel passiert. Mein Leben steht Kopf.

Die ganze Zeit hält meine Mum meine Hand und drückt mich tröstend. Es tut gut, das alles mal loszuwerden. Mir war nicht bewusst, wie anstrengend es war, jedem immer nur ein Teil der Geschichte zu erzählen, nie die ganze Wahrheit.

"Mum, was soll ich jetzt tun?", frage ich und sehe sie aus rot umrandeten Augen an. Ich sehe wahrscheinlich schlimmer aus als ein Waschbär auf Drogen.

Meine Mutter zuckt nur die Schultern. "Das weiß ich nicht. Du musst wissen, was du willst. Willst du deine Beziehung mit Ben retten oder die Freundschaft mit Ethan?"

"Warum muss ich mich denn entscheiden?", rufe ich verzweifelt aus. "Kann ich nicht mit Ben zusammen und mit Ethan befreundet sein?"

"Liebe ist immer kompliziert. Bens Eifersucht ist natürlich, genauso wie Ethan nur eine Freundschaft mit dir nicht ertragen könnte. Und überhaupt, willst du das wirklich?"

Verwirrt sehe ich sie an. "Was meinst du?"

"Willst du mit Ethan wirklich nur befreundet sein?"

"Ich... verstehe nicht, was du meinst."

"Ella, vielleicht ist es dir nicht bewusst. Aber jedes Mal, wenn du seinen Namen ausgesprochen hast, leuchteten deine Augen. Du hast mir vorgeschwärmt von euren Gesprächen, die Geschichte, die er über dich geschrieben hat. Für mich sieht das nach mehr als Freundschaft aus." Es ist eine simple Feststellung und doch rüttelt sie etwas in mir wach.

"Ich mag Ben sehr gerne. Aber über ihn hast du dich beschwert. Dass er eifersüchtig ist und dir mit Flo hinterspioniert."

"Aber wir haben uns versprochen, dass wir eine Fernbeziehung versuchen.", murmele ich.

Meine Mum lächelt sanft und streicht mit über die Wange. "Die wenigsten Fernbeziehungen funktionieren. Schau dir Dad und mich an. Aber weißt du Ella, manchmal muss man alte Seile, die einen zurückhalten, losschneiden, um an einem anderen Ort neue Knoten knüpfen zu können."

Ich muss prustend loslachen. Meine Mum sieht mich fragend an.

"Das war eine ganz furchtbare Metapher, Mum. Aber ich weiß, was du meinst." Ich schlucke und ziehe die Nase hoch. "Danke."

"Gerne, mein Schatz. Du musst jetzt versuchen, die über deine Gefühle klar zu werden. Und dann musst du eine Entscheidung treffen. Aber ich bin mir sicher, du schaffst das."

***

Unruhig gehe ich in meinem Zimmer hin und her. Ich denke über die Worte meiner Mutter nach.

Ich muss mir über meine Gefühle klar werden. Damit hat sie recht. Denn meine Gefühle sind ein einziges Durcheinander. Und wenn ich richtig überlege, dann ist das nicht erst seit Dienstag so. Sondern schon seit dem ersten Montag, an dem ich Ethan kennengelernt habe. Doch ich habe es nie wahrgenommen, solange ich noch an meine Beziehung mit Ben geglaubt habe.

Tatsächlich hüpft mein Bauch, als ich an meinen ersten Schultag denke. Wie er mich mit seinen blauen Augen durchdringend angesehen und danach nicht ein Wort mit mir geredet hat. Ich dachte, er wäre nur arrogant, bis ich erfahren habe, dass er nur Angst hat zu reden. Dass er geärgert und gemobbt wird.

Mein Herz flattert, als ich an die Tage denke, die wir zusammen verbracht haben. Wie nervös er war, als er mir den Kings Park gezeigt hat. Und wie schnell er sich mir dann doch geöffnet und mir von seiner Adoption erzählt hat. Erst jetzt wird mir richtig klar, wie viel

Überwindung ihn das gekostet haben muss und wie viel Vertrauen er in mich gesetzt hat. Und ich habe es ausgenutzt.

Auch Bens Vertrauen habe ich ausgenutzt. Ich habe ihn vergessen und angelogen, weil ich lieber mit Ethan Zeit verbracht habe.

Hätte es mir nicht schon früher auffallen müssen?

Ich erinnere mich an Ethans Lächeln, seine braunen Ringellocken, seine Hände, die er immer nervös knetet, seine Stimme, mit und ohne Stottern.

Ich erinnere mich an seine Geschichte, die ich prompt aus meiner Jackentasche klaube und erneut durchlese. Das Papier ist mittlerweile schon ganz verknittert. Und wieder spüre ich nichts als Freude, dass Ethan einen Charakter für mich erfunden hat.

Ich erinnere mich an sein Geständnis am Strand. Er hat sich in mich verliebt. Bei Ben war das anders. Wir sind auf einer Party zusammen gekommen. Der erste Kuss erfolgte erst einige Tage später an meinem Lieblingsstrand. Auch das war okay. Aber für Ethan mussten diese Worte Unmengen an Überwindung gekostet haben und das weiß ich zu schätzen.

Und dann erinnere ich mich an den Kuss. Es ist nicht mehr als ein dreisekündiges Berühren unserer Lippen gewesen und trotzdem hatte es eine Welle in mir ausgelöst. Eine Welle an Gefühlen, die ich in meiner Überraschung nicht zurückhalten konnte und in Form von Panik an Ethan weitergegeben habe. Mein Körper erinnert sich ohne mein Zutun an die Gefühle. Ein Kribbeln im Bauch, ein Hüpfen im Herz, ein Lächeln, das sich in mein Gesicht stehlen will.

Langsam sehe ich von dem Blatt Papier in meinen Händen auf. Meine Lippen beginnen zu zittern, als mir plötzlich etwas klar wird.

Ich habe mich in Ethan verliebt, und habe es noch nicht einmal bemerkt.

Was tue ich jetzt? Was fange ich an mit dieser neuen Erkenntnis? Ich muss mich bei Ethan entschuldigen, das ist klar.

Doch wenn ich ihn jetzt anrufe, würde er überhaupt mit mir sprechen wollen? Wieder sehe ich auf das Papier in meinen Händen, als würde es mir eine Antwort liefern, was ich tun soll.

Plötzlich habe ich eine Idee. So schnell ich kann springe ich auf die Füße und eile die Treppe hinunter. Meine Mum hört mich und kommt in den Hausflur.

"Hast du eine Lösung gefunden?"

Strahlend nicke ich.

"Dann geh."

Ich lächele meine Mum dankbar an. Wäre sie nicht gewesen, würde ich jetzt vermutlich immer noch im Bett liegen und über mich und meine Misere sinnieren. Eilig schlüpfe ich zur Haustüre hinaus. Eigentlich kann ich es immer noch nicht ganz glauben.

Ich habe mich in Ethan verliebt,und nun weiß ich auch, wie ich es hoffentlich wieder gut machen kann.

-27-

Ethan war noch nie verliebt. Deshalb wusste er auch nie, wie sich ein gebrochenes Herz anfühlt. Doch eines kann er jetzt mit Sicherheit sagen, er mag dieses Gefühl so gar nicht.

Schlimmer ist es noch, als er am nächsten Tag in der Schule Ella gegenüber treten muss. Er kann nicht- nein, er traut sich nicht, ihr in die Augen zu sehen. Ihre Worte, ihre Lügen haben ihn so sehr verletzt. Am meisten war er jedoch enttäuscht über sich selbst, dass er sich dazu hat hinreißen lassen, solche Gefühle für Ella zuzulassen.

Sie ist zu hübsch, zu klug, zu nett für ihn. Es ist ein Fehler gewesen, davon auszugehen, dass sie mehr als nur mit ihm befreundet sein will. Er ist also allein selbst schuld.

Und auch das Stottern hat sich nicht lumpen lassen. Sobald er zu Hause war, konnte er kein komplettes Wort am Stück sagen. Seine Zunge und Kopf blockierten, das Stottern war zurück und stärker als im ganzen Jahr zuvor.

Doch reden will Ethan jetzt sowieso nicht mehr. Zumindest nicht mit Ella. Schließlich gibt es nichts mehr, was zu sagen gewesen wäre. Deshalb stellt er auch seine Schultasche auf den freien Stuhl neben ihm. Er weiß nämlich, dass Ella immer etwas zu sagen hat. Es ist das Beste so, findet er, auch wenn er die Welle der Enttäuschung, die ihm von Ella entgegen schwappt, deutlich spüren kann.

Ethan ist im Unterricht nicht bei der Sache. Am liebsten wäre er zu Hause geblieben, aber solange er seiner Mutter nicht erzählen kann, was passiert ist, schickt sie ihn unbarmherzig in die Schule. Dafür ist Olivia in Höchstform.

In der Pause fängt sie ihn gemeinsam mit Ronny vor seinem Spind ab.

"Stotti!", ruft sie erfreut, als würde sie sich wirklich freuen, ihn zu sehen. Ethan weiß, dass das alles gespielt ist. Wie noch so vieles mehr, wie er von Ella gestern erfahren hat.

Nicht. an. Ella. denken! Immer wieder muss er sich ermahnen.

"Stotti, du bist heute so still. Sag doch mal was."

Du bist eine Waise. Du lügst alle an. Ich weiß alles, will er sagen und tut es doch nicht. Stattdessen blickt er ihr stumm ins Gesicht.

"Dir hat es wohl die Sprache verschlagen bei meinem Anblick, nicht wahr?", redet Olivia ungerührt weiter. "Hat dir denn niemand beigebracht, wie man mit anderen Menschen redet?"

Ronny grunzt dümmlich. Ethan reagiert nicht.

"Du bist widerlich. Und dumm. Deshalb will Ella auch nicht mehr neben dir sitzen, habe ich nicht recht. Endlich hat sie gesehen, was für Abschaum du bist. Gut für sie." Als hätte sie Ethan gerade nicht zutiefst beleidigt, klimpert sie unschuldig lächelnd mit den Wimpern. Dann zieht sie Ronny am Arm davon.

Ethan atmet zitternd durch. Hätten sie ihn nicht verprügeln können? Dann hätte er zumindest einen äußerlichen Beweis für seinen Schmerz. Nein, stattdessen reißen die Wunden in seinem Inneren noch weiter auf. Ethan wischt sich schnell über die Augen.

Biologie schwänzt er heute. Wenn jetzt auch noch der Lehrer auf ihm herum hackt, könnte er das nicht aushalten.

Zuhause begibt er sich sofort in sein Zimmer. Noch nicht einmal "Hallo" kann er seiner Mutter sagen. Er setzt sich an den Schreibtisch und holt ein leeres Blatt Papier hervor.

Für einen Moment zweifelt er, ob es wirklich die richtige Entscheidung war, Olivia nicht zu antworten. Er könnte sie erpressen mit seinem Wissen. Sie dazu auffordern, mit den bösartigen Kommentaren aufzuhören oder er lüftet ihr Geheimnis.

Aber so ist er nicht. Das kann er nicht. Schon während dem Gespräch mit Ella am Strand, wusste er, was er stattdessen machen will. Und zwar das, was er am besten kann.

Er nimmt seinen Stift und beginnt zu schreiben. Es gelingt ihm nicht beim ersten Versuch, auch nicht beim zweiten. Tatsächlich braucht er bis Donnerstagabend, bis die Worte genug und richtig erscheinen. Dann faltet er das Papier zweimal und schreibt Olivias Namen vorne drauf.

Ausnahmsweise denkt er während dem Einschlafen nicht mehr darüber nach, ob er etwas anderes hätte formulieren, einen Satz umstellen oder ein anderes Wort hätte verwenden sollen. Zum ersten Mal diese Woche schläft er ruhig ein. Auch am nächsten Morgen geht er fast entspannt in die Schule und wirft den Brief durch den kleinen

Schlitz in Olivias Spind. Denn er ist sich ziemlich sicher, dass seine Worte bei Olivia Wirkung erzielen werden.

Und wenn nicht kann er ja trotzdem noch mal über die Erpressung nachdenken.

***

Liebe Olivia,

sicher wunderst du dich, warum ausgerechnet ich dir einen Brief schreibe. Ich fände es toll, wenn du ihn erst zu Ende liest, bevor du ihn wegschmeißt oder dich über mich lustig machst.

Ich weiß, wir waren nie beste Freunde, noch nicht einmal annähernd Freunde. Ich weiß auch, dass sich das wahrscheinlich nicht mehr ändern wird. Doch ich weiß erst seit kurzer Zeit, dass wir uns eigentlich schon länger kennen als seit der fünften Klasse.

Bitte verzeihe mir diese Unwissenheit, sonst hätten wir vielleicht schon viel früher miteinander sprechen können. Ich trage zwar eine Brille, aber anscheinend brauchte es seine Zeit, bis sich mir die Augen tatsächlich öffneten.

Bitte entschuldige, dass ich deinen Namen vergessen und dich nie als das Mädchen erkannt habe, dass damals mit mir zur Adoption zur Verfügung stand. Allerdings kann ich mich nicht dafür entschuldigen, ausgewählt worden zu sein und ich hoffe, das verstehst du.

Es tut mir weh, erfahren zu haben, dass du nie eine richtige Familie gefunden hast, denn du hast es mindestens genauso verdient wie ich. Ich musste nur eine kurze Zeit ohne Eltern leben, also kann ich wahrscheinlich nicht verstehen, wie du dich fühlst. Doch ich möchte versuchen, es zumindest im Ansatz zu verstehen.

Olivia, ich möchte dir gerne sagen, dass ich verstehe, warum du dein Leben, dein Zuhause, deine wahre Herkunft versteckst. Ich versuche immerzu mein Stottern zu verbergen, und doch ist es ein Mitbringsel aus meiner Kindheit.

Ich kann nichts für diese Kondition, es ist keine Krankheit, sondern nicht mehr und nicht weniger als ein Sprachfehler, und trotzdem versuche ich ständig, mein Sprechen zu verbessern. Ich versuche auch, mich in der Schule so unsichtbar wie möglich zu machen. Ich versuche, mich so gut zu schützen wie ich kann, damit alle Kommentare von mir abprallen.

Doch es gelingt mir nicht und ich weiß, dass es das ist, was du erreichen willst. Ich fühle mich jeden Tag schlecht und minderwertig; ich soll mich so fühlen, wie du dich damals gefühlt hast, als du nicht in eine Familie aufgenommen wurdest.

Olivia, wir beide wissen, dass mein Stottern nicht der Grund für dein Mobbing ist. Ich weiß, dass es unfair ist, dass nicht jeder von uns eine Familie hat. Dass es unfair ist, alleine aufzuwachsen und auf sich selbst gestellt zu sein. Es ist aber auch unfair, dass ich alleine diese Ungerechtigkeit tragen muss.

Bitte verstehe mich nicht falsch. Ich will dir dein Geheimnis nicht wegnehmen oder es irgendjemandem erzählen. Ich will dir stattdessen etwas anbieten. Ich weiß, es kann nie das wettmachen, was du in deinem Leben schon erfahren hast oder was dir fehlst, aber vielleicht kann ich meine Familie mit dir teilen.

Wenn du willst und bereit bist, darfst du jederzeit gerne zu uns zu Besuch kommen. Vielleicht für ein Abendessen.

Ich glaube, du bist ein tolles Mädchen und alleine, weil du schon dein ganzes Leben auf eigenen Beinen stehst, hast du meinen größten Respekt verdient.

Liebe Grüße,

Ethan

PS: Meine Mutter kann sich nämlich noch an dich erinnern und das muss bedeuten, dass du schon als 5-Jährige einen einzigartigen Eindruck hinterlassen hast.

PPS: Ella hat mit diesem Brief nichts zu tun. Wenn du weiterhin wütend auf mich bist, verstehe ich das. Wie auch immer du entscheidest, mit dem Brief umzugehen, es ist okay. Lass nur bitte Ella aus dem Spiel.

-28-

Eine Stunde später komme ich am Samstag wieder nach Hause. Ich bin froh, dass ich gefunden habe, wonach ich gesucht habe. Ich bin völlig in Gedanken versunken, aufgeregt sie endlich loswerden zu können, dass ich beinahe über die Koffer stolpere, die im Flur stehen.

"Ella, bist du schon wieder zu Hause?", höre ich meine Mum. Ich folge ihrer Stimme in die Küche und traue meinen Augen nicht. Mein Dad sitzt am Tisch und lächelt mich an.

"Dad? A-aber... was machst du denn hier?"

"Du weißt doch, wenn man den Teufel beim Namen genannt, kommt er auch schon angerannt.", grinst meine Mum.

Ich bin einfach nur froh, laufe zu meinem Vater hinüber und drücke ihn überschwänglich. Fest schließen sich seine Arme um mich und schon fühle ich mich ein bisschen mehr geborgen. Heute ist ein Tag, an dem sich alles langsam zum Besseren wendet.

"Ich schwöre dir, wenn du noch einmal ohne uns nach Brisbane fährst, Dad...", drohe ich ihm trotzdem. Sofort schüttelt er den Kopf.

"Es tut mir wirklich leid, ihr Zwei. Ich habe gemerkt, wie unfair es war, euch hier zu lassen. Und ich habe gemerkt, dass ich euch vermisse. Ich werde in nächster Zeit auf keinen Fall mehr weg gehen. Und habe extra einen früheren Flug genommen, damit wir das ganze Wochenende noch etwas gemeinsam unternehmen können. Auf was habt ihr Lust?"

Besorgt verziehe ich mein Gesicht. Ich habe doch noch etwas zu tun. Andererseits will ich meinem Dad die Idee nicht abschlagen. Mum fängt meinen Blick auf.

"Ella, warst du denn noch nicht bei ihm?"

"Nein, da wollte ich vorhin aber auch gar nicht hin.", erkläre ich und hebe stolz den Gegenstand in die Höhe, den ich schon die ganze Zeit in der Hand halte.

"Was willst du denn mit dem Notizbuch?"

"Lass sie.", ermahnt Mum meinen Dad. "Geh schon, Ella. Mach dir um uns keine Sorgen."

"Danke Mum.", sage ich noch, dann drehe ich mich um und sprinte die Treppe nach oben in mein Zimmer. Sofort schmeiße ich alles von mir, außer das Notizbuch, das ich behutsam auf dem Schreibtisch ablege. Nervös setze ich mich und schlage die erste Seite auf.

Ich liebe das Gefühl, den ersten Strich in ein komplett neues Buch zu setzen, das war schon beim Tagebuch schreiben immer so. Aber das hier ist und wird kein einfacher Tagebucheintrag. Tief atme ich ein und nehme dann einen Stift zur Hand. Dieses graue Notizbuch vor mir ist wichtig, so wichtig, dass ich mir keine Fehler erlauben darf.

***

"Ethan! Ella ist da!"

Nervös wie noch nie zuvor in meinem Leben stehe ich vor Ethans Haustüre. Nun versucht seine Mutter, ihn zu rufen.

"I-ich w-will ni-n-nicht mit ihr re-red-den!", höre ich die gedämpfte Antwort. Seine Worte treffen mich. Zitternd atme ich ein, um meine Haltung zu bewahren, als seine Mutter zurückkommt und mich entschuldigend anlächelt.

"Das hast du sicher gehört. Es tut mir leid, ich weiß nicht, was mit ihm los ist. Ist irgendetwas zwischen euch vorgefallen?"

Diese Frage möchte ich Ethans Mum nicht beantworten. Stattdessen strecke ich ihr das Notizbuch entgegen. "Wenn Sie das einfach an Ethan weitergeben könnten? Darin steht alles, was ich ihm sagen möchte."

"Natürlich." Verwundert nimmt seine Mutter das Buch entgegen. Erleichtert atme ich auf. Irgendwie hat das Buch schwer in meinen Händen gewogen. Nun bin ich eine Last losgeworden. Ich weiß, dass ich nun mein Möglichstes getan habe. Alles was jetzt passiert, liegt in Ethans Händen.

"Danke. Auf Wiedersehen."

Ich drehe mich um und verlasse das Grundstück. Jetzt muss ich nur noch warten.

*** Ethan ***

"Ethan! Ella ist da!", ruft ihn seine Mutter.

Ethan erschrickt. Allein, als er ihren Namen hört, beginnt sein Herz wie wild zu klopfen. Schnell ruft er sich wieder zur Raison. Er ist noch immer sauer auf Ella, noch immer verletzt.

Er will sie sehen. Und gleichzeitig will er ihr auf keinen Fall gegenüber treten. Er weiß nicht, wie er reagieren wird. Aber was will sie überhaupt hier? Es gibt nichts mehr, was sie sich sagen könnten.

Schnell schluckt er. Er muss seiner Mutter antworten, sonst würde sie Ella noch direkt zu ihm hochschicken. Das kann er auf keinen Fall zulassen. Denn sein sonst so penibel aufgeräumtes Zimmer, auf das er immer sehr viel Wert legt, hat sich in den letzten Tagen in einen Saustall verwandelt. Aber es ist ihm egal. Denn er hat keine Kraft, das Chaos in seinem Zimmer aufzuräumen. Mit dem Chaos in seinem Kopf klarzukommen, reicht ihm im Moment völlig aus.

"I-ich w-will ni-n-nicht mit ihr re-red-den!", schreit er also zurück. Seine Stimme ist rau, da er schon länger nicht mehr gesprochen hat. Außerdem ist sein äußerer Anblick furchtbar. Seine Haare sind verknittert und stehen in alle Richtungen ab, und er hat sogar einen leichten Bartflaum, den er bevorzugterweise sonst immer abrasiert. Das kann er Ellas Augen nicht antun.

Mit noch immer klopfendem Herzen setzt er sich auf sein Bett. War das richtige Entscheidung? Hätte er mit ihr sprechen sollen? Schon hört er Schritte die Treppe hinaufkommen. Zaghaft klopft es an der Tür. Doch seine Mum wartet nicht auf sein "Herein", sondern streckt sofort den Kopf durch den Spalt.

"Was ist denn los mit dir? Warum willst du nicht mit Ella reden?", fragt sie und kommt ganz in den Raum. Ethan fällt sofort das Etwas auf, das sie in der Hand hält.

"W-was h-hast du d-d-da?", übergeht er ihre Fragen einfach.

"Das ist von Ella. Das soll ich dir geben. Sie meinte, es steht alles darin, was sie zu sagen hat."

Ethan springt auf und zieht es seiner Mutter aus der Hand, bevor sie reagieren kann.

"Aber ich finde es sehr schade, dass du nicht mit ihr reden möchtest, Ethan."

Doch Ethan hört ihr nicht mehr zu. Vorsichtig hält er das Buch in seinen Händen, als wäre es besonders kostbar. Es ist besonders kostbar, schließlich ist es von Ella. Es sieht genauso aus wie die Notizbücher, die er im Regal stehen hat. Dass sie sich daran erinnert hat, erfüllt Ethan mit einer unbekannten Wärme.

"Was schreibt sie denn?", will seine Mutter wissen, die noch immer im Raum steht. Mit einem ernsten Blick, der tausend Worte spricht, schickt er seine Mutter hinaus. Sie versucht es zu verkneifen, aber Ethan kann das zufriedene Grinsen auf ihrem Gesicht genau sehen.

Nun ist er endlich alleine. Doch will er wirklich wissen, was in diesem Buch steht? Was hat Ella ihm zu sagen? Seine Hände sind schneller. Schon schlägt er den Buchdeckel um.

Die erste Seite ist leer. Will sie ihn etwa veräppeln? Ihn nun auch noch ärgern? Doch er ist zu neugierig. Er schlägt die Seite um und nun sieht er endlich die Worte, auf die er gewartet hat. Doch sie sind sicher nicht das, was er erwartet hat. Er ist verwirrt und doch beginnt er sofort zu lesen.

***

Chief Detective Moore rannte so schnell ihn seine Beine trugen auf den Strand zu. Von weitem sah er die Kommissarin, die mit gesenkten Kopf dem Meer gegenüber stand.

"Michels!", rief Moore über den Strand, doch der starke Wind trug seine Stimme davon.

Erst, als er endlich bei ihr ankam, konnte sie ihn auch hören. Mit enttäuschtem Gesicht blickte sie ihm kurz entgegen, dann sah sie wieder auf das Meer hinaus.

"Ellen. Was ist passiert?", fragte Moore vorsichtig und legte seine Hand auf ihre Schulter.

Doch sie schüttelte sie sofort ab. "Was meinst du denn, was passiert ist? Er ist mir entwischt und jetzt ist er weg. Es ist alles meine Schuld."

"Warum haben Sie mir denn nicht Bescheid gesagt? Wir hätten den Mörder gemeinsam schnappen können."

"Das war zu gefährlich!", widersprach Ellen.

"Und ein Alleingang war da die bessere Lösung? Wir wissen doch beide, dass er hochgefährlich ist. Er hätte Sie töten können."

"Lieber hätte er mich töten sollen als irgendein anderes unschuldiges Opfer."

"Ellen, warum sagen Sie so etwas? Ich erinnere mich noch genau, was Sie bei unserem ersten Treffen gesagt haben. Sie sind hier, damit wir im Team arbeiten und damit wir uns gegenseitig unterstützen."

"Ja, das war Teamarbeit! Sie sollten die Papiere für die Festnahme vorbereiten und ich schnappe ihn. Ich war ja nicht alleine, das ganze Sonderkommando wusste Bescheid!" Die Stimme der Kommissarin erhob sich.

"Dann verstehen Sie das Prinzip einer Teamarbeit nicht!", erwiderte Moore, nun wirkte auch er aufgebracht. Er konnte nicht nachvollziehen, warum die Kommissarin ihn angelogen hatte.

"Ich hatte keine andere Wahl! Er war schließlich hinter Ihnen her. Wenn Sie von dem Einsatz gewusst hätten, wären Sie mitgekommen und er hätte Sie am Ende noch umgebracht."

"Warum haben Sie mich angelogen?", schrie Moore erbost. Er hatte genug von diesen Ausreden. Er wollte richtige, ehrliche Antworten. Die Kommissarin strich sich aggressiv die Haare aus dem Gesicht. Ruckartig drehte sie sich zu ihm um und starrte ihm tief in die Augen.

"Weil ich Sie schützen wollte, verdammt nochmal. Weil ich mich in Sie verliebt habe!", schrie Michels zurück.

"Was?", fragte Moore, aus dem plötzlich alle Wut gewichen war. Hatte er sich gerade verhört oder machte sie sich über ihn lustig?

"Ich habe mich in Sie verliebt, Moore.", widerholte die Kommissarin ihre Worte und kam langsam auf ihn zu. Moore schluckte. "Ich will, dass Sie das wissen. Als Sie mir Ihre Zuneigung gestanden haben, wusste ich nicht, wie ich damit umgehen sollte. Ich war mir meiner eigenen Gefühle selbst nicht bewusst. Doch jetzt weiß ich, dass ich Sie mit der Lüge verletzt habe und ich hoffe Sie können mir verzeihen."

Und wenn Chief Detective Moore Gedanken lesen könnte, wüsste er nun ganz genau, dass Kommissarin Michels sich in diesem Moment nichts sehnlicher wünschte als einen Kuss.

***

Ungläubig hebt er seinen Blick von den Seiten. Glücksgefühle durchströmen ihn.

Versteht er das richtig? Ella hat ihm eine Geschichte geschrieben. Mit seinen Charakteren. Und natürlich hat er Ella in der Kommissarin wieder erkannt, genauso wie sich selbst in Detective Moore. Sein Herz klopft so schnell, dass er kaum atmen kann. Erneut liest er die letzten Zeilen. Meint Ella diese Worte ernst? Sie hat sich wirklich in ihn verliebt? Das kann nicht möglich sein. Und doch hat er hier ihre Entschuldigung vor sich auf dem Schoß liegen.

Er kann gar nicht in Worte ausdrücken, wie viel ihm das bedeutet. Da sind die Gefühle wieder. Nicht, dass sie je weg waren, aber er hat sie verdrängt, verbannt in die hinterste Ecke seines Verstands, um nicht die ganze Zeit an Ella denken zu müssen. Nun sind sie wieder da, platzen schon beinahe aus ihm heraus. Diesmal will er sie nicht zurückhalten.

Er will nicht mehr mit Ella streiten, er will nicht sauer sein. Ihre Worte wickeln sich wie ein Pflaster um sein Herz. Er kann fühlen, dass sie diese Worte nicht einfach so geschrieben hat. Er weiß, dass sie diese Worte ernst meint. In diesem Moment wird ihm klar, dass er mit ihr reden muss. Jetzt sofort.

Er reißt seine Zimmertüre auf, stürmt die Treppe hinunter und zur Haustüre hinaus. Zeit, seine Schuhe anzuziehen, hat er nicht mehr. Egal, dann fährt er eben barfuß mit dem Bus. Er muss einfach so schnell wie möglich zu ihr. Das Notizbuch hält er fest in seiner Hand umklammert, das würde er unter keinen Umständen mehr loslassen.

Gerade als er aus der Ausfahrt hinausrennt und um die Ecke zur nächsten Bushaltestelle rennen will, hört er seinen Namen. Überrascht bleibt er stehen und dreht sich um.

Da steht Ella vor ihm, die Arme nervös hinter dem Rücken verkreuzt und schaut ihn unsicher an. Ein feines Lächeln erhellt sein Gesicht.

"Wa-was tust du hier?", fragt Ethan überrascht.

"Ich wollte auf dich warten.", antwortet Ella und zeigt auf die Bushaltestelle direkt hinter sich. "Wo wolltest du denn hin?"

"Na zu dir. Aber der Bus hier fährt nicht zu dir."

"Oh... naja, ich wusste nicht, ob du das Buch lesen würdest. Oder wie du reagierst."

Langsam kommt Ethan wieder einige Schritte auf Ella zu. Er muss lächeln, als sie das Notizbuch erwähnt, sodass er es in beide Hände nimmt.

"Ich finde das Buch sehr gut.", sagt Ethan leise.

"Ja? Gefällt dir die Geschichte?"

"Hm.", bejaht er. "Ich würde nur gerne wissen, wer der Mörder wirklich war."

Ellas Gesicht erhellt kurz ein kleines Lächeln, als sie seinen Witz hört. "Du bist der Autor der Geschichte. Du müsstest das doch wissen."

"Aber du schreibst auch wundervoll."

"Ich habe deine Idee nur verwendet. Vielleicht habe ich dem Ende schon vorausgegriffen. Ich weiß, dass ich dich verletzt habe. Ich wusste nicht, wie ich es wieder gut machen kann. Aber ich würde das Ende nun ungern offen lassen."

"Meinst...meinst du diese Worte wirklich ernst?" Er zeigt auf das Notizbuch. Kaum traut er sich diese Frage zu stellen. Denn er will nur eine bestimmte Antwort hören. Er weiß nicht, was er tun soll, wenn Ella ihm diese Antwort doch nicht geben kann.

Ella hebt ihren Kopf. Ihre Blicke treffen sich. Schließlich nickt sie. Langsam und doch bestimmt.

"Ja. Die Worte der Kommissarin sind meine Worte."

Das reicht Ethan. Mehr braucht er nicht zu wissen. Mit zwei großen Schritten überbrückt er die Entfernung zwischen ihnen und schließt Ella fest in seine Arme. Er spürt ihre Überraschung. Doch umso schöner ist das Gefühl, als sie seine Umarmung erwidert.

In diesem Moment will Ethan für immer bleiben. Ella einfach halten, wie er es sich schon so unzählige Male in seinen Träumen vorgestellt hat. Sie nie wieder loslassen. Ein Kuss ist gar nicht notwendig. Irgendwie ist es dafür auch der falsche Moment, findet

Ethan. Es braucht auch keine weiteren Worte. Deshalb hält er sie einfach noch eine Weile fest.

Als sie sich schließlich voneinander lösen, blickt Ella zu ihm auf. Sie schenkt ihm ihr wunderschönes Lächeln und Ethan weiß nicht, ob er in diesem Moment noch hätte glücklicher sein können.

Doch er kann sich nicht mehr irren. Denn in diesem Moment stellt Ella sich auf ihre Zehenspitzen. Und küsst ihn. Zuerst ganz leicht, wie eine Feder. Dann kräftiger, er spürt ihre weichen Lippen. Sein Körper scheint in Flammen zu stehen. Er erkennt sich nicht wieder. Seine Sinne sind benebelt, einen klaren Gedanken kann er nicht fassen. Doch er lässt sich auf der Welle der Gefühle davon tragen, schließt seine Augen und genießt den Moment.

Viel zu schnell ist er vorbei. Sprachlos sieht er Ella an, in seinen Augen glitzert es.

"Ist das wirklich real? Wie habe ich das verdient?" flüstert er beinahe. Ella grinst und schüttelt den Kopf.

"Ich kann es auch noch nicht ganz glauben. Bis heute Morgen dachte ich noch, mein Leben liegt in Scherben auf dem Boden. Aber jetzt sehe ich, dass es gar nicht so schlimm war. Ich musste mir nur über meine Gefühle klar werden. Und das fühlt sich richtig gut an."

"Ich bin so froh."

"Jetzt müssen wir nur noch die Sache mit Olivia klären. Du hattest doch schon eine Idee."

Ein Grinsen macht sich auf Ethans Gesicht breit. Überheblich winkt er ab.

"Darum habe ich mich schon gekümmert."

"Was? Was hast du gemacht?"

"Ich habe ihr einen Brief geschrieben. Das kann ich am besten. Den Brief habe ich ihr dann in den Spind geschmissen."

Ella sieht ihn mit großen, runden Augen an. Ihr spricht die Neugier aus dem Gesicht.

"Und? Hat sie darauf reagiert?"

Zufrieden nickt Ethan. Dann erzählt er ihr, was er Olivia geschrieben hat. Er erinnert sich daran, wie sie ihn gestern nach der letzten Stunde noch in der Schule abgefangen hat.

***

"Du verstehst rein gar nichts von dem, wie ich mich fühle, Stotti.", hatte Olivia abwertend gesagt und ihn gegen seinen Spind gedrückt, ihre Hand um seinen Hals gelegt. Ihr Gesicht schwebte ganz nah vor seinem. "Also versuche mir nicht noch einmal, meine Gefühle zu erklären, geschweige denn sie verstehen zu wollen. Aber..." Sie stockte, blickte sich um, ob auch niemand zuhörte. Plötzlich wurden ihre Gesichtszüge weicher, wenn auch nur unmerklich. "...danke für deinen Brief. Ich weiß dein Angebot zu schätzen, ich werde es aber nicht annehmen. Und ich weiß auch, dass du die Sache auch an die große Glocke hättest hängen können. Dafür, dass du das nicht getan hast, habe ich Respekt vor dir. Wenn auch nur ein bisschen." Dann wurde ihr Gesicht wieder ernster und sie zog ihre Augenbrauen bedrohlich zusammen. "Und ich schulde dir nichts, ist das klar?"

Ethan nickte. Olivia ließ ihn los und ging eilig davon. Er gab sich Mühe, das Lächeln auf seinem Gesicht zu verdrängen, aber es funktionierte nicht. Denn sein Brief hatte gewirkt. Wenn er Olivia richtig verstanden hatte, würde sie ihn von nun an in Ruhe lassen.

***

"Das ist perfekt, Ethan!", sagt Ella erfreut, nachdem er mit seiner Erzählung geendet hat. "Du hattest Recht. Die Sache mit dem Brief zu lösen, war eine wesentlich bessere Idee, als Olivia vorzuführen. Hoffentlich sucht sie sich jetzt nicht ein neues Opfer. Mich zum Beispiel."

"Nein.", widerspricht Ethan sanft. "Dafür habe ich gesorgt." Ella sieht ihn überrascht an, doch sie fragt nicht weiter nach. Stattdessen legt sie ihren Kopf auf seine Schulter.

"Weißt du, eigentlich bist du atemberaubend.", flüstert Ethan leise. "Aber wenn ich bei dir bin, fühle ich mich, als könnte ich alles sagen."

Wenn ihm vor drei Wochen jemand gesagt hätte, das ein Mädchen wie Ella in sein Leben treten und es auf den Kopf stellen würde, hätte er ihn vermutlich für verrückt erklärt. Nie im Leben hätte er zudem gedacht, dass er in der Lage ist, sich so schnell mit jemandem anzufreunden. Sich jemandem anzuvertrauen. Sich in jemanden zu verlieben.

Ohne Ella säße er vermutlich noch immer mit gesenktem Blick an seinem Platz in der Schule und würde die bösen Kommentare und Mobbing-Attacken über sich ergehen lassen. Noch immer würde er seine Mobber in seinen Geschichten umbringen, obwohl er genau weiß, dass er in der echten Welt nie gegen sie aufstehen würde. Ohne Ella würde er sich ungeliebt und alleine fühlen. Sein Stottern wäre noch immer da.

Jetzt ist alles anders. Besser könnte er es sich nicht in seinen Geschichten ausdenken. Nur, dass er jetzt vielleicht sogar eine neue Muse gefunden hat.

In diesem Moment hebt Ella ihren Kopf von seiner Schulter. Ihre sturmgrauen Augen verhaken sich in seinen meeresblauen.

Er kann an nichts anderes denken. Sie ist einfach atemberaubend.

"Möchtest du mir dabei helfen, meine Kisten zu Hause auszuräumen? Ich glaube, ich bin jetzt endlich angekommen."

Ende

CPSIA information can be obtained
at www.ICGtesting.com
Printed in the USA
LVHW021251170323
741849LV00003B/363

9 781805 098607